ハヤカワ・ミステリ文庫

〈HM⑨-4〉

幻の女
〔新訳版〕

ウイリアム・アイリッシュ

黒原敏行訳

早川書房

7696

PHANTOM LADY

by

William Irish

Translated by
Toshiyuki Kurohara

Published 2015 in Japan by
HAYAKAWA PUBLISHING, INC.
This book is published in Japan by
direct arrangement with
SCOTT MEREDITH LITERARY AGENCY, L.P.

わたしは応《こた》えず、もう戻ってこない。

ジョン・ジェイムズ・インガルズ

（カンザス州の政治家。一八三三年～一九〇〇年。引用句は『Opportunity（機会）』という詩の一行で、擬人化された〈機会〉が、自分を逃がした人間が呼びかけてきてももう相手にしないと警告している）

ホテルM＊＊†六〇五号室に
心からの感謝をささげる
（もうそこに住まずにすんでいることについて）

† ホテルM＊＊は、マンハッタンに現在もある長期居住ホテル、ホテル・マルセイユ。ウイリアム・アイリッシュ――コーネル・ウールリッチの筆名――は、一九三二年から一九五七年まで、強烈な愛憎関係にある母親とふたりだけの生活をここで送った。『幻の女』刊行時の一九四二年にはまだここにいたが、部屋を替わったのかもしれないと、早川書房刊『コーネル・ウールリッチの生涯』の著者F・M・ネヴィンズ・Jrは言う。

この小説に登場するのはみなまったくの虚構の人物である。生死を問わない実在の人物との、名前その他の類似は、純然たる偶然の一致である。

目次

幻の女

〔新訳版〕

登場人物

スコット・ヘンダースン……………………株式ブローカー
マーセラ・ヘンダースン……………………スコットの妻
キャロル・リッチマン………………………スコットの若い恋人
ジョン（ジャック）・ロンバード…………スコットの親友
アル・アルプ…………………………………タクシーの運転手
マイクル・オバノン………………………〈カジノ座〉のドアマン
エステラ・メンドーサ………………………歌手・ダンサー・女優
クリフ・ミルバーン…………………………ドラマー
マダム・ケティーシャ………………………服飾デザイナー
マッジ・ペイトン……………………………お針子
ピエレット・ダグラス………………………遊び人の女
バージェス……………………………………殺人課の刑事
幻の女…………………………………………?

1　死刑執行日の百五十日前

午後六時

夜は若く、彼も若かったが、夜の空気は甘いのに、彼の気分は苦《にが》かった。むこうからやってくる彼の顔が不機嫌なのは、かなり離れたところからでもわかった。それは鬱積《うっせき》してくすぶりつづけ、時に何時間も続くことがある、あのしつこい怒りのせいだった。それはまた遺憾《いかん》きわまりない顔でもあった。周囲のすべてとまるで調和しないからだ。まわりの情景のなかで、ただひとつ耳ざわりな音を響かせていた。

五月の夕べ、今まさにデートの時間が始まろうとしていた。三十歳前の、街の半分が、髪を撫でつけ、財布に資金をしこみ、意気揚々と待ち合わせの場所へ向かっていた。これまた三十歳前の、街の残り半分は、顔に白粉《おしろい》をはたき、特別の服を着こんで、待ち合わせの場所に向かってうきうきと歩を運んでいた。どちらを向いても、街の半分と街の半分が落ち合っていた。街角で、レストランやバーで、ドラッグストア（薬や化粧品を売るほか、喫茶店も兼ねる）の前で、ホテルのロビーで、宝石店の大時計の下で、ほかの人に先にとられていない場所ならどこででも、誰かが誰かを待っていた。いつの世にも変わらないこと、山のように古く、また山の若葉のように新鮮なことが、起こっていた。「ごめんなさい。待たせちゃった？」「きみ素敵だね。さあ、どこへ行こう？」

今はそんな宵《よい》だった。西の空は紅《べに》をさしたように赤く、空もデートに出かけようとお洒落《しゃれ》をして、星をふたつ、ダイヤのブローチがわりに夜会服に飾っているといったふうだった。並木道でまたたきはじめたネオンサインは、今夜街に出ているすべての人たちと同じように、ウィンクをして通行人の気を惹こうとしているようだった。タクシーのクラクションは陽気に歌い、みんなが一斉《いっせい》にどこかへ行くところだった。空気はただの空気ではなく、さわやかに泡を立てるシャンパンのようで、そこに〈コティー〉の香水をたっぷり振りまいたかのようだった。気をつけていないと、この空気は頭にのぼってしまう。さもなければ心臓《ハート》を酔わせてしまう。

なのに彼は、仏頂面《ぶっちょうづら》を押したてて、まわりの愉《たの》しい空気をぶち壊しながら歩いていた。道行く人はちらりと見て、なぜそんなに不機嫌なのだろうといぶかった。体の具合が悪いわけではないだろう。あんなに速足で歩ける人は健康に違いないからだ。懐が寂しいわけでもないだろう。着ている服には見かけだおしの安物にはない自然な高級感があるからだ。年齢のせいでもないだろう。かりに三十歳を超えているとしても、数ヵ月だけで、一年は超えていないはずだからだ。しかめ面をやめさえすれば、男ぶりも五割増しになるだろう。しかめ方が少ない部分を見れば、それは明らかだった。

喧嘩腰の勢いで大またに歩き、口はUの字を逆さにした形で、鼻の下に蹄鉄《ていてつ》を貼りつけたよう。腕にかけた上着は足取りに合わせて上下に揺れる。思いきりあみだにかぶった帽子は、おかしなところに凹《へこ》みができて、ぽかりと殴りつけたあと形を直していないといったふうだ。靴底がゴムでなかったら、歩道を打つたび火花が飛ぶに違いない。

そのうちある店に入ったが、最初はそんなつもりはなかった。店の前に来てふいに足にブレーキをかけたのを見れば、それがわかったはずだ。そのとまり方は、ブレーキをかけたという以外にぴったり言い表わせる言葉がなかった。脚にふいに歯止めがかかり、動きがとまったといったふうだった。ちょうどそこを通りかかった時、点滅するネオンサインが頭上でぱっと光らなかったら、その店があることに気づかなかっただろう。ゼラニウムのような赤い色のネオン管は、〈アンセルモズ〉という店名をつづり、その下の歩道を、一瓶のケチャップをぶちまけたように赤く染めていた。

彼は突然衝動にかられたという感じで、ぱっと横に向きを変え、店に入った。通りから階段を三、四段降りたところにある、細長い、天井の低い店だった。広い店ではなく、今は客の入りも少なかった。目にやわらかな店で、琥珀《こはく》色の電灯が弱い光で天井を照らしていた。両側の壁には小さな入り込みが並び、そこにテーブル席には見向きもせず、まっすぐ奥のカウンターへ行った。カウンターは半月形で、奥の壁を背に、入り口のほうを向いていた。カウンターにどういう客がいるか、いや、そもそも客がいるのかどうか、確かめようともしなかった。高いスツールに上着をぞんざいに置き、その上に帽子を落として、隣のスツールに腰かけた。その態度は、今夜はここで飲むぞという意志を明らかに表わしているように見えた。

うつむいている彼の視野の端に、ぼやけた白い上着が入ってきたかと思うと、「いらっしゃいませ」という声がした。

「スコッチをくれ。水も少し。水はほんのちょっとでもいい」

スコッチのグラスが空になっても、水には口がつけられなかった。

坐った時、気にもとめなかったが、右手のほうにプレッツェルかなにか、つまみを入れた器があるのが目に入っていたようだった。そちらを見ることなく手を伸ばした。ところが手に触れたのは、曲がった形の焼き菓子ではなく、まっすぐの滑らかなもので、しかも小さく動いた。

彼はそちらを見ると同時に、手を引っこめた。器のなかに先客の手が入っていたのだ。

「失礼。お先にどうぞ」と彼は低く唸《うな》るように言った。

一度目をそらして、すぐにまた相手を見た。そこからずっと見つめつづけて、目を離さなかった。もっともまだ陰鬱《いんうつ》な、品定めするような目つきをしていたが。

普通でないのは女の帽子だった。パンプキン（皮がオレンジ色のカボチャ）にそっくりなのだ。形と大きさだけでなく、色まで似ていた。炎のようなオレンジ色はあまりにも鮮やかで、目が痛いほどだった。庭園パーティーで低くつるされたランタンのように、カウンター全体を明るく照らしているように見えた。帽子のちょうど真ん中から、若い雄鶏《おんどり》の細長い羽が一本、昆虫の触角のようにぴんと突きでていた。こんな色の帽子をあえてかぶる女は、千人にひとりもいないだろう。それがこの女の場合は、ただかぶっているだけでなく、かぶりこなしていた。人を驚かせはするものの、さまになっていて、滑稽ではなかった。服装は黒でおとなしく、帽子が目立つせいで、ほとんど見えないといってもいい。帽子はこの女にとって、なにか自由の象徴といったようなものなのかもしれない。おそらく、〝これをかぶっている時のわたしにはご用心！　どこまでいくかわからないわよ！〟といった気分になるのだろう。

女はプレッツェルを噛みながら、じっと見つめられているのを無視しようとしていた。やがて女は噛むのをやめた。それが彼の動きに気づいたことを示すただひとつの兆候だった。彼はスツールを降り、近づいて、女のそばに立ったのだ。

女はごく軽く首をかしげて謹聴の構えになった。〝おっしゃりたいことがあるのならどうぞ。お返事するかどうかは中身しだいですけど〟とでも言いたげに。

彼は単刀直入に訊いた。「これからなにか予定があるんですか？」

「まあ、あるような、ないような」冷淡な口調ではないが、気を持たせるような含みはなかった。微笑んでその気は充分というところを見せたりはしなかった。態度には慎みがあり、安っぽい女ではないことを示していた。

彼のほうにも女たらしの雰囲気はまるでない。あっさりした口調でこう続けた。「先約《せんやく》があるならそう言ってください。しつこくして迷惑をかける気はないんです」

「迷惑ということはないわ――今のところ」女は言わんとするところを的確に伝えてきた。まだ決定は保留中だということを。

彼はカウンターの奥の壁から文字盤をふたりのほうへ向けている時計を見あげた。「ほら。今ちょうど六時十分です」

女もそちらに目を向け、「そうね」と、とくになんの感情もない声で応じた。

彼は財布を出し、仕切りのひとつから小さな長方形の封筒を抜きとった。なかからサーモンピンクの紙を二枚とりだして、鋏《はさみ》のように開く。「ここに〈カジノ座〉のショーのチケットが二枚あります。AA列、中央通路ぎわの席です。どうでしょう、つきあってもらえませんか」

「ずいぶん急なお話ね」女は視線をチケットから彼の顔に移した。

「急がなくちゃいけないんです」彼はいよいよ強く顔をしかめていた。女のほうを見もせず、なにやら恨《うら》みでもあるようにチケットを睨《にら》んでいた。「ほかに約束があるのならそう言ってください。別の人を探しますから」

女の目に興味の色がちらついた。「そのチケットはどうしても使わなければならないのね？」

「主義の問題でね」彼はむすっとした声で言った。

「これは女性に近づくための無遠慮なやり方だと誤解されそうだけど」と女は言った。「そうじゃないだろうな、とわたしが思うのは、あまりにも率直だからなの。あまりにも細工がなさすぎるやり方だから、本当にただ言ってるとおりのことに違いないと思うのよね」

「そのとおりです」彼の顔はやはり硬いしわを刻んだままだった。

女はいつのまにか体を少し彼のほうへ向けていた。そしてこんな言い方で申し出を受けいれた。「わたし、前から一度こういうことをしてみたかったの。今がいい機会かもしれない。こういうことは――少なくとも純粋にまったく思いがけない形では――めったに起こりそうにないから」

彼は女の警戒心をやわらげようとした。「最初に取り決めをしておきましょうか。そのほうが、ショーが終わったあと、単純にことが運ぶ」

「それは取り決めの中身によるけど」

「ぼくたちは今夜、何時間か一緒に愉しく過ごす。食事をして、ショーを観る。名前や住所、そのほか個人的なことはいっさい教え合わない。単純に――」

女があとを引きとった。「ふたりの人間が一緒にショーを観て、愉しく過ごすのね。こういう取り決めをしておくのは筋が通っているし、必要なことでもあると思うわ。それでいきましょう。気づまりにならなくていいし、嘘をつく必要もなくなるから」女が手を出して、短い握手をした。ここで初めて女が微笑んだ。甘すぎない、控えめな、かなり感じのいい微笑みだった。

彼はバーテンダーに手で合図をし、ふたり分の代金を払おうとした。

「わたしはあなたが入ってくる前にもう払ってあったの。ゆっくり味わっていたのよ」

バーテンダーは上着のポケットから小さな伝票を出し、鉛筆で、〝スコッチ、1、六十セント〟と書いて彼によこした。

伝票には番号がついていた。引きあてたのは、上の隅に大きく黒ぐろと書かれた〝13〟だった。苦笑いをして、代金と伝票をウェイターに渡し、女のあとを追った。

女は先に立って出入り口に向かっていた。壁の入り込みの仕切り席で男と一緒に坐っている若い女が、軽く通路側へ身を乗りだして、女のはでな色の帽子を見送った。あとから来た彼は、ちょうどその動きを目にとめた。

外に出ると、女が問いかける顔を向けてきた。「じゃ、お任せするわね」

彼は人さし指をあげ、少し離れたところで数台並んで客を待っているタクシーの先頭の車に合図をした。ところがそこへ通りかかった一台が、自分が合図の相手ではないのに、割りこんでこようとした。合図された車がさっと出てきて、割りこみを阻止したが、その時、フェンダーが軽くこすれ合い、罵声の応酬があった。小競り合いが終わり、まずまず頭の冷えた運転手が客のほうを向いた時には、女はもう車内にいた。

彼は運転席の脇に立ち、「〈白い館《メゾン・ブランシュ》〉へ」と行き先を告げ、同じく後部座席に乗りこんだ。

車内灯がついていたが、ふたりはそのままにしておいた。消せばかなり親密な仲だと思われるからだろう。ふたりとも、今の場合、それは適切ではないと考えた。

女がおかしそうにくすくす笑った。その視線の先を見て、彼も口もとを少しゆるめた。タクシー運転手の営業許可証の写真は、男ぶりよく撮れていることが珍しいが、この運転手の場合はまるで漫画だった。水差しの取っ手のように大きな耳、引っこんだ顎、飛びでた目。名前は〝アル・アルプ〟――短く、しかも頭韻を踏んでいて、憶《おぼ》えやすかった。

その名前は彼の意識にとまったが、まもなく消えてしまった。

〈メゾン・ブランシュ〉はこぢんまりとして居心地のいいタイプのレストランで、料理がおいしいことで有名だった。混む時間帯でも、静かに食事をするという暗黙の了解が客のあいだにできている、そんな店だった。音楽であれ、なんであれ、食事という単一の目的を邪魔するようなものは許されていなかった。

玄関ホールに入ってすぐ、女は彼から離れた。「ごめんなさい。ちょっとお化粧を直してくるわ。待たないで、先に席についててちょうだい。わたしが見つけるから」

化粧室のドアが開いた時、女が帽子を脱ごうとするように両手を持ちあげるのが見えた。その動作が終わる前に、ドアは閉まった。彼はふと、女が化粧室へ行ったのは気おくれしたせいだろうかと思った。彼と一度別々になって、帽子を脱ぎ、ひとりでダイニングルームに入ったほうが、人目を惹かなくてすむからだ。

給仕長がダイニングルームの入り口で出迎えた。「おひとり様ですか？」

「いや、ふたり分の予約をしている」それから名前を告げた。「スコット・ヘンダースンだ」

給仕長は予約リストにその名前を見つけた。「はい、承《うけたまわ》っております」ヘンダースンの背後へ目をやった。「お連れ様はご一緒ではないのでしょうか？」

「いや」とヘンダースンは曖昧に答えた。

見たところ、空いたテーブルはひとつしかなかった。やや離れた場所の、壁の入り込みのなかにあった。三方を壁で囲まれているので、そこで食事をする客はほかの席からは見えにくかった。

ダイニングルームの入り口に現われた時、女は帽子をかぶっていなかった。ヘンダースンはあの帽子が持っていた効果の大きさに驚いた。女は平凡になってしまっていた。輝きが消え、強い個性がしぼんでしまっていた。今はただの黒い服を着た、こげ茶色の髪の女。背景の一部をふさいでいるもの。それだけのことだった。不器量ではないが、美人でもない。背が高くもなければ、低くもない。お洒落でもなければ、野暮《やぼ》ったくもない。まったく何者でもない。ただの平凡な、特色のない、すべての女の公分母のような女。とるにたりない存在。ギャラップ世論調査で浮かびあがる平均像。

そちらを向いた顔のどれひとつとして、ちらりと見る以上に目をとめなかったし、見たものを記憶にとどめもしなかった。

給仕長はちょうどサラダを混ぜているところで、彼女を案内することはできなかった。ヘンダースンが立ちあがって場所を知らせたが、女はフロアの真ん中をまっすぐ横切ってこようとせず、ふたつの壁に沿ってやってきた。そのほうが長いけれども目立たない経路だった。

例の帽子は片手に持ち、体の脇にたらしていた。それをテーブル席の三つめの椅子に置き、テーブルクロスの端で一部を覆った。汚れるのを防ぐためだろう。

「このお店はよく来るの？」と女は訊いた。

彼はわざと聴こえなかったふりをした。

「ごめんなさい」女の声が少し弱くなった。「今のは身上《しんじょう》調査になっちゃうわね」

担当のウェイターは顎にほくろがあった。それは嫌でも彼の目についた。

注文は女に相談せずにした。女は注意深く聴いていたが、終わるとそれでいいと目で知らせてきた。

最初は大変だった。女としては、話題に制約がありすぎるし、男の重苦しい気分とも戦わなければならない。彼のほうは、たいていの場合に男がするように、聴き役にまわり、自分から積極的に話題を提供しようとはしなかった。表面上は話を聴いているように見えたが、内心ではほとんどずっとほかのことを考えているようだった。ときどき気持ちをこの場に引き戻すのだが、そうすることは重労働に近かった。あまりにも心ここにあらずという状態になって、はっきりと非礼になりかけることもあった。

「きみ、手袋はとらないの？」ふと彼はそう尋《たず》ねた。帽子以外のすべての服装と同じように、色は黒だった。カクテルを飲んだりピュレを食べたりしている時は不自然でもなかったが、舌平目《したびらめ》についているレモンの輪切りをフォークでつぶそうとしはじめたので、そう言ったのだった。

女はすぐに右の手袋を脱いだ。左のほうはもう少し時間がかかり、つけたままにするつもりのようにも見えたが、まもなく、じゃ、わかった、といった感じを少しのぞかせてはずした。

彼は左手の結婚指輪を見ないように気をつけ、目をよそへ向けていた。だが、彼が見たことに、女が気づいているのはわかった。

女は会話が上手だった。しかも話術をひけらかすようなところはなかった。平凡な、ありきたりの、無味乾燥な話題は避けた。天気、新聞に出ていた事件、今食べている料理の話などしなかった。

「今夜観るショーの、あのメンドーサという南米のきてれつな歌手のことだけど。一年ほど前に見た時はほとんど訛《なま》りがなかったわ。だけどその後、こちらで公演があるたびにどんどん英語を忘れて、訛りが強くなっていくらしいの。あと一シーズンやったら、スペイン語しか話さなくなっているんじゃないかしら」

彼は三分の一ほど微笑んだ。女には教養があるようだった。今夜やっているようなゆきずりのつきあいを、取り澄ましすぎたり、はめをはずしすぎたりしてひどい結果に終わらせることなく、上手にやってのけることができるのは、教養のある人間だけだろう。この女はどちらにも偏《かたよ》らず、バランスを保っていた。逆にいえば、もう少しどちらかに偏っていたなら、もっと鮮明に記憶に残ったはずだ。かりにもう少し品が悪ければ、女成金風の粋で奔放な魅力が印象づけられたかもしれない。逆にもう少し品がよければ、聡明な印象が強くなり、そういう点で記憶に残っただろう。しかし実際のところは、そのふたつの中間で、二次元的な浅い印象しか残さないのだった。

食事が終わる頃、彼は女が自分のネクタイを見ているのに気づいた。「色がおかしいかな」と彼は言ってみた。締めているのは無地のネクタイだった。

「ううん、ネクタイそのものはとてもいいのよ」女は急いで言った。「ただ、合ってないというか――ネクタイだけがほかのものとしっくりこない――あ、ごめんなさい、批評なんかして」女はそれでおしまいにした。

彼は人ごとのように好奇心をそそられて、あらためてネクタイを見おろした。自分がどんなネクタイを締めてきたのか、今初めて知ったという感じ。もっといえば、ネクタイを締めているのに気づいてびっくりしているように見えた。彼は指摘された色の不調和を少しでも解消するため、というように、胸のポケットチーフを押しこんで隠した。

彼はふたりの煙草に火をつけた。ふたりはしばらくコニャックをなめたあと、席を立った。

女がまた帽子をかぶったのは、玄関ホールの、姿見の前でだった。女はたちまち生気をとりもどし、また個性的な女になった。この帽子にはすごい魔力があるな、とヘンダースンは思った。まるでガラスのシャンデリアに電灯がともったようだった。

劇場の前では、身長がたっぷり百九十センチはある大男のドアマンが、とまったタクシーのドアをあけてくれた。ドアマンは、パンプキンの帽子が目のすぐ下を通りすぎていった時、喜劇役者のように目を大きく見開いた。ドアマンは、《ニューヨーカー》誌の挿絵に描かれる劇場のドアマンのように、白い海象髭《せいうち》をはやしていた。ぎょろりとした目玉は、車を降りた帽子が右から左へ横切っていくのを追いかけた。ヘンダースンはこの喜劇的な目玉の芝居を意識にとめたが、またすぐ忘れてしまった。およそなにかを本当に忘れてしまうことがあるとすればの話だが。

劇場のロビーに人っ子ひとりいなかったのは、ふたりの到着がいかに遅かったかを示す最良の証拠になるだろう。入り口でチケットの半分をもぎとる係さえいなかった。客席へのドアをあけると、舞台からの薄暗い灯りを背に、顔もなにもわからない影絵となっている人——おそらくは場内案内係——がいた。その影絵が近づいてきて、ふたりのチケットの半券を懐中電灯であらため、懐中電灯の楕円形の光でうしろのふたりの足もとを照らしながら、先に立って通路を降りはじめた。

席は最前列で、舞台に近すぎるほどだった。舞台の上は、初めのうちオレンジ色にぼやけていたが、まもなく目が馴れて、短縮遠近法で奥行きをつけた情景が見えてきた。

ふたりはレビューのさまざまな演《だ》し物がつぎつぎと目の前に展開するのを辛抱づよく眺めていた。映画のディゾルブという場面転換法のように、前の場面が徐々に暗くなり、しだいに明るくなる次の場面に溶けこんでいった。女はときどき明るく微笑んだり、声をあげて笑ったりした。ヘンダースンのほうはせいぜい、仕方なしにといった感じで、笑みを浮かべる程度だった。にぎやかな音楽、はでな色彩、まばゆい照明が最高潮に達すると、カーテンが波打ちながら左右から合わさり、ショーの前半である第一部が終了した。

場内が明るくなり、観客が立って外へ出はじめ、周囲がざわついた。

「煙草を吸いにいこうか？」と彼は訊いた。

「ここにいましょうよ。ほかの人たちと違って、わたしたちはそんなに長く坐っていなかったから」女は上着の立てた襟を首に引きつけた。場内はすでに息苦しいほどだったので、その仕草《しぐさ》の目的は、ほかの観客の目から横顔をできるだけ隠すことではないかと彼には思えた。

「出演者に知っている人がいるの？」女は笑顔でそう尋ねてきた。

ヘンダースンはプログラムに目を落とした。いつのまにか指がせっせと動いて、プログラムの全部のページの角を、表から裏のほうへ折っていたらしかった。どのページも上の角がなくなり、そこに小さな三角形がきちんと折り重なっていた。「昔からこれが癖なんだ。なんとなく落書きするのと似たようなものだね。知らないうちにやってしまう」

ステージの下のドアが開き、オーケストラピットに楽団員たちが第二部の演奏をすべく戻ってきた。ふたりにいちばん近いのがドラマーで、仕切りの手すりのすぐむこうにいた。鼠のような男で、もう十年ほど戸外の空気に触れていないといった感じだった。頬骨の上で皮膚がぴんと張りつめ、髪はぺったりと撫でつけられててかてか光っているので、白い線の入った濡れた水泳帽をかぶっているように見えた。鼻の下には、鼻水でもたれたように見える貧相なちょび髭がはえていた。

最初のうち、ドラマーは客席のほうを見なかった。椅子の位置を調節したり、楽器のあちこちのネジを締めたりするのに忙しかった。準備ができて、なんとなく周囲を見まわした時、ほとんどすぐに、女とその帽子に気づいた。

ドラマーはなにか思ったようだった。知性の感じられないぼんやりした顔が、催眠術にかかって魅入《みい》られたような表情に固まった。魚のように口を小さくあけ、そのままあけっぱなしにした。帽子の女を見つめまいと、ときどき目をそらしたが、長くそうしていることができず、また視線を戻してきた。

ヘンダースンはしばらくのあいだ、いったいなんだろうと、他人ごとの気分で面白がっていた。だが、そのうち連れの女性がひどく不快そうにしているのに気づくと、すぐにドラマーをじろりと睨みつけたので、ドラマーはさっと譜面に目を戻して、もうこちらを見なくなった。だが、顔はむこうを向いていても、首のあたりが妙にぎこちなく緊張していて、女のことを考えているのがわかった。

「わたし、あの人に注目されちゃったみたいね」女は小声でくすくす笑った。

「完全無欠のドラマーも今夜は調子を崩すのかな」とヘンダースンも同調した。

背後の席がすでにふたたび客で埋まっていた。場内の照明が落ち、フットライトがぱっとともって、第二部の幕開《まくあ》きの音楽がはじまった。ヘンダースンは不機嫌な顔でプログラムのページの上隅を折りつづけていた。

第二部の中ほどで、音楽がクレッシェンドで高まったかと思うと、劇場専属のアメリカ人楽団員はみな楽器を下に置いた。かわって舞台上にいる楽団が、ボンゴとマラカスで異国情緒たっぷりのリズムを刻みはじめ、今夜のショーの主役である南米出身の人気者、歌手にしてダンサーにして女優のエステラ・メンドーサが登場した。

ヘンダースンは自分で気づく前に、隣に坐った女に肘でつつかれた。意味がわからないまま、女を見てから、また舞台に目を戻した。

ふたりの女は、互いを見てすでにその重大な事実を意識していたが、男は一般にその手のことに鈍感で、ヘンダースンもまだ気づかないのだった。女のささやき声が耳に届いてきた。「あの女《ひと》の顔を見て。フットライトが邪魔で客席へ降りてこられないのがありがたいわ。殺してやるって顔をしてるもの」

舞台上の歌手は、官能的に微笑んではいるものの、表情豊かな黒い瞳にはっきりと敵意を光らせていた。なにしろ見過ごしようもない最前列の客席に、自分の帽子にそっくりの模造品をこれ見よがしにかぶっている女が、陣取っているのだ。

「この帽子がどこからデザインのヒントをもらったのか、やっとわかった」女は苦笑するような調子でつぶやいた。

「でも怒ることはないだろうに。むしろ得意になっていいはずだ」

「こういうのって男の人にはわからないわね。宝石や、歯の金の詰め物なら真似されてもいい。だけど帽子はだめなの。とくにこの場合、帽子は芸の一部で、あの人のトレードマークみたいなものでしょ。きっと無断で真似されたのよ。あの人がこのデザインを使っていいと許可するはずは――」

「そうか、芸を盗まれたようなものなんだね」ヘンダースンは、すべてを忘れて惹きこまれるほどではないが、前よりいくらかショーに関心を持ちはじめた。

女性歌手の芸は単純なものだった。本物の芸はみな単純なものなのだ。手抜きの芸も時としてそうだが。歌はスペイン語で歌ったが、それにしても歌詞にはたいして意味がない。こんな感じのものだ。

チカ・チカ、ブン・ブン
チカ・チカ、ブン・ブン

それを何度も繰り返した。目を左右に動かしながら、一歩あるくごとに腰をぐいぐいと突きだす。そして肩紐で脇腹の高さにつるした平たい籠から、小さな花束をとり、女の観客に投げた。

その歌の二コーラスめが終わる頃には、前の二、三列にいる女の観客はみな花束の贈り物を受けとっていたが、ヘンダースンの連れだけははっきり除外されていた。「わざとわたしを除け者にしているのよ。この帽子の仕返しに」女は、ちゃんとわかっているわという顔でささやいた。実際、腰を突きだし、靴の踵で床を踏み鳴らしながら、ゆっくりと舞台上を横切っていく女は、ヘンダースンたちの前を通るたびに、険悪な顔でふたりを睨みつけ、目で爆弾の信管のように火花を散らすのだった。

「見てて、花束をもらってみせるから」女はヘンダースンに小声で言うと、顔の下で両手を組み、万力のように左右から強く押し合った。

その仕草も、はっきりと無視された。

今度は肘を曲げたまま、両手をほどいて前に差しだし、ねだるポーズをとる。

舞台上の女はちょっと目を細めたが、すぐにもとに戻し、視線をよそへ移した。

ふいに、ヘンダースンの連れが指を鳴らした。ぱちんという鋭い音が、音楽の上に響いた。歌手の目がまたぎょろりと戻り、狂ったような光をたたえて女を睨んだ。歌手はまたひとつ花束を投げたが、こちらのほうへは来なかった。

「わたし、負けないわよ」女の頑固な声をヘンダースンは聴いた。どうするんだろうと思う暇もなく、女が立ちあがり、にこにこ笑って、自分にもらえるはずのものを暗に要求した。

その瞬間、ふたりの女のあいだに膠着状態が生まれた。とはいえ、もとより五分《ごぶ》と五分《ごぶ》の勝負ではない。芸人としては、結局のところ、この目立ちたがり屋の観客に負けてやるしかなかった。ほかの観客が見ているところでは、愛嬌と魅力にあふれる歌手という幻想をなんとしても保たなければならないのだ。

ヘンダースンの連れの女が立ちあがったことで、もうひとつ別の、予想しなかった結果が生じた。腰を突きだしながら歩いている歌手が、ゆっくりと引き返してきた時、客席後方から低く狙って対象を忠実に追ってきたスポットライトが、一階最前列の上等席でひとりだけ立った観客の頭と肩を照らしだした。その結果、そっくりな帽子がふたつ、衝撃的な形で浮かびあがり、みんなの注意を惹きつけてしまったのだ。静かな水面に石がひとつ投げこまれたように、ひそひそ声の波紋がひろがっていった。

歌手はあっさり降参して、ふたつの帽子が喧嘩するこの厭わしい状態にけりをつけることにした。脅迫に屈して花束をひとつ抜きとり、投げると、花束はフットライトの列を越えて、小さな弧を優雅に描いた。歌手は無視したことをわびるような憂い顔をつくった。〝あなたを見過ごしてしまったの？　ごめんなさいね、わざとじゃないのよ〟、と言っているような顔だった。だが、その表情の下では、南国の女らしい凶暴な怒りで青ざめているのがわかった。

ヘンダースンの連れは器用に花束を受けとめると、優雅に唇を動かしながら席についた。だが、ヘンダースンだけは、唇が何を言ったかを知っていた。〝ありがとう——ラテンの虱《しらみ》女!〟。うっと喉が詰まるような気がした。

敗れた歌手は、痙攣するように小さく腰を動かしながらゆっくりと舞台の袖《そで》に入る。音楽は列車の車輪が立てる、ガタンゴトンという音が遠ざかるように消えていった。

場内がまだ拍手喝采でわいている時、舞台袖の近くにいた観客は、ちょっと面白い寸劇を目にした。シャツ姿の男の腕がふたつ、おそらく舞台監督のものだろうが、また舞台に飛びだしていこうとする歌手を体ごと押しとどめたのだ。歌手にはもう一度観客にお辞儀をするだけではない、別の目的もあったようだ。舞台監督に強く抱きしめられて、体の脇に押しつけられた腕の先の手は、拳に握りしめられ、無礼な女を懲らしめてやろうとぴくぴく動いていた。まもなく舞台が暗転して、次の演し物がはじまった。

最後のカーテンが閉じて、ふたりは立ちあがった。ヘンダースンはプログラムを自分の席にぽんと放りだした。

驚いたことに、女は座席からそのプログラムをとりあげた。自分のものと重ねて持ち、「記念にとっとく」と言った。

「意外とおセンチなんだね」ヘンダースンは、女のあとから窮屈な通路をゆっくり歩きながら言った。

「おセンチとはちょっと違うの。ときどき――自分の気まぐれを憶《おも》いだすのが愉しいのよ。そのためにこういうものが役に立つの」

気まぐれか。たしかに見ず知らずの男につきあって食事をし、ショーを観るのは気まぐれな行為だろう。ヘンダースンは肩をすくめた――実際の動作はせず、心のなかで。

劇場の外の人ごみをかき分けながら、タクシーに乗ろうとしている時、ちょっとした奇妙な災難が起こった。運転手に合図をして車はもう確保してあったのだが、乗りこむ直前に、目の見えない物乞いが近づいてきて、女のほうへ施しを受けるカップを黙ってぐいと突きだしてきた。その時、物乞いか、誰かほかの者の体がぶつかったのだろう、女が持っていた火のついた煙草が指を離れ、物乞いのカップのなかにぽとりと落ちてしまったのだ。ヘンダースンはその瞬間を見たが、女は見ていなかった。ヘンダースンが注意する暇もなく、なにも知らない不運な物乞いはカップに指を入れた。そして、たちまち熱さに指を引っこめた。

ヘンダースンは急いで吸いさしをカップからつまみだし、償《つぐな》いのために一ドル札を物乞いに握らせた。「悪かったな、じいさん。わざとじゃないんだ」とささやく。物乞いがまだ情けない顔で痛む指を吹いているのを見て、二枚めの紙幣も加えた。今のはへたをするとたちの悪い悪戯《いたずら》と誤解されかねないからだ。だが女の顔を見れば、わざとやったのでないのは明らかだった。

ヘンダースンが女のあとから乗りこみ、タクシーが走りだした。女は、「可哀想だったわね」と言っただけだった。

ヘンダースンはまだ運転手に行き先を告げていなかった。

「今、何時かしら」と女が言った。

「もうすぐ十二時十五分前だ」

「最初に逢った〈アンセルモズ〉に戻りましょうか。おやすみの一杯を飲んで、そこで別れるの。あなたはあなたの道を行き、わたしはわたしの道を行く。それできれいに輪が閉じる。わたし、そういうのが好き」

輪はたいてい真ん中が空っぽだ、という言葉が浮かんだが、いかにも無粋《ぶすい》なので黙っていた。

六時頃にくらべると、バーはかなり賑《にぎ》わっていた。それでもヘンダースンは、カウンターの端の壁ぎわに空いたスツールを見つけると、女を坐らせ、自分はそのそばに立った。

「それじゃ」女はグラスをカウンターから二、三センチだけ持ちあげて、物思わしげにそれを見た。「これを飲んでお別れしましょう。とても愉しかった」

「そう言ってもらえると嬉しい」

ふたりは酒を飲んだ。男は全部飲み干し、女は一口飲んだだけだった。「わたし、もう少しだけここにいるわ」女はこれで本当におしまいという調子でそう言い、手を差しだした。「おやすみなさい――お元気で《グッド・ラック》」ふたりは一夜たまたま知り合っただけの男女らしく、短い握手をした。ヘンダースンが行きかけた時、女は目もとを軽くくしゃっとさせて、助言をつけたした。「もう気が晴れただろうから、大事な女《ひと》と仲直りしたら？」

ヘンダースンはちょっと驚いた顔をした。

「最初からわかっていたのよ」と女は静かに言った。

それでふたりは別れた。男は出入り口に向かい、女はグラスに目を戻した。ひとつのエピソードが終わった。

出入り口に来ると、ヘンダースンは振り返った。女はまださっきの場所にいた。曲がったカウンターの端の壁ぎわのスツールに坐り、物思わしげに目を伏せていた。おそらくグラスの脚をもてあそんでいるのだろう。カウンターの曲がり目のこちら側に、男がふたりいて、その男たちの肩がV字形のすきまをつくっている。そのすきまから、例の鮮やかなオレンジ色の帽子がのぞいていた。

最後に見えたのは、紫煙のむこうの人影のあいだに朧《おぼろ》に浮かんだ明るいオレンジ色の帽子だった。振り返った店の奥のほうで、それはまるで夢の一齣《ひとこま》のように、一度も実在したことのない非現実の情景のように見えた。

2　死刑執行日の百五十日前

真夜中

それから十分間、タクシーは直線を描いて八街区《ブロック》走った。もっともそれは二本の直線からなる経路だった。ある方向に七街区進み、左に折れて、さらに一街区。ヘンダースンは角のアパートメントの前で車を降りた。

料金を払って釣銭をポケットに入れると、建物の玄関の鍵をあけて、なかに入った。

ロビーでは男がひとり、ぶらぶら歩きまわって人を待っていた。椅子に坐らず、なんとなくあちらへ歩き、こちらへ歩きと、ロビーで人を待つ人間がするようなことをしていた。この建物の住人ではなかった。ヘンダースンはこの男の顔を一度も見たことがなかった。男はエレベーターを待っているわけでもなかった。階数表示板に灯りがついていないからだ。エレベーターはどこか上のほうでとまっているはずだ。

ヘンダースンはもう男を見ず、エレベーターを呼ぶために、自分でボタンを押した。

男は、今度は壁にかかっている絵の前へ行き、とくにたいしたものではないその絵を熱心に眺めはじめた。背中をヘンダースンのほうに向けていた。ロビーには自分以外に誰もいないというふりを、ことさらにしているが、少々やりすぎの感があった。なにか疚《やま》しいことがあるのだろうと、ヘンダースンは思った。その絵にはそんなにしげしげ見つめるだけの値打ちはないからだ。男は誰かが降りてくるのを待っているのに違いなかった。

ヘンダースンは考えた。それがどうした。自分には関係ないことだ。

エレベーターが来たので、乗りこんだ。重いブロンズ製の扉が自動的に閉まった。パネルのいちばん上の、六階のボタンを押した。外扉の小さな菱形のガラス窓を通して、ロビーがさがりはじめるのが見えた。その直前、絵画鑑賞者が、待ち人が来ないのにじれたのだろう、電話交換台のほうへ歩きだすのが見えた。これまた、ヘンダースンにはなんの関係もあるはずのない寸劇だった。

六階で降りて、部屋の鍵を出そうとポケットに手を入れた。廊下は静かだった。ポケットのなかで小銭が小さくちゃらちゃら鳴る以外に、なんの音も聴こえなかった。

鍵穴に鍵をさし、ドアをあけた。部屋はエレベーターを降りて右側にあった。灯りは全部消えていて、ドアのむこうは真っ暗だった。ヘンダースンは信じられないという調子で、腹立たしげに喉の奥で唸った。

スイッチを入れると、こぢんまりした玄関ホールが現われた。だが、光が届くのはそこだけで、目の前にあるアーチ形の出入り口のむこうは、見通せない闇に沈んでいた。

ヘンダースンはドアを閉め、帽子と上着を椅子の上に放り投げた。沈黙と、まだ続いている暗闇に、いらだちを覚えている様子だった。顔にはまた不機嫌な表情が戻ってきた。午後六時に街でひどく目立っていたあの不機嫌な表情が。

ヘンダースンはある名前を呼んだ。アーチ形の出入り口のむこうの謎めいた闇に向かって声を送りこんだ。「マーセラ！」命令するような、あまり優しさのない声だった。

闇は応えなかった。

ヘンダースンはけわしい命令口調で話しながら、なかへ入っていった。「さあ、もういい加減にしろ！　起きてるんだろう。そんなことで騙されるもんか。寝室の灯りがついてるのが、ついさっき下の通りから見えたんだ。子供じみたことはよせ。そんなことしたってなんにもなりゃしないぞ！」

沈黙は応えなかった。

ヘンダースンは闇を斜めにつっきって、記憶している壁の一点をめざした。さっきほど高く張った声ではないが、なおも文句を言いつづけた。「ついさっきまで、きみは目を醒《さ》ましてた！　なのにぼくが帰ってきた物音がしたら、ぐっすりお寝んねか！　きみは問題から逃げてるだけなんだ！」

前に手を伸ばしたが、なににも触れないうちに、ぱちりと音がした。ふいに光を浴びて、ヘンダースンは軽くびくりとした。灯りが思ったよりも早くつきすぎたからだった。

ヘンダースンは自分の手を見た。スイッチはまだ数センチ先にあった。手とスイッチは触れあっていなかった。スイッチから今、横にすっと離れていく手があった。ヘンダースンの目は、その手からシャツの袖に包まれた腕をたどり、男の顔を発見した。

ヘンダースンははっとして横に体を回した。その方向にも、もうひとつ男の顔があって、こちらを見ていた。さらに体を回して、最初の向きとほぼ正反対のほうを向くと、まうしろだった方向に第三の男の顔があった。三人の男は冷ややかに、彫像のようにじっと動かず、半円形にヘンダースンを囲んでいた。

ヘンダースンは、この死んだように黙した三人の幽霊の存在にぎょっとして、なにか理解できるものはないか、状況を把握するための手がかりはないかと、問いかける顔で周囲を見まわした。ここは正しい場所なのだろうか？　ちゃんと自分のアパートメントに帰ってきたのだろうか？

ヘンダースンの目が、壁ぎわのテーブルに置かれた、台座がコバルトブルーの電気スタンドにとまった。それは彼のものだった。隅に座面の低い椅子があった。それも彼のものだった。戸棚には二つ折りの写真立てが飾ってある。一枚の写真には、巻き毛の髪がふっさりと豊かな、雌鹿《めじか》のような可愛い目の若い美しい女が、口をとがらせた顔で写っていた。

もう一枚はヘンダースン自身の顔だった。

ふたつの顔は、よそよそしい表情で、互いにそっぽを向いていた。

それなら、ちゃんと自分の住まいに帰ってきたわけだ。

まず口をきいたのはヘンダースンだった。三人の男はいつまでも喋りそうになかった。

一晩じゅうヘンダースンをじっと見つめながら立っていそうだった。「あんたたちはうちで何をしてるんだ？」とヘンダースンはとがめる口調で訊いた。

男たちは応えなかった。

「あんたたちは誰なんだ？」

やはり応えなかった。

「いったいなんの用だ？　どうやって入ってきた？」ヘンダースンはまたマーセラの名を呼んだ。今回は、この男たちはなぜここにいるんだと説明を求めるような呼び方だった。

彼が今目を向けているドアは、先ほど入ってきたアーチ形の出入り口以外にある唯一のドアだった。そのドアは、この状況には関心なさそうに閉まったままだった。なにか隠しているように、不可解にも、閉まったままでいた。

男たちが声を発した。ヘンダースンはさっとそちらに顔を戻した。「きみはスコット・ヘンダースンかね？」と男のひとりが訊いてきた。三人は半円形を少し狭《せば》めていた。

「ああ、それはぼくの名前だ」ヘンダースンはまた開かないドアのほうを見た。「なんなんだ？　なにがあった？」

男たちは腹立たしいほど悠長に構えて、自分たちの訊きたいことを訊き、ヘンダースンの問いには答えなかった。「きみはここに住んでいる。そうだね？」

「ああ、ここに住んでるんだ！」

「それで、きみはマーセラ・ヘンダースンの夫なんだね？」

「そのとおりだ！　さあ、いったいどういうことなのか教えてくれ」

男のひとりが掌でなにかの仕草をしたが、ヘンダースンは見逃してしまった。気づいた時にはもうその仕草は終わっていた。

ヘンダースンはドアのほうへ行こうとしたが、なぜか男のひとりが行く手に立ちふさがって邪魔をした。「家内はどこにいる？　出かけたのか？」

「出かけちゃいないよ、ミスター・ヘンダースン」とひとりが穏やかに答えた。

「あそこにいるんならなぜ出てこないんだ」ヘンダースンは声を高めた。「返事をしてくれ。なにか言ってくれ！」

「出てこられないんだ、ミスター・ヘンダースン」

「ちょっと待ってくれ。さっきなにか見せたようだが、あれは警察のバッジですか？」

「まあ落ち着くんだ、ミスター・ヘンダースン」四人の男はぎこちない集団のダンスを踊った。ヘンダースンがある方向へ少し動くと、三人も一緒に動く。反対側へ戻ると、ほかの男たちもついてくる。

「落ち着けって？　ぼくはなにがあったか知りたいんです！　泥棒が入ったんですか？　事故でも起きたんですか？　車に轢《ひ》かれたとか？　ちょっと手を離してください。あの部屋へ入らせてくれませんか」

だが彼の一組の手に対して、男たちは三組の手を持っていた。一組の手を振り払っても、あとの二組が引きとめてきた。彼はみるみる興奮が衝《つ》きあげて抑えきれなくなってきた。もう爆発寸前だった。静かな部屋に、四人の早い息遣《づか》いが満ちた。

「ぼくはここに住んでいる。ここはぼくの家だ！　こんなことはおかしいじゃないか！　ぼくが妻の寝ている部屋に入るのを邪魔する権利なんて、あんたたちには――」

突然、男たちは妨害をやめた。真ん中の男が、ドアに近いほうの男に小さな手ぶりをし、しぶしぶ譲歩する口調で言った。「よしいいだろう。入れてやれ、ジョー」

邪魔な腕が急に引っこめられて、手ごたえがなくなった。ドアを開き、バランスを崩して部屋に入ると、最初の一、二歩はよろめいた。

そこはこぎれいに調《ととの》えた、繊細な、愛の部屋だった。室内は青と銀色で統一され、よく知っている芳香が漂っていた。鏡台の上に坐っている、青い繻子《しゅす》のスカートをパニエで大きくふくらませた人形が、大きく見開いた目に恐怖を浮かべて、ヘンダースンを見ているように思えた。電気スタンドの青いシルクの笠を支えている二本のクリスタルの支柱のうち一本が、人形の膝の上に斜めに倒れていた。ふたつのベッドには青い繻子の上掛けがかかっていた。片方のベッドの上掛けは凍った水面のように平らで滑らかだが、もう片方は人の形に盛りあがっていた。誰か眠っている人、あるいは病気で臥《ふ》せっている人の形に。その誰かは頭から足まで完全に覆われていたが、頭のほうからは、カールした髪がふたつまみほど、赤茶色の泡のようにこぼれでていた。

ヘンダースンはぴたりと動きをとめていた。真っ青な顔をしてうろたえた。「あいつ――なにかしたんだな！　ああ、馬鹿なやつ――！」ふたつのベッドにはさまれたナイトテーブルを怖《こ》わごわ見た。だが、そこにはグラスも、小さな瓶も、薬の箱もなかった。ヘンダースンはふらふらとベッドに歩み寄った。背をかがめ、上掛けごしに丸い肩をさぐりあて、揺さぶりながら訊いた。「マーセラ、大丈夫か――？」

男たちも部屋に入ってきた。ヘンダースンはなんとなく、自分の一挙一動が監視され、吟味されているように感じた。だが、今は妻のことを考えるので精一杯だ。

ドアロから、三組の目がこちらを見ていた。ヘンダースンが青い繻子の上掛けに手を伸ばすのを見ていた。手が上掛けの隅を細長い三角形にめくった。

その瞬間、ヘンダースンの心に永久に消えない傷が残りそうな、ぞっとする、信じられないものが見えた。妻がこちらを見あげて、にやりと笑っていたのだ。それは死者に特有のじっと動かない笑みだった。髪の毛が扇をひろげたように枕の上で波打っていた。

いくつかの手が割りこんできた。ヘンダースンは、のろのろと、一歩ずつ、うしろにさがった。青い繻子の上掛けがもとに戻され、妻の顔がまた見えなくなった。それきり、永遠に。

「ぼくはこんなことを望んじゃいなかった」ヘンダースンは舌をもたつかせた。「こんなことになればいいなんて――」

三組の目が互いを見、それぞれの脳のノートに今の言葉を書きこんだ。

男たちはヘンダースンを居間へ連れだし、ソファーまで導いた。ヘンダースンはソファーに腰かけた。男のひとりが引き返して寝室のドアを閉めた。

ヘンダースンはソファーに静かに坐り、部屋の灯りがまぶしすぎるというように、目の上に片手をかざしていた。男たちは彼を見ていないように見えた。ひとりは窓辺に立ってぼんやり外を眺めていた。もうひとりは小さなテーブルの脇に立ち、雑誌をめくっていた。三人めは部屋の反対側に坐っていたが、彼を見てはいなかった。なにかを使って爪の掃除をしていた。目下のところそれが世界でいちばん重要な仕事だとでもいうような、没頭の仕方だった。

やがてヘンダースンが目の前から手をはずした。いつのまにか、写真立ての、妻の写真を見ていた。写真はちょうどヘンダースンのほうを向いていた。ヘンダースンは手を伸ばして写真立てを閉じた。

三組の目が、精神感応《テレパシー》の交信を一巡させた。

鉛のように重い沈黙の天井が、上からのしかかってきた。とうとう部屋の反対側に坐っている男が、口を開いた。「ちょっと話を聴かせてもらおうか」

「もう少し待ってもらえませんか」とヘンダースンは力なく訴えた。「気が動転してしまって――」

椅子に坐っている男が、気持ちはわかるというような顔でうなずいた。窓辺の男はなおも外を眺めている。テーブルの脇の男は女性雑誌をめくりつづけていた。

ヘンダースンは、ものがはっきり見えるように、目と目のあいだをつまんだ。それから、さらりと言った。「もう大丈夫だ。始めてくれていい」

最初はごく普通の会話のような、さりげないやりとりだった。尋問が始まっていることすらわかりにくかった。あるいは、これはいくつかのごく基本的な事実を訊きだすために、軽いお喋りの形をとるという手法なのかもしれなかった。「年はいくつだね、ミスター・ヘンダースン」

「三十二」

「奥さんは？」

「二十九」

「結婚してどれくらいになる？」

「五年です」

「きみの仕事は？」

「株式ブローカー」

「今夜は何時に家を出たのかね、ミスター・ヘンダースン？」

「五時半から六時のあいだ」

「もう少し絞りこめないかな」

「ああ、たぶんできる。ここのドアを閉めた正確な時刻はわかりません。五時四十五分から五十五分のあいだでしょう。この先の角のところで時計が六時を打つのを聴いた記憶がある。隣の街区の小さな教会の時計だ」

「なるほど。その時はもう夕食はすんでいたかね？」

「いや」何分の一秒か、間《ま》がはさまった。「いや——まだだった」

「じゃ、夕食は外でとったんだね」

「外でとった」

「それはひとりで？」

「夕食は外でとりました。妻は一緒じゃなかった」

テーブルの脇にいる男はもう雑誌を読み終えていた。窓辺の男もすでに窓の外の見たいものを見つくしていた。椅子に坐った男は、鋭く斬《き》りこんで相手を刺激するのを怖れるかのように、如才《じょさい》ない、遠慮がちな話し方をした。「しかし、その、奥さんと一緒でなしに外で夕食をとるというのは、いつもの習慣とは違うんだろう？」

「ええ、違います」

「違うのなら、今夜はどういうわけでそういうことになったんだね？」刑事はヘンダースンを見ず、脇の灰皿に今はたき落とした煙草の灰を見ていた。

「今夜は一緒に外で夕食をとろうと決めていたんです。それが出かける間際《まぎわ》になって、気分が悪い、頭が痛いと言いだして——だから、ひとりで行ったんです」

「言い争いをしたというようなことは？」この問いはひどく暗い調子の、小さな声で口にされた。

ヘンダースンも同じように暗い調子で答えた。「まあ、ちょっと言い合いをしました。わかるでしょう、そういう感じになるのは」

「ああ、もちろん」刑事は、夫婦間のちょっとした行《ゆ》き違いがどういう展開になりがちかをよく知っているようだった。「しかし、そんな深刻なことじゃなかったと」

「妻がこんなことをするような深刻なことじゃなかった。そういう意味で言ってるのならですがね」ヘンダースンはそこで言葉を切り、ぐっと警戒心を高めて、質問に切り替えた。「ところで、いったいどういうことなんです？　まだ説明してくれないけど。なにが原因で——？」

玄関のドアが開いたので、ヘンダースンは言いさした。そして催眠術にかかって魅入られたような目で見ていた。寝室のドアが閉まった時、ヘンダースンは立ちあがろうと腰を浮かせた。「今の連中はなににしにきたんです？　何者なんです？　あの部屋でなにをしてるんです？」

椅子に坐っている男がやってきて、肩に手をかけてきたので、ヘンダースンはまた坐った。乱暴に押さえつけられたわけではない。むしろ慰めるような仕草だった。

窓のそばにいる男が目を向けてきて言った。「なんだか落ち着かないようだね、ミスター・ヘンダースン？」

どんな人間でも持っている本能的で自然な威厳とでもいうべきものが、ヘンダースンを救いにきた。「どうしてぼくが——落ち着いていられるっていうんです？」苦々しい口調で言い返した。「家に帰ってきたら、女房が死んでたんですよ」

言い分はもっともだと納得されたらしかった。窓辺の男は、この点についてはそれ以上追及してこなかった。

寝室のドアがまた開いた。室内でなにかやっていた。ヘンダースンの大きく見開いた目が、寝室のドアからアーチ形の出入り口をへて玄関ホールにいたる短い距離を、ゆっくりとたどった。この時は痙攣するような動きで腰をあげ、完全に立ちあがった。「そんなやり方はよせ！　あのやり方を見てくれ！　まるでジャガイモを詰めた袋でも運ぶみたいに

——あのきれいな髪の毛を床に引きずって——あいつはいつもほんとに念入りに髪の手入れを——！」

いくつかの手がヘンダースンをその場に押さえつけた。玄関のドアがくぐもった音を立てて閉まった。空になった寝室から漂ってきたかすかな香りが、こうささやいているようだった。〝憶えてる？　わたしがあなたの愛する女だった時のことを憶えてる？〟

ヘンダースンはどさりとソファーに腰を落として、両手に顔をうずめ、手で顔の肉を揉みしだいた。はげしい息遣いが聴こえた。それまで保たれていたテンポが粉砕された。顔から両手を離すと、無力感と驚きをあらわにして言った。「男は泣かないものだと思ってた——なのに、泣いてしまった」

椅子に坐っていた男が煙草を一本くれて、火もつけてくれた。ヘンダースンの目がマッチの炎できらきら光った。

今のことが妨げとなったのか、それとも質問の種が切れたのか、尋問は続行されなかった。ふたたび口を開いた時、男たちがやりだしたのは、時間を埋めるためになんでもいいから喋るというような、意味のないむだ話だった。

「きみはなかなかお洒落だな、ミスター・ヘンダースン」と椅子に坐っている男が唐突に言った。

ヘンダースンはちょっと不愉快げな顔をしただけで取り合わなかった。

「すごいよな。身につけてるもの全部の調和がとれている」

「そういうのもひとつの芸術だからな」と女性雑誌の男が口をはさんだ。

「靴下、シャツ、ポケットチーフ――」

「しかしネクタイだけがねえ」と窓辺の男が一石を投じた。

「こんな時になぜそんな話をするんです？」ヘンダースンはうんざりした声で言う。

「やっぱり青でなきゃおかしいな。ほかは全部青だから。全体の調和が台なしだ。わたしはお洒落なんかに縁はないが、ちょっと見ただけでも、なんかこうね――」それからさりげない調子で続けた。「なんでネクタイという大事なところでしくじるんだ？　ほかは全部完璧に組み合わせたのに。きみは青いネクタイは持ってないのかね？」

ヘンダースンはほとんど泣きつくような声を出した。「いったいどういうつもりなんだ？　わかりそうなものじゃないですか。今そんなくだらないことを――」

刑事は、さっきと同じくらい抑揚のない口調で同じことを訊いてきた。「きみは青いネクタイは持ってないのか、ミスター・ヘンダースン？」

ヘンダースンは片手で髪をかきあげた。「あなたはぼくの頭を狂わせようとしてるんですか？」こんなくだらない話題には耐えられないとばかり、小さな声で言った。「ええ、青いネクタイは持ってますよ。ネクタイ掛けにかけてあるはずだ」

「じゃ、なぜそれにしなかったのかね？　全体の服装からすればネクタイは当然青だろうに」そこで刑事は緊迫した空気を振り払うような手ぶりをした。「もっとも、最初は青いのを締めたが、気が変わって、今締めてるのと換えたのかもしれないがね」

ヘンダースンは言った。「それがどうしたっていうんです？　なぜネクタイの話ばかりするんですか？」声が少し高くなった。「女房が死んだんだ。頭のなかが滅茶苦茶なんだ。何色のネクタイを締めたの、締めないのと、それがなんだっていうんです？」

だが同じ話題が、頭の上に一滴ずつ執拗《しつよう》にたらされる水のように落ちかかってきた。「たしかかね？　最初は青いのを締めたのに、あとで気が変わったんじゃないというのは――」

ヘンダースンは息苦しそうな声で言った。「ええ、たしかですよ。青いのはそこのネクタイ掛けにかかってる」

刑事はあっさりした口調で言った。「いや、ネクタイ掛けにはない。だから訊いてるんだ。あのネクタイ掛けは、魚の骨みたいに、横の棒が縦に並んでるだろう。いつも青いネクタイをかけてある横棒はすぐわかった。ひとつだけ空いてるのがあったからね。そこにかけるネクタイは、何本かのネクタイが少しずつずれて重なり、まっすぐ下にぶらさがるなかで、いちばん下になる。だから青いネクタイはほかのネクタイの下から抜きとったわけだ。適当にぱっととったんじゃなくて、わざわざそれを選んだ。そこで気になるのは、なぜほかのネクタイを全部持ちあげて、その下から抜くという手間をかけておきながら、なぜ結局は朝から仕事をするのに締めていたネクタイですませてしまったかなんだ。夕方からのお洒落な服には似合わないのに」

ヘンダースンは掌で額を叩き、ぱっと立ちあがった。「もうだめだ！」とつぶやいた。「もう我慢できない！　なにが言いたいのかはっきり言ってくれ！　青いネクタイがネクタイ掛けにないのなら、どこにある？　ぼくはあれは締めなかった！　どこにあるんだ？　知ってるなら教えてくれ！　でも、どこにあろうと、それがどうしたっていうんだ？」

「それはとても重大なことなんだ、ミスター・ヘンダースン」

刑事はそこで長い間を置いた。それがあまりにも長いので、次の言葉が来ないうちから、ヘンダースンは顔面蒼白になってきた。

「青いネクタイは奥さんの首にきつく巻かれて結ばれていた。あんまりきつすぎて、奥さんは死んだんだ。ナイフで切らないとはずせないほど、きつい巻き方だったよ」

3　死刑執行日の百四十九日前

夜明け

千の質問が終わったあと、暁《あかつき》の光が窓からにじみこんできた。部屋のなかは、そこにいる人も含めて、なにひとつ変わっていなかったが、早朝の薄明かりのせいでどこか違ったふうに見えた。まるで夜通しのパーティーが開かれたあとの部屋のようだった。器という器に煙草の吸い殻があふれ返っていたが、その多くは灰皿にされることを予定していなかった。コバルトブルーの電気スタンドもまだそこにあった。射しはじめた日のなかで、光の輪が薄ぼんやりした暈《かさ》となっていて奇妙だった。写真立てもまだあったが、妻のはもはや実在しない人間の像だった。

みんなは外見もふるまいも二日酔いに苦しむ男たちのようだった。上着とベストを脱ぎ、ワイシャツの喉もとのボタンをはずしている。ひとりはバスルームに入って水で顔を洗っていた。開いたドアから鼻をかむ音が聴こえてきた。ほかのふたりは煙草を吸いながら、落ち着きなく歩きまわった。ヘンダースンだけが静かに坐っていた。一晩じゅうずっと同じソファーに腰かけていた。まるで生まれてからずっとこうしてきたような気分、この部屋以外の場所を知らないかのような気分だった。

バスルームにいるバージェスという刑事が、ドア口に現われた。洗面台に溜めた水に頭全体を浸《つ》けたらしく、髪をぎゅっと握って水を絞りだした。「タオルはどこかな？」とヘンダースンに訊いたが、そのごくありきたりの質問が逆に奇妙な響きを帯びた。

「ぼくも自分で棚にタオルを見つけたことがない」とヘンダースンは沈んだ声で答えた。「あいつは——タオルをくれと言ったら出してくれたけど、しまってある場所は、ぼくは今も全然知らないんです」

バージェス刑事はドア口の床にぽたぽた水をたらしながら、弱ったなという顔で周囲を見まわした。「シャワーカーテンの端っこで拭いてもかまわないかな？」と訊く。

「いいですよ」ヘンダースンは哀れなほど意気消沈した声で答えた。

尋問がまた始まった。もう終わったと思った頃、いつも再開されるのだった。

「夫婦喧嘩の原因はその劇場のチケットのことだけじゃないだろう。きみはどうしてわれわれにそうだと信じこませようとするんだ？」

ヘンダースンは目をあげてひとりの男の顔を見たが、今の問いを発したのはその男ではなかった。ヘンダースンは、人にものを訊く時は相手の顔を見るのが礼儀だという考え方をまだ当然のものと思っていた。ところが今の質問の主《ぬし》は、ヘンダースンのほうを見ていない男だった。

「そのとおりだからです。それが原因なのに、ほかのことだと言えというんですか？　劇場のチケットのことで喧嘩をするのがそんなに珍しいですかね？　よくあることじゃないですか」

別の刑事が言った。「なあ、ヘンダースン。いい加減はぐらかすのはよせ。その女は誰なんだ？」

「その女って？」

「おいおい、またそこからやり直しか」刑事はいまいましげに言った。「一時間半か二時間前に逆戻りだ。今朝の四時頃、この話をしただろう。その女は何者なんだ？」

ヘンダースンは疲れのにじむ仕草で髪を手ですき、虚《むな》しさに打ちひしがれるようにうなだれた。

バージェスが、シャツの裾をズボンのなかに入れながら、バスルームから出てきた。ポケットから腕時計を出して手首につける。その時計をしばらく見てから、ぶらぶらと玄関ホールに出ていった。電話の受話器をとったようだった。声が聴こえてきた。「わかった、ティアニー」誰も反応しなかった。とくにヘンダースンはそうだった。目を開いたまま半分眠っているようなもので、ぼんやりと絨毯を見ていた。

バージェスがまたぶらぶら戻ってきた。なにをしていいのかわからないというように室内を歩きまわり、結局窓辺に行った。ブラインドの羽根を調節して、もう少し日の光を入れた。外の窓敷居《しきい》に小鳥が一羽いた。小鳥は賢そうな顔でこちらを見た。バージェスが言った。「おい、ちょっと来てみたまえ、ヘンダースン。これはなんという鳥だ?」ヘンダースンが動かないので、さらに重ねた。「来てみろって。急がないと飛んでっちまう」バージェスはさも一大事だというように急《せ》かした。

ヘンダースンは立って窓辺へ行き、バージェスと並んだ。それで室内に背中を向けることになった。「雀だ」とヘンダースンは言った。そして〝それが知りたかったわけじゃないだろう〟という目でバージェスを見た。

「そうじゃないかと思った」とバージェスは受けた。それから、ヘンダースンの目を窓の外へとどめておくために続けた。「けっこう眺めがいいな」

「雀も眺めも、あなたにあげますよ」ヘンダースンは苦々しげに言った。

ふいに室内が静まった。もう質問は来なかった。

ヘンダースンは振り向き、そこでぴたりと動きをとめた。さっきまで自分が坐っていたソファーに、若い女がひとり腰かけていた。入ってきた音は聴こえなかった。ドアの蝶番がきしむ音も、衣《きぬ》ずれの音も。

三人の男の視線が顔に食いこんできて、皮膚を全部むいてしまいそうだった。ヘンダースンは皮膚をむかれないようぐっと内側に引きとめた。皮膚はボール紙のように少しこわばっているように感じられたが、動かさないようにした。

若い女がヘンダースンを見、ヘンダースンも若い女を見た。きれいな女だった。風貌はアングロサクソン風で、昨今の本物のアングロサクソン系よりもそれらしかった。青い瞳、まっすぐな糖蜜飴《タフィー》色の髪。横分けをして、前髪が額の上できれいな線を描き、分け目は男のようにくっきりとつけている。黄褐色のラクダの上着は袖を通さず、はおっているだけだ。帽子はかぶっておらず、ハンドバッグをぎゅっとつかんでいた。年は若かった。愛も男も信じられる若さだった。もしかしたら、一生のあいだそれらを信じることのできる、理想主義的な気質の女性なのかもしれなかった。そのことは、ヘンダースンを見る目からも読みとれた。目のなかで香が焚《た》かれているようだった。

ヘンダースンは軽く唇を湿らせてから、ごくかすかにうなずいた。関係が薄く、名前も出逢った場所も憶いだせないが、失礼はしたくないので会釈をしたといったふうだった。

それきりヘンダースンはその若い女への関心を失ったように見えた。

バージェスが同僚たちになにか合図を送ったに違いない。ふと気づくと、ヘンダースンは若い女とふたりきりになり、部屋にはほかに誰もいなくなっていた。

ヘンダースンは手ぶりで制止しようとしたが、遅すぎた。キャメルの上着は、なかに女のいない空っぽの状態でソファーの隅に立っていた。それからゆっくりと揺れながら崩れ、毛皮のかたまりになった。女はロケットが発射されたように飛びついてきた。ヘンダースンは脇へ寄ってよけようとした。「よせ。気をつけないと。連中の思うつぼだ。たぶんぼくたちの話を盗み聴きしてるはず――」

「わたし、なにも怖くない」女はヘンダースンの両腕をつかみ、軽く揺さぶった。「あなたは？　あなたはどう？　答えて！」

「この六時間、ぼくはきみの名前を出さないよう頑張ってきた。連中はどうやってきみを引っぱりこんだんだ？　どうやってきみのことを知った？」ヘンダースンは自分の肩を強くつかんだ。「くそっ、きみを巻き添えにしないですむなら、右腕をここから切られてもかまわなかったのに！」

「でも、あなたが困っている時、わたしは一緒にいたい。わたしの気持ちがよくわかってないみたいね？」

キスに口をふさがれて返事ができなかった。それからヘンダースンはこう言った。「まだ潔白かどうかわからない男にキスなんかして――」

「そうじゃない」ときっぱり言う女の息が顔にかかった。「わたしはそんな間違った判断をしていない。誰だってこの判断は間違えっこないわ。こんなことで間違えるとしたら、わたしの頭は病気ってことだから病院へ行かなくちゃいけない。でも、わたしの頭はしっかりしているのよ」

「きみの頭に、病気じゃないから大丈夫だと伝えてくれ」ヘンダースンは哀しげな口調で言った。「ぼくはマーセラを憎んじゃいなかった。もう一緒にやっていけるだけの愛情がなくなっていただけだ。殺すなんてありえない。そもそもぼくは人なんか殺せそうにないんだ。たとえ相手が——」

女は今の言葉が嬉しくてならない、という仕草で、額をヘンダースンの胸にうずめた。

「そんなこと言わなくてもわかってる。街を一緒に歩いてて、野良犬がむこうからやってくるのを見た時のあなたの顔を、わたしは知っているもの。道ばたで荷車を引く馬が——ああ、こんな時に話すことじゃないかもしれないけど、わたしがあなたを愛してるのはどうしてだと思ってる? 自分がハンサムだからとか、頭がいいからだとか、お洒落だから、なんて思ってないでしょうね?」ヘンダースンはふっと微笑んだ。さっきから彼女の髪の毛を撫で、ときおりその手をとめては、髪にキスをしていた。「その理由はあなたの内面にあって、わたしにしか見えないものなのよ。あなたはいいところをうんと持っている、とてもすばらしい人だけど——そのいいところは全部あなたのなかにある。わたししか知らない、わたしだけのものなの」

女はようやく顔をあげた。目が涙で濡れていた。

「よしてくれ」とヘンダースンは小さく言った。「ぼくにそんな値打ちはない」

「値札はわたしがつけたんだから、値切らないで」女はたしなめるように言った。それから今まで忘れていた玄関ホールのほうを見て、顔の輝きを少し暗くした。「あの人たちはどうなの？　あなたのことをどんなふうに——」

「今のところ、心証は五分五分だと思う。見極めがついているなら、こんなに長くは——でも、どうしてきみのことがわかったんだろう？」

「ゆうべ家に帰ってきたら、あなたからのメッセージが六時に入っていた。結果が気になって寝る気になれなくて、それで十一時頃、ここへ電話をかけたのよ。そしたら、あの人たちがもういて、わたしのところへ人をよこしたの。それからずっとその人がそばにいた」

「なんてやつらだ！　一晩じゅうきみを寝かさなかったなんて！」ヘンダースンは憤慨《ふんがい》した。

「あなたが困ったことになってるんだもの。眠りたくなんかなかったわ」女は指先をヘンダースンの顔の上で滑らせた。「大事な問題はひとつだけ。それ以外は全部どうでもいいことなの。その問題はきっと解決される。解決されるはずよ。あの人たちは真犯人を見つける手立てをいろいろ持ってるはずだもの——ところで、どの程度まで話したの？」

「ぼくたちのこと？　なにも話してない。きみを巻きこむまいと必死だった」

「あの人たち、そこが引っかかったんじゃないかしら。なにか話してないことがあるって感じとってるのよ。わたしはもう関わり合いになってるんだから、わたしたちのことは全部話したほうがいいんじゃない？　わたしたち、恥ずかしいことも、怖がらなきゃいけないことも、なにもないのよ。早く話したほうが早く終わると思うの。それにあの人たち、わたしの様子から、もう感づいているはずよ。わたしたちの関係が――」

そこで口をつぐんだ。バージェス刑事が部屋に戻っていたのだ。思ったとおりだったという満足が顔に表われていた。ほかのふたりが入ってきた時、そのうちのひとりにバージェスがウィンクするのを、ヘンダースンは見た。

「下に車があるから、お宅までお送りしますよ、ミス・リッチマン」とバージェスが言った。

ヘンダースンはバージェスのそばへ行った。「この人は巻き添えにしないでくれませんか。だって不当なことだ。無関係なんだから――」

「それはきみしだいだ」とバージェスは答えた。「そもそもこの人に来てもらったのは、きみがなにも憶いだしそうにないと――」

「知ってることは全部話す。話せることはなんでも話す」ヘンダースンは真剣に訴えた。「だから彼女が新聞記者どもの餌食《えじき》にならないようにしてくれ。彼女の名前が連中に知られて、あれこれ書きたてられるのを防いでほしいんだ」

「本当のことを話してくれるならね」とバージェス。

「話しますよ」ヘンダースンは女のほうを向き、声を小さくして言った。「さあ、もう行くんだ、キャロル。少し眠るといい。心配いらないよ。じきに解決するから」

キャロルは刑事たちの前でヘンダースンにキスをした。自分のヘンダースンに対する感情をはっきり示せるのが誇らしいといったふうだった。「じゃ、経過を知らせてくれる? できるだけ早く――できれば今日のうちに」

バージェスが玄関の外までキャロルを送りだし、張り番をしている警察官に指示をした。

「この女性に誰も近づけるなとティアニーに言っといてくれ。この女性については名前も教えるな、どんな質問にも答えるな、いっさいの情報を漏らすなと言うんだ」

「ありがとう」ヘンダースンは部屋に戻ってきたバージェスに心から礼を言った。「あなたはいい人だ」

バージェスは、その言葉にはなんの反応も示さずにヘンダースンを見た。椅子に坐り、手帳を出して、二、三ページにわたってびっしり書きこまれた文字を雑に線で消すと、新しいページをひろげた。「じゃ、始めようか」

「わかりました」とヘンダースンは答えた。

「きみは奥さんと言い争ったと言った。その供述は今も変わらないかね?」

「変わりません」

「理由は劇場のチケットのことだと。それもいいかな?」

「劇場のチケットのことと、離婚のこと。それが理由でした」

「離婚の問題があるのか。それじゃ感情のもつれがあったわけだね？」

「もつれようにも、感情なんてもうなかった。麻痺《まひ》していたといいますかね。妻にはしばらく前に離婚を申しいれていました。あいつはミス・リッチマンのことを知っていました。ぼくが話したからです。隠しごとはしたくなかったから。きちんと夫婦関係を解消したかったんです。でも、あいつは離婚しないと言った。ぼくは一方的にあいつを捨てて出ていくことはしたくありませんでした。ミス・リッチマンと結婚したいですからね。だからできるだけ彼女と距離をとるようにしていたんですが、地獄のようだった。耐えられなかった。こんな話、必要なんですか？」

「とても大事な話だ」

「ミス・リッチマンとはおとといの夜に話し合ったんです。彼女はぼくがまいっているのを見て、『わたしに試させて。わたしが話してみる』と言いました。それはだめだと答えたら、『じゃ、あなたがもう一度話してみて。今度は違うやり方をするのよ。順序だてて話をして、納得してもらうの』と。そういうやり方は性に合わないんだけど、ぼくはやってみることにしました。職場から行きつけのレストランに電話をかけて、ふたり分の予約をした。それからショーのチケットを二枚買った。いちばん前の、通路ぎわの席でした。それから友達の送別会への出席を取り消した。これはジャック・ロンバードという男で、南米で何年か暮らすことになってるんです。その送別会が、彼が船に乗る前に最後に逢う機会だったんですが、ぼくは決めたことを実行することにしました。死ぬ気になって妻に優しくすることにしたんです。

ぼくは家に帰ってきた。でも、事態は全然進展しない。マーセラには折り合うつもりなんかまったくありませんでした。自分は今の状態が気に入っている、ずっとこのままでいいと言うんです。ぼくは頭に来た。それは認めます。かあっとなった。でも、あいつはまだとどめを刺さなかった。ぼくにシャワーを浴びて、服を着替えてくるように言いました。ぼくがそれをすませると、自分はじっと坐ったまま、笑って、嫌味たっぷりにこう言ったんです。『かわりにあの娘《こ》を連れていったら？　十ドルがもったいないじゃない』それでぼくはここからミス・リッチマンに電話をかけました。妻の目の前で。

だけどその腹いせは不発に終わりました。ミス・リッチマンは留守だったから。マーセラは腹をかかえて笑いましたよ。ざまあみろとばかりにね。

そんなふうに笑われたらどんな気分になるかわかるでしょう。まったく間抜けな気分でした。ぼくは頭に血がのぼって、まともな考えができなくなった。そしてこう怒鳴った。『ぼくはこれから街に出て、最初に出逢った女をきみのかわりに連れていく！　スカートとハイヒールをはいてる人間なら誰だってかまわない！』帽子をひっかぶって、ドアを思いきり叩きつけて閉めて、ぼくは出ていきました」

声が、ぜんまいのほどけてきた時計のように力をなくしてきた。「話はこれで全部です。

これ以上うまくは話せない。今のが事実そのままだから、うまく話すもなにもないんです」

「ここを出たあとのことは、前に聴いたとおりでいいのかな？」とバージェス。

「あのとおりですが、ぼくはひとりでいたんじゃない。人と一緒にいました。妻に予告したとおり、全然知らない女性に声をかけて、食事とショー見物に誘ったんです。その人は承知してくれました。ここへ帰ってくる十分ほど前まで、一緒にいたんです」

「その女性に逢ったのは何時頃？」

「ここを出て、何分かたった頃です。五十丁目の、あるバーに入って、そこでその女性と出逢った――」その時、ヘンダースンは人さし指をすっと動かした。「待てよ、憶いだしたぞ。その女性に出逢った正確な時刻を憶えてるんです。ぼくとその女性は店のなかの時計を見た。ぼくが劇場のチケットを見せた時です。ちょうど六時十分でした」

バージェスは親指の爪を下唇のすぐ下で滑らせた。「それはなんというバー？」

「今、ちょっとわからない。赤いネオンサインがあった。憶いだせるのはそれだけだ」

「六時十分にその店にいたことを証明できるかね？」

「だからいたと言ってるじゃないですか。なぜなんです？　なぜそれが大事なことなんです？」

バージェスはゆっくりとした口調で説明した。「もう少し伏せておいてもいいんだが、わたしは変わり者だ。教えてあげるよ。奥さんの死亡時刻は六時八分なんだ。倒れた時、はめていた腕時計が鏡台のへりにぶつかって壊れた。時計が指してたのは——」手帳を読んだ。「6——08——15」また手帳をしまった。「およそ二本足で歩く動物が——いや翼で飛ぶ動物でもいいが——六時八分にここにいて、その一分四十五秒後に五十丁目のバーにいるのは不可能だ。六時十分にそのバーにいたことを証明できたら、きみの容疑は晴れることになる」

「だから言ってるでしょう！　店の時計を見たって」

「それは証拠にならない。ただの裏づけのない供述だ」

「どうすれば証拠になるんです？」

「裏がとれればね」

「なぜバーのほうの証拠が必要なんです？　ここでの死亡時刻がわかっていればいいんじゃないですか？」

「ここにはきみ以外の人間が犯人だという証拠がない。われわれが徹夜してきみと話してきたのはなぜだと思うんだ？」

ヘンダースンは両の腕先を膝の上にぐったり置いた。「そうか」と溜め息をつくように言った。「そうですね」それからしばらくのあいだ、沈黙が渦巻きながら室内をめぐっていた。

バージェスが口を開いた。「きみが逢ったというその女性は、バーでの時刻を証言できるのかね？」

「できます。ぼくと同じ時に時計を見たんだから。きっと憶えてるはずだ。ええ、証言できるはずですよ」

「よし、それじゃその証言がとれればいいわけだ。その女性が、きみから指図を受けずに、誠実に証言し、われわれを納得させてくれればね。その人はどこに住んでる？」

「知らない。訊きませんでした。彼女からも教えてくれなかった」

「ファーストネームやニックネームだけでもわからないのか？　六時間ほど一緒にいたんだろう。そのあいだなんと呼んでたんだ？」

「きみ、と」ヘンダースンの口調は陰気だった。

バージェスはまた手帳を出した。「よし、それじゃその人の特徴を頼む。捜しだして、連れてこなくちゃいけない」

長い沈黙があった。

「どうした？」とバージェス。

ヘンダースンはどんどん青ざめていく。大きく唾を呑《の》みこんだ。「だめだ、わからない！」と言った。「完全に忘れてる。全然憶えてない」途方にくれた様子で、片手を顔の前でぐるぐる回した。「ゆうべ帰ってきたばかりの時なら憶いだせたかもしれないけど、もうだめだ。あれからいろいろ起こりすぎた。マーセラを見てショックを受けて——それからあなたがたに一晩じゅう責めたてられて。撮影済みフィルムに光があたってしまったみたいに、あの女の像が消えてしまったんです。一緒にいた時も、そんなにしげしげ見たわけじゃない。自分が抱えてる問題のことで頭がいっぱいだったから」助けを求める目で、刑事たちをひとりずつ見た。「彼女は完全に空白なんだ！」

バージェスが助け舟を出した。「あせらなくていい。よく憶いだしてみたまえ。さあ。いいかね。目は何色だった？」

ヘンダースンは握りしめた両手をぱっと開き、憶いだせないという仕草をした。

「だめか？　じゃ髪はどうだ？　どんな感じだった？　色は？」

ヘンダースンは両掌を目に押しつけた。「それも全然憶えてない。ある色を言おうとしたとたん、別の色のように思えてくる。でもその色を言おうとしたら、やっぱり前の色だと思うんです。どういうことだろう。きっと中間なんだな。茶色でも黒でもない。ほとんどずっと帽子をかぶってたから——」そこで、わずかに希望を表わして顔をあげた。「そう、いちばんよく憶えてるのは帽子です。オレンジ色の帽子。これは役に立たないかな。そう、あの帽子はオレンジ色だった」

「しかし、ゆうべその帽子を脱いだあと、半年ほどそれをかぶって人前に出ないかもしれない。そうなったらどうしようもないぞ。なにかその女性自身のことで憶えてることはないのか？」

ヘンダースンは頭痛がするというように両方のこめかみを揉んだ。

「太ってたかね？　痩せてたかね？　背は高かったか？　低かったか？」バージェスがつぎつぎに訊く。

ヘンダースンは片側に身をよじり、次いで反対側によじった。問いから逃げようとしているかのようだった。「だめだ。さっきのことしかわからない！」

「あんた、そうやってはぐらかしてるんだろう」刑事のひとりが冷ややかに言った。「ついゆうべのことじゃないか。先週とか、去年のことじゃなく」

「もともと人の顔を憶えるのは得意じゃないんだ——どうということのない普通の時でも。もちろん、彼女にも顔はあったはずなんだが——」

「ほう、顔がねえ」ふざけ役担当の刑事が嘲《あざけ》る口調で言った。

ヘンダースンはますます深く墓穴を掘りつつあった。頭に浮かぶことを、よく吟味せずにそのまま口に出す誤りを犯しているのだ。「背恰好は普通の女の人と同じだった。言えるのはそんなことぐらいだ——」

これがとどめとなった。バージェスはだんだん不機嫌な顔になってきていたが、表情以外に怒りの反応を示さなかったのは、気が長いせいのようだった。だが、とうとう持っていても意味がなくなった鉛筆をポケットに戻すかわりに、むこうの壁へ投げつけた。怒りがこもっているが、なにかを狙ったような、慎重な動作だった。それから立ちあがって壁ぎわへ行き、鉛筆を拾った。顔が真っ赤になっていた。だいぶ前に脱ぎ捨てた上着を着こみ、ネクタイをまっすぐに直した。

「よし、みんな」とぶっきらぼうに言った。「引きあげるぞ。えらく遅くなった」

バージェスは玄関ホールに出るアーチ形の出入り口で立ちどまると、冷たい目でヘンダースンを見た。「われわれをなんだと思ってるんだ」と唸るように言った。「騙しやすい間抜けどもか？　きみはたっぷり六時間、その女と一緒にいた。それもついゆうべのことだ。なのにどんな女だったか説明できないと言う！　バーのカウンターで隣同士に坐って、レストランのテーブルで差し向かいになってセロリの前菜からコーヒーまでの食事をして、隣同士の席で三時間のショーを観て、行きも帰りも同じタクシーに乗って――それでいてオレンジ色の帽子以外は空白だと！　そんなことを信じると思うのか？　名前もない、形もない、背丈も体格もわからず、目も髪もなにもない、神話に出てくる化け物みたいな、幻みたいな女を、われわれに売りつけてくる。女房が殺された時、そんな幻の女と一緒にいて、家にはいなかったなんて話を鵜呑みにしろと！　信憑性ってものがまるでない。十歳の子供だって騙せないぞ。本当のところは次のどっちかだろう。その女はきみがでっちあげた人間で、そもそも実在していないか、あるいは、もう少しありそうなことを考えるなら、そういう女と一緒にいなかったのは同じだが、ゆうべどこかの時点で人ごみのなかにそんな帽子をかぶった女を見て、その女と一緒にいたとわれわれに信じさせようとしているかだ。だからきみは女の人相風体《ふうてい》をわざと曖昧にして、われわれがその女を見つけて事実をはっきりさせることができないようにしてるんだ！」

「さあ、行くぞ！」と別のひとりがヘンダースンに命じた。節の多い松の木を切る電気のこぎりの声だった。それから半ば冗談を言うようにつけ加えた。「バージェスはめったに熱くならないが、熱くなったら思いきり火を吹くからな」

「ぼくは逮捕されるんですか？」スコット・ヘンダースンは立ちあがり、もうひとりの刑事に腕をつかまれて玄関のほうへ向かいながら、バージェスに訊いた。

バージェスは直接には答えなかった。返事は、振り返って第三の刑事に与えた指示のなかに含まれていた。

「電気スタンドを消してきてくれ、ジョー。当分のあいだ、ここでそいつを使う人間はいないからな」

4 死刑執行日の百四十九日前

午後六時

車が角で待っていると、そこからは見えないが近くにあるらしい鐘楼《しょうろう》の鐘が時を告げはじめた。「お、鳴ったぞ」とバージェスが言った。十分ほど前から、エンジンをアイドリングさせたまま、これを待っていたのだった。

ヘンダースンは釈放されていないが、まだ起訴もされていなかった。車の後部座席で、バージェスともうひとりの刑事にはさまれて坐っていた。このふたりめの刑事も、昨夜から今朝にかけて、アパートメントでヘンダースンの尋問に加わっていた男だった。

そして三人めの、同じく昨夜からいるダッチというニックネームの刑事は、外の歩道に間の抜けた感じでぼんやり立っていた。つい先ほどまでしゃがんで靴の紐を結び直していたが、鐘が鳴りだしたあと立ちあがったのだった。

前の夜と同じような夜だった。デートが始まる時間で、西の空は化粧をし、みな一斉にどこかに向かって歩いていた。ヘンダースンは、鐘の音になんの反応も示さず、ふたりの刑事にはさまれて坐っていた。だがその頭には、わずか二十四時間で身の上にこれほどの変化が起きるものかという思いが訪れているに違いなかった。

ヘンダースンのアパートメントは、ここから後方にほんの少し離れたところ、隣の街区の角にある。ただし、もうそこには住んでいない。今は市警察本部に隣接する拘置所が住まいだった。

ヘンダースンは憂鬱そうな口調でバージェスに言った。「いや、もう一軒うしろです。その婦人下着店のウィンドーの前に来た時、鐘の最初の音が聴こえたんだ。今憶いだしましたよ。こうやって実際の場所へ来て——同じ鐘の音を聴いたおかげで」

バージェスはそれを歩道にいる男に伝えた。「もう一軒うしろの店まで戻って、そこから出発してくれ、ダッチ。そうだ。よし、歩け！」六時の時鐘のふたつめが鳴った。バージェスは手にしたストップウォッチになにかの操作を加えた。

ひょろりと背の高い赤毛の男が、足を踏みだした。同時に車も発進して、歩道を歩くダッチと並んでゆっくりと車道を走る。

ダッチは、しばらくは意識しすぎて足取りが少しぎこちなかったが、こわばりは徐々にとれていった。

「速さはどうだ？」とバージェスが訊く。

「もう少し速かったと思う」とヘンダースンは答えた。「機嫌が悪い時は早足になる。ゆうべはかなり速く歩いてました」

「もう少し速く歩くんだ、ダッチ！」バージェスが指示した。

のっぽの男は速度を心もちあげた。

五つめの鐘の音が鳴り、最後の鐘の音が鳴った。

「あれでどうだ？」とバージェス。

「あんな感じでした」

交差点に差しかかった。信号が赤で、車は停止しなければならなかった。だがダッチはそのまま歩きつづけた。昨夜のヘンダースンも信号は無視していた。車は次の街区のなかほどで追いついた。

すでに五十丁目だった。最初の街区を過ぎた。ふたつめも過ぎた。

「店は見えるか？」

「いや。もう過ぎたのかもしれないが、これだというのがない。ネオンが、たとえばあれなんかより、ずっとはでに赤かったんです。歩道いっぱいに赤いペンキをぶちまけたみたいだった」

三つめの街区。四つめの街区。

「どうだ？」

「だめです」

バージェスは警告した。「気をつけろよ。へたに遠くへ引きのばしたら、きみの言うアリバイの成立は難しくなるぞ。そろそろそのバーに入ってもいい頃なんだ。六時を八分半過ぎてるからな」

「どうせ信じてないなら、そんなことはどうでもいいことでしょう」とヘンダースンはそっけなく言った。

「鐘を聴いた場所からバーまで歩いて何分かかるか計《はか》ることには意味がある」とバージェスとは反対側に坐った男が口をはさむ。「実際にきみがそのバーに着いた時刻がわかるかもしれない。あとは引き算をするだけだ」

「九分過ぎた！」とバージェスが抑揚をつけて言う。

ヘンダースンは頭を低くさげ、車の窓の外をゆっくりと流れていく歩道沿いの店の並びに調べる目を注いだ。

ひとつの名前が流れてきた。灯の消えたネオン管は何色ともわからない。ヘンダースンはさっと振り返った。「あれだ！　あれだと思う。ネオンは消えてるけど、〈アンセルモズ〉とかなんとかいうんだ。たぶん間違いない。ちょっと外国風の――」

「よしそこだ、ダッチ！」バージェスが叫び、ボタンを押してストップウォッチをとめた。

「九分と十秒半。十秒半は誤差として切り捨ててやる。よけなくちゃいけない人ごみの具合とか、交差点の信号に引っかかるかどうかとか、ゆうべとまったく同じというわけにはいかないからな。アパートメントの隣の街区の角からこのバーまで、歩いてちょうど九分。アパートメントからその角、つまり鐘の最初の音を聴いた場所までは一分だ。これはもう計ってあるんだ。だから――」バージェスはヘンダースンに顔を向けた。「遅くとも六時十七分までにあのバーに入ったことを証明できれば、きみは潔白だ。それより遅い時刻じゃだめだぞ」

ヘンダースンは言った。「あの女の人さえ見つかれば、六時十分までにあの店に入ったことが証明できるんだけど」

バージェスは車のドアをあけた。「よし、店に入ってみよう」

「この人に見憶えはないかね？」とバージェスが訊いた。

バーテンダーは自分の顎を強くつまんだ。「あるような気はしますがね。なにせこの商売は顔、顔、顔で、顔をうんと見るから」

もう少し時間をかけてくれと言われて、バーテンダーは斜めからヘンダースンを見た。次いで反対側の斜めから見た。「どうかなあ」とまだ迷っている。

バージェスが言った。「額縁が絵と同じくらい大事なこともある。違うやり方を試してみよう。カウンターのなかへ戻ってくれるかな」

みんなはカウンターのほうへ行った。「きみはどの椅子に坐ったんだ、ヘンダースン？」

「この辺です。時計が真ん前にあって、プレッツェルの器が、ひとつ置いて隣の席にあった」

「わかった、そこへ坐ってくれ。さあ見てもらおうか。われわれのことは忘れて、この人だけを見るんだ」

ヘンダースンは昨夜と同じように不機嫌な顔をうつむけて、カウンターの表面を見た。これが図にあたった。バーテンダーが指を弾いた。「わかった！　あの陰気な客だ。憶いだしましたよ。ゆうべでしょ？　一杯だけ飲んでった。ここでねばってつぶれたりしないで」

「その時間を知りたいんだが」

「わたしが店に出て、一時間たってなかったですね。店は混んでませんでした。ゆうべは客足が遅かった。そんな時もあるんです」

「店には何時に出たんだね？」

「六時から七時のあいだです」

「六時からどれくらいたった頃にこの人を見た？　正確なところが知りたいんだが」

バーテンダーは首を振った。「申し訳ないけど、時計をちらちら見るのは、仕事をあがる時間が近づいた頃で、出勤したてだと見ないんだなあ。六時過ぎだったか、六時半だったか、六時四十五分だったか。わかりゃしません。そんなこと気をつけてたって意味ないですからね」

バージェスはヘンダースンを見て軽く眉をつりあげた。それからまたバーテンダーに向き直った。「その時ここにいた女の人のことを話してくれ」

バーテンダーは壊滅的なまでにあっさりと言った。「女の人？」

ヘンダースンの顔色が、カラーチャートをゆっくりとたどるように、自然な色から血の気の薄い色になり、蒼白になった。

ヘンダースンがなにか言おうとするのを、バージェスは小さく手を振って制した。

「この人が席を立って、女の人に話しかけるのを見なかったのか？」

バーテンダーは言った。「見てないですね。この人が立って誰かに話しかけるのなんて、見なかった。絶対とは言えないけど、この人がいた時、カウンターにはほかにお客さんがいなかった気がしますよ」

「この人が立って話しかけるところは見なかったにしても、女の客がひとりで坐ってたのは見てないかな？」

ヘンダースンはたまらなくなったのか、ひとつ置いて隣のスツールを指さし、バージェスがとめる暇もなく、「オレンジ色の帽子をかぶった女がいたろう！」と言った。

「そういうことを言っちゃいけない」とバージェスが警告した。

バーテンダーがなぜか急に癇《かん》を立てた。「あのねえ、こっちは三十七年この仕事をやっててねえ、毎晩毎晩うんざりするほどたくさん顔を見ながら、店をあけたり、閉めたり、あけたり、閉めたり、酒を出したりしてるんだ。どんな帽子をかぶってたかとか、誰と誰が仲良くなったとか、そんなこと訊かれても知りませんや。わたしにとっちゃ客といえば注文。酒。酒のことだ！　そのご婦人がなにを飲んだか言ってくれたら、ここにいたか、いなかったか、答えますって！　伝票が残ってんだから。事務所からとってきますよ」

みんなの視線がヘンダースンに集まった。ヘンダースンは言った。「ぼくはスコッチと水をもらった。いつも決まってるんです。ちょっと待って。彼女がなにを飲んでたか憶いだしてみる。もうグラスに少し残ってるだけだったが――」

バーテンダーが大きな缶箱を持って戻ってきた。

ヘンダースンは額をこすりながら言った。「グラスの底に桜桃《さくらんぼ》がひとつ残ってた――」

「そんなら六種類ある。ちょっと手がかりを出しましょうか。グラスは脚つきでしたか、底が平らなやつでしたか？　残ってた飲み物は何色でした？　マンハッタンなら脚つきで、色は茶色だ」

ヘンダースンは言った。「グラスは脚つきだ。脚を指でつまんだりしてた。でも飲み物は茶色じゃなくて、そう、ピンクみたいな色だ」

「ジャック・ローズ」バーテンダーはぽんと返した。「それなら簡単」と伝票を繰りだしたが、少し手間どった。古いほうが下になっているので、逆向きに繰らなければならないのだ。「ほら、こんなふうに、注文を受けた順に重ねてあるんです。いちばん上に番号がふってある」と説明する。

ヘンダースンは、はっとして前に身を乗りだした。「ちょっと待った！」と急《せ》きこんで言った。「今、あることを憶いだした。ぼくの伝票の番号を憶えてるんです。十三番だ。縁起の悪い数字だから、伝票を渡された時、まじまじと見てしまった。たいていの人はそうするだろう」

バーテンダーは二枚の伝票を一同の前に置いた。「ありましたよ。でも伝票は一枚じゃない。こっちが十三番で――スコッチと水。こっちにジャック・ローズが三杯とあって、番号は七十四番だ。あとのほうは、わたしの前の、早番のトミーが受けた注文ですよ。あいつの字です。あと、そのご婦人には男の連れがいたみたいですね。ジャック・ローズ三杯のほかにラムが一杯出てる。ジャック・ローズとラムをちゃんぽんするやつはいませんからね」

「それで？」バージェスが小声で訊く。

「それで、やっぱりそのご婦人を見た憶えはないですね。かりにわたしが勤務に入った時もまだいたとしてもです。注文は全部トミーが受けたわけですからね。で、そのご婦人がわたしが入った時にもまだいたとしてもですね、三十七年の経験からいって、この人が立ちあがって話しかけたということはないと思うな。だって男が一緒にいたんだから。そして三十七年間の経験からいって、男は最後まで女と一緒にいたはずですよ。一杯八十セントのジャック・ローズを三杯もおごって、自分だけ先に帰って、それだけ投資した物件をあとから来る客に残しといてやるわけないじゃないですか」これが決定的な回答だというように、布巾《ふきん》でカウンターをきっぱりと拭いた。

ヘンダースンは声を顫《ふる》わせた。「でもきみは、ぼくがここにいたことは憶いだしたんだろう！　ぼくを憶いだせたのに、なぜ彼女を憶いだせない？　むこうのほうが目を惹いたはずだ」

バーテンダーはぎすぎすと理屈で返してきた。「あんたのことは憶いだしましたよ。こうやってもう一ぺんあんたを見たからね。もう一ぺん見ないことにゃどうもねえ」

憶いだすかもしれないから。その女の人も連れてきてくださいよ。そしたらヘンダースンは足もとが怪しくなった酔っ払いのように、カウンターのへりを両手でつかんだ。バージェスが片方の腕をとって唸るように言った。「行こう、ヘンダースン」

ヘンダースンは、片方の手でなおもカウンターをつかんだまま、バーテンダーに訴えかけた。「頼むからほんとのことを言ってくれ！」喉を詰まらせながら言った。「ぼくがなんの罪に問われてるか知ってるのか？　殺人だぞ！」

バージェスがその口をぱっとふさいだ。「よせ、ヘンダースン」びしりと命じた。

刑事たちはヘンダースンをうしろ向きに連れだした。ヘンダースンはそれでもカウンターのほうへ戻ろうと抵抗した。

「十三番を引いただけのことはあるな」と刑事のひとりが皮肉っぽく言った。刑事たちは歩く万力といった風情でヘンダースンをはさみつけて、表の通りに出た。

「これよりあとの時点でその女と一緒にいたことがわかっても、もう時間が遅すぎて、アリバイにはならない」刑事のひとりがタクシーの運転手を捜してくるのを待つあいだ、バージェスはヘンダースンに言った。「アリバイが成立するためには、六時十七分までにあのバーに入っていたことを立証しなきゃいけない。ただ、そこからあとの時間にその女が一緒にいたことがわかるかどうか、いたとしてどれくらいの時間いたのか、興味があるんだ。だから、ゆうべのきみの足取りを、最初から最後まで逐一たどってみようというわけだ」

「彼女がいたことは立証できますよ。できないはずがない！」ヘンダースンは力をこめて言った。「誰か憶えてる人がいるはずだ。ゆうべ行ったほかの場所のどこかにいるはずだ。そうやって彼女を捜しだせば、最初にぼくと出逢った場所と時刻を証言してくれるはずなんだ」

タクシーの運転手を捜しにいった刑事が戻ってきた。「〈サンライズ・タクシー〉には、〈アンセルモズ〉の外で客を待ってた運転手がふたりいました。ふたりとも連れてきましたよ。バド・ヒッキーという男と、アル・アルプという男です」

「アルプだ」とヘンダースンは言った。「そのおかしな名前を憶いだそうとしてたんだ。運転手の名前にふたりで笑ったと言ったでしょう」

「アルプを連れてきてくれ。もうひとりには帰ってもらっていい」

実物のアル・アルプは、写真と同じくらい面白い風貌をしていた。いや、天然色の実像だから、いっそう面白かった。

バージェスが言った。「きみはゆうべ、〈アンセルモズ〉の外から〈メゾン・ブランシュ〉まで客を乗せたかね？」

「〈メゾン・ブランシュ〉、〈メゾン・ブランシュ〉――」最初はおぼつかなげだった。「一晩におおぜい乗せたり降ろしたりするからなあ――」それから独自の記憶回復法を試みだした。「〈メゾン・ブランシュ〉、晴れた夜なら、だいたい六十五セントか」とつぶやく。それから普通の声に戻った。「そうだ、乗せた！　三十セントの仕事ふたつのあいだに、六十五セントのがひとつあった」

「ちょっとまわりを見てくれ。このなかに乗せた客がいるかい？」

運転手の目はヘンダースンの顔を素通りした。それからまた戻ってきた。「この人だ。

そうでしょ？」

「こっちが訊いてるんだ。きみが訊いちゃいけない」

運転手は問いを取り除いた。「この人だ」

「ひとりだったかね？　誰かと一緒だったかね？」

しばらく時間がかかったが、そのあとゆっくり首を振った。「誰か一緒だったという感じはしないな。ひとりだったと思いますよ」

ヘンダースンはふいに足をくじいたかのように、ふらっと前によろめいた。「いや、女の人を見たはずだ！　ぼくより先に乗って、先に降りた。レディーファーストだから当然だ——」

「黙って」とバージェスが抑える。

「女の人？」運転手はむっとした口調になった。「あんたのことは憶えてますよ。ようく憶えてる。乗せる時、フェンダーを凹まされたから——」

「そうだ、そうだった」ヘンダースンは勢いこんだ。「だから彼女が乗りこむのに気づかなかったのかもしれない。反対のほうを向いてたから。でも、着いた時は絶対に——」

「着いた時は、反対のほうなんか向いてなかったね」運転手は負けじと語気を強めた。

「タクシーの運転手ってのは、金もらう時はよそ見しねえもんな。で、降りる時も女は見なかった。どうだい、これで？」

「車内灯はつけたままだったろう」とヘンダースンは泣きつくように言う。「なのにどうしてうしろにいる女の客が見えないんだ？　ルームミラーに映ったはずだ。いや、ひょっとしたらフロントガラスにも――」

「あ、これでわかった」と運転手は言った。「さっきまでちょっと迷ってたけど、これで自信がわいた。わたしは八年タクシーの運転やってるけど、車内灯をつけっぱなしてたんなら、あんたはひとりだったんだ。女連れで車内灯をつけとく男なんていねえやな。車のなかが明るいってことは、男はひとりなんだ」

ヘンダースンはもう言葉が出そうになかった。喉になにか詰まっている感じがした。

「ぼくの顔を憶えてて、女の顔を憶えてないなんてありうるのか？」

運転手が答える前に、バージェスが割りこんだ。「きみだって女の顔を憶えてないじゃないか。きみの話では、たっぷり六時間一緒にいたのに。この人は二十分間、うしろの座席に背中を向けてたんだ」バージェスは事情聴取を切りあげた。「よし、アルプ。以上がきみの供述だな？」

「それがわたしの供述だ。ゆうべこの人を乗せた時、お連れさんはいなかった」

〈メゾン・ブランシュ〉は営業終了後の片づけに入っていた。最後までいた食通たちもすでに帰り、テーブルクロスがとり払われていた。厨房《ちゅうぼう》から陶器や銀器の音がかちゃかちゃと無遠慮に聴こえてくるのは、従業員が食事をとっているせいらしい。

一行は裸にむかれたテーブルに椅子を持ってきて腰かけた。まるで幽霊の一団が目に見えない料理や食事道具を並べて奇妙な晩餐《ばんさん》会を始めようとしているかのようだった。お辞儀が癖になっている給仕長が、もう勤務は明けているにもかかわらず、テーブルにやってきてお辞儀をした。この挨拶はあまり様《さま》になっていなかった。カラーとネクタイをはずしているし、片頬を食べ物でふくらませているからだ。

バージェスが口を切った。「この人を見たことがあるかね？」

落ちくぼんだ黒い目がヘンダースンを見た。返事は指をぱちりと弾くような簡潔なものだった。「ええ」

「最後に見たのはいつかな？」

「昨夜でございます」

「どこへ坐った？」

給仕長は過《あやま》たず壁の入り込みのひとつを指さした。「あそこです」

「それで？　続けてくれ」とバージェス。

「なにを続けますので？」

「誰と一緒だった？」

「どなたとも」

ヘンダースンの額に細かな汗の粒がぷつぷつ浮きはじめた。「ぼくより少しあとに女の人が来て、あのテーブル席についたのを見ただろう。ぼくと一緒に食事をするのを見たはずだ。見たはずだよ。一度近くを通りかかった時、お辞儀をして、『お愉しみいただけておりますか、ムッシュー？』と声をかけたじゃないか」

「はい、それが仕事でございますから。どのテーブルのお客様にも最低一度はお声をおかけします。あなたにお声をかけたことはよく憶えておりますよ。なんと言いますか、少しご不満そうなお顔をされていましたから。それとはっきり憶えていますのは、お席の残りの椅子ふたつが空いていたことです。そのうち一脚の位置を少し直したように思います。それと今、あなたはわたしが言った言葉をおっしゃいました。わたしが『ムッシュー』と申しあげたのなら、間違いなくお連れ様はいらっしゃらなかったのです。ご婦人がご一緒なら、『ムッシュー・エ・ダーム』ですから。これは決まりなのです」

給仕長の黒い目は、顔に深く撃ちこまれたままとどまっている大粒の散弾であるかのように動かなかった。給仕長はバージェスのほうを向いた。「ご不審《ふしん》でしたら、ゆうべの予約リストをお見せしましょう。ご自分の目でお確かめになってください」

バージェスが言葉を引きのばしてゆっくり答えたのは、その考えがとても気に入ったことを示していた。「それじゃお願いしようかな」

給仕長はフロアを横切り、戸棚の引き出しをひとつあけ、帳簿を出して持ってきた。その間《かん》、部屋から一度も出ていかず、ずっと刑事たちから見えるところにいた。給仕長は帳簿を、引き出しから出した状態のまま、開くこともせず、差しだした。そして、「日付はいちばん上に書いてあります」とだけ言った。

一同が帳簿のまわりに額を集めたが、ヘンダースンだけは離れたところにいた。帳簿の文字は鉛筆で走り書きされていたが、それで充分間に合っていた。開かれたページのいちばん上には〝5－20、火〟と記されている。ページの全体には大きくバツ印がつけられていた。もう終わった日ということで消されているのだが、文字は読めた。

十人ほどの名前が書かれている。それはこんなふうに並んでいた。

十八番テーブル――ロジャー・アシュリー、四名様。（線で消されている）
五番テーブル――ミセス・レイバーン、六名様。（線で消されている）
二十四番テーブル――スコット・ヘンダースン、二名様。（消されていない）

三番めの名前の横には（1）と記されていた。

給仕長が説明した。「これでわかるんです。線で消してあるのは、お客様がいらっしゃったということ。線で消していないのは、いらっしゃらなかったということ。線で消していなくて、カッコ入りの数字が書いてあるのは、その人数だけいらっしゃったということです。カッコ入りの数字があると便利でして、残りのお客様がいらした時、あれこれお尋ねしなくてもご案内するテーブルがわかるわけです。たとえデザートの時でも、いらっしゃりさえすれば線を引きます。ここからわかることは、ミスター・ヘンダースンは二名様でご予約なさったけれども、おひとりでお見えになった。もうひとりの方は結局お見えにならなかったということです」

バージェスは敏感な指先でページを撫でて、なにかで消されたあとはないか確かめた。

「細工はしてないようだ」

ヘンダースンはテーブルに片肘をつき、がっくり前に落ちそうになる額をぱっと手で押さえた。

給仕長は両手で土を掘り返すような仕草をした。「わたしの拠《よ》り所はこの帳簿だけです。これによれば、ミスター・ヘンダースンは昨夜当店におひとりでいらっしゃった――この帳簿はわたしにそう告げています」

「それならわれわれにもそう告げていることになる。この人の名前と住所その他を控えておいてくれ。あとでまた質問するかもしれない。よし、次。ウェイターのミトリ・マーロフだ」

目の前の人の顔が変わっただけだった。これは夢か、たちの悪い冗談か。なんだか知らないが、まだまだ続くらしい。

これは喜劇になりそうだった。マーロフにはそうではなくても、ほかの者たちにとっては。マーロフは刑事のひとりがメモをとっているのに気づいた。そこで古いヘアトニックの広告の真似をし、人さし指を親指に巻きつけて抗議した。「あ、いやいや。すみません、旦那がた。綴《つづ》りにDが入るんで。発音しないけど」

「発音しないなら、あっても意味ないな」刑事のひとりが隣にいる刑事に言う。

「文字なんかどうでもいい」とバージェスは言った。「知りたいのは、きみが二十四番テーブルの受け持ちかどうかだ」

「あそこの十番からずうっと二十八番まで、わたしの受け持ちですよ」

「ゆうべ二十四番で、ここにいる人の給仕をしたかね？」

ウェイターは正式に紹介されたのかと思ったようだった。「ああ、はいはい、しましたよ！」ぱっと顔を輝かせた。「こんばんは！　ゆうべはどうも。また近いうちにお越しください！」どうやら警察の事情聴取だとは気づいていないようだ。

「いや、この人は当分来ない」バージェスは突っ慳貪《けんどん》に言った。手を一振りして和《なご》やかな空気を払った。「きみが給仕した時、この人の席には何人坐ってた？」

ウェイターは当惑顔になった。協力したいが、なにを期待されているのかわからないという表情だった。「この方だけですよ。おひとりだけ」

「ご婦人は？」

「いません。どんなご婦人です？」それから大まじめにつけ加えた。「どうしたんです？　ふられちゃったんですか？」

その言葉で一同、爆笑した。ヘンダースンは耐えがたい痛みに襲われたように、口をあけ、深く息を吸いこんだ。

「そう、ふられちゃったの」とひとりの刑事がおどけた。

ウェイターは自分が正解したのを知って、照れた顔になったが、それがどういう種類の手柄なのかは、あまりよくわかっていないようだった。

ヘンダースンは打ちのめされた暗い声で言った。「きみは彼女のために椅子を引いたじゃないか。メニューを開いて渡したじゃないか」自分の頭を手で二、三度叩いた。「きみがそういうことをするのをぼくは見たんだ。なのにきみは彼女を見てないなんて」

ウェイターは東欧人に特有の、手ぶりの多い熱っぽい話し方をしたが、敵意はまったく感じさせなかった。「そりゃわたしは椅子を引きますよ。ご婦人がいる時はね。でもご婦人がいないのに、どうして椅子を引くんです？　空気に坐ってもらうためにわたしがそうすると思ってるんですか？　誰もいないのにメニューを開いて、そこにない顔の前にぐっと突きだすと思うんですか？」

バージェスが言った。「話はわれわれにしてくれ。その人は逮捕されている身だ」

ウェイターは顔の向きを変えただけで、前と同じようにべらべら喋った。「こちらさんはチップをひとり半の分くださったんです。それならご婦人連れのはずないじゃないですか。ゆうべおふたりで来たのに、ひとり半のチップしかくれなかったんだとしたら、今日この人にこんな丁寧《ていねい》な話し方をすると思います？」目にスラヴの火が燃えた。仮定しただけで怒りがわくらしかった。「さっさと忘れちまうと思いますか？　わたしは二週間憶えてるでしょうよ！　は！　さっきみたいに、またお越しくださいなんて言うと思いますか？　は！」喧嘩腰で言う。

「ひとり半のチップというといくらだ？」バージェスが戯《たわむ》れに好奇心から訊いた。

「ひとり分が三十セント。ふたり分なら六十セント。こちらさんは四十五セントくれたから、ひとり半の額ですな」

「客ふたりでチップが四十五セントというのはありえないのか？」

「そりゃありえない！」ウェイターはいまいましげに息を荒くした。「そんなのもらったら、わたしはこうしますよ」蔑みをこめ、汚いものでも持つような手つきで、架空の盆をさげる動作をした。そして架空の客に凶悪な目を向けたが、その架空の客がいる場所には今、ヘンダースンがいた。じっと目を据えるので、ヘンダースンはすくみあがるほどだった。分厚い下唇をゆがめて、皮肉たっぷりなせせら笑いをつくっていた。「そうしてこう言ってやります。『ありがとうございます。どうもありがとうございます。どうも、どうも、ありがとうございます。こんなにいただいてよろしいんでしょうか？』ご婦人が一緒なら、情けなくなって、もう少し追加するでしょうよ」

「わたしだってそうするだろうな」バージェスはそう言って、首をめぐらした。「きみはチップをいくらやったと言ったかな、ヘンダースン?」

ヘンダースンはみじめな小声で答えた。「この男が言うとおり、四十五セントです」

「仕上げにもうひとつ」とバージェスが言った。「その時の伝票を見せてもらいたい。とってあるだろう?」

「支配人のところにあるから、そっちへ言ってもらえますか」ウェイターは、伝票を見ても自分の証言の正しさは動かないという、公明正大な表情を浮かべた。

ヘンダースンはふいに前へぐっと上体を傾けた。他人ごとのような態度はまた消えていた。

伝票は支配人が自分で持ってきた。一日ごとの束をつくり、長方形の小さな留め金でとめてあるのは、月末の集計をしやすくするためだろう。くだんの伝票はすぐ見つかった。〝二十四番テーブル。ウェイター、三番。一名様——2・25〟。そこへ〝代金領収——五月二十日〟という紫色の楕円形のスタンプが、かすれ気味に押されていた。

同じ日の二十四番テーブルで切られた伝票は、ほかに二枚あるだけだった。一枚は〝紅茶1——0・75〟で、時刻は夕方のディナータイムが始まる直前。もう一枚はディナーが四人前で、閉店まぎわの遅い時刻に来た客だった。

刑事たちはヘンダースンを車に連れ戻す時、体を支えてやらなければならなかった。ヘンダースンは茫然自失《ぼうぜんじしつ》のていで歩いた。まるで夢のなかにいるように、現実味のない建物と街路が、ガラスに映る影のようにうしろへ滑っていった。

ヘンダースンはふいに身をもぎ離した。「あいつらは嘘をついてる――みんなでぼくを殺そうとしている！　ぼくがあいつらになにをしたっていうんだ――？」

「なんだかあれを憶いだすな」と刑事のひとりが脇台詞のように言った。「『天国漫歩』って映画のシリーズ（アメリカ映画『天国漫歩』（一九三七年）、『Topper Takes a Trip』（三八年）、『彼女はゴースト』（四一年）の三作）。今そこにいた人間がふっと消えちまうやつさ。観たことあるかい、バージェス？」

ヘンダースンは思わず身を顫《こうべ》わせ、がくりと頭をたれた。

舞台ではショーが進行していた。音楽と笑い声、そしてときおり拍手が、弱められた音で、この狭いとり散らかった支配人室に漏れてきた。

支配人は電話を置いた机について待っていた。劇場は繁盛《はんじょう》しているので、回転椅子でそっくり返り、葉巻を味わいながら、つとめて愛想顔をつくって一同を迎えた。

「問題のふたつの席ですが、チケットが売れていたことは間違いありませんね」支配人は都会風のあかぬけた口調で言った。「わたしに言えるのは、どなたかがこちらのお客様と一緒に劇場に入るところを見た者はいないということだけで――」ふいに不安に襲われたかのように言いさした。「そのかた、どうも具合が悪そうですね。早くここから連れだしてください。上演中に騒ぎが起きますと困りますからね」

刑事たちはドアをあけ、ヘンダースンを支えるというより運びだすようにして事務所から出した。ヘンダースンは床に頭がつきそうなくらい前のめりになっていた。廊下に出ると、舞台の歌声が突風のように襲ってきた。

チカ・チカ、ブン・ブン

チカ・チカ、ブン・ブン——

「ああ、やめてくれ」ヘンダースンは喉を詰まらせながら哀願した。「もう耐えられない！」警察車両の後部座席に転がりこむと、両手を組み合わせ、正気を保つための拠り所だというように、それに齧《かじ》りついた。

「もう観念して、女なんかいなかったと認めたらどうだ？」バージェスが諭そうとした。「そのほうがきみもわれわれもすっきりすると思わないか？」

ヘンダースンは落ち着いた理性的な声で答えようとしたが、あまりうまくいかなかった。「そんなことを認めたら、かりに認めたら、次はどうなるかわかりますか？　ぼくは正気をなくしていくんです。もうなにも確かなことだと思えなくなる。間違いなくほんとだとわかってることも信じられなくなる。たとえば、自分の名前がスコット・ヘンダースンだということも――」太ももを手で叩いた。「――これがぼくの脚だということも。そして、精神のバランスは崩れないまでも、知ってると思ってたことを疑ったり、否定したりしはじめる。あの女の人は六時間ぼくのそばにいた。ぼくは彼女の腕に触れた。腕を組んで歩いたから、感触を知ってるんだ」バージェスのたくましい腕をぎゅっとつかんだ。「服がさらさらこすれる音。話した言葉。香水のかすかな匂い。タクシーから降りた時のきゃしゃな足が触れる音。席を立った時の椅子のかたんという音。コンソメスープの皿にスプーンが触れる音。

車体の小さな揺れ。彼女が持ちあげたグラスのあの酒はどこへ消えたっていうんだ？　テーブルに戻した時、あのグラスは空になっていたんだ」拳で自分の膝を叩いた。三度、四度、五度。「いたんだ、いたんだ、彼女はいたんだ！」もう泣きそうだった。少なくとも顔には泣き顔のしわができていた。「なのに、みんなしていなかったと言う！」

車は一晩じゅう旅してきた〝ありえない空想の国《ネヴァー・ネヴァー・ランド》〟をなおも走りつづけた。

ヘンダースンは、犯罪の容疑者がまず言わないようなことを、心の底から言った。「ああ怖い。拘置所へ戻してくれませんか？　お願いだ。拘置所へ戻してほしい。まわりに壁が欲しい。手で触《さわ》れる壁が欲しいんだ。分厚い、しっかりした、誰にも動かせない壁が！」

「この男、ぶるぶる顫えてるぜ」と刑事のひとりが冷ややかな好奇心を示して言った。

「一杯飲ませてやろう」とバージェスは言った。「車をとめて、店でウィスキーのダブルを買ってきてやれ。こう辛《つら》そうだと見ていられない」

ヘンダースンは瞬時の遅れも許されないとばかり、酒をいっきに飲み干した。それから座席にぐったりもたれた。「さあ、帰ろう。ぼくを連れ戻してくれ」

「なにかに取り憑かれてるみたいだな」刑事のひとりがふふんと笑った。

「幽霊の助けを借りようとするから、取り憑かれるのさ」

それきりみんなは口をつぐんだ。やがて車を降りて、ヘンダースンを囲む密集隊形をつくり、警察本部の玄関前の階段をのぼった。ヘンダースンが階段の途中でつまずくと、バージェスが腕をつかんで支えた。「今夜はたっぷり睡眠をとりたまえ、ヘンダースン」とバージェスは言った。「それと腕のいい弁護士を頼むんだ。きみにはその両方が必要だよ」

5 死刑執行日の九十一日前

「……お聴きになったとおり、弁護人によれば、殺人が行なわれた夜の午後六時十分に、被告人は〈アンセルモズ〉というバーで、ある女性と出逢ったとのことです。六時十分といえば、警察が明らかにした被害者の死亡時刻の一分四十五秒後。じつにうまい主張です。すぐおわかりになると思いますが、陪審員のみなさん、もし六時十分に五十丁目のバー〈アンセルモズ〉にいたのなら、その一分四十五秒前に自分のアパートメントの部屋にいたはずがないからです。その距離をその時間で移動することは、二本足で歩くどんな生物にも不可能だからです。いや、四つの車輪を持つものにも、翼やプロペラをそなえたものにも、不可能でしょう。もう一度言いますが、じつにうまい主張です。しかし、完璧ではありません。

というのは、あまりにも都合がよすぎないでしょうか？　過去において一度もそういうことがなかったのに、問題の夜にだけ、見知らぬ女性に声をかけたというのです。まるでその夜にそういう女性の存在が必要になるのを予感していたかのように。そんな予感なんて、おかしいじゃありませんか？　みなさんは被告人が、わたしの質問に対して、夜ひとりで出かけて見知らぬ女性に声をかけたことなど過去に一度もなかったと答えるのをお聴きになりました。結婚してから一度もそんなことはなかったというのです。一度もです。わたしがそう言ったのではなく、被告人自身が言ったのです。みなさんはご自分の耳でそれをお聴きになりました。見知らぬ女性に声をかけようなどと、彼はそれまで一度も考えたことがなかったのです。そういうことをする習慣がなかったのです。彼らしくないことだったのです。しかし、選《よ》りに選って問題の夜、それをしたのだと、被告人はわたしたちに信じさせようとしています。まったくもって都合のいい偶然じゃありませんか。それにですよ――」

検察官は肩をすくめ、長い間を置いた。

「その女性はどこにいるんです？　われわれはみんなその女性が現われるのを待っているんです。なぜ現われないのでしょうか？　弁護人はなぜぐずぐずしているのです？　そんな女性がこの法廷に出てきたでしょうか？」

検察官は陪審員の任意のひとりを選んで、人さし指を突きつけた。「あなたはご覧になりましたか？」別の人を指す。「あなたはどうです？」二列めの人に指先を向ける。「あなたは？」それから両手をひろげて、全然だめだ、という仕草をした。「われわれのなかに、誰か彼女を見た人がいるでしょうか？　この裁判が始まって以来、その女性があの証人席に坐るのを見た人がいるでしょうか？　もちろんいないんです、陪審員のみなさん。なぜなら――」

また長い間をとった。

「なぜなら、そんな女性は存在しないからです。初めからいないからです。存在しない人を法廷に連れてくることはできません。架空のものに、言葉だけでできているものに、幻に、ありもしないものに、命を吹きこむことはできません。背丈があり、横幅があり、厚みがある大人の女性を創りだすことは、神様にしかできないことです。その神様にだって十八年かかるので、二週間ではむりなのです」

法廷に笑いが起きた。検察官は感謝の笑みを短く浮かべた。

「被告人は有罪となれば死刑です。そういう女性が実在するなら、弁護人は連れてくるはずではありませんか。しかるべき時にここへ連れてきて、証言をさせるはずではありませんか。そうするはずでしょう！　かりに――」

芝居がかった間をあけた。

「――その女性が実在しているならば。しかし、とりあえずその問題は措《お》きましょう。この法廷にいるわたしたちは、被告人が見知らぬ女性と一緒に行ったという場所から何キロも離れたところにいて、その夜から二ヵ月たった時点にいます。今度は被告人がその女性と一緒にいたとされるその時間、その場所に、居合わせた人たちの証言を検討してみましょう。問題の女性を見たことがある人がいるとすれば、その人たちであるはずです。さて、彼らはその女性を見たでしょうか？　みなさんはご自分の耳でお聴きになりました。彼らは被告人のことは見ています。なかには記憶が曖昧な人や、ちらりと見ただけだと言う人もいますが、みんな、あの夜、スコット・ヘンダースンを見たと証言しました。ところが証言はそこで終わりなのです。まるで全員が片目しか見えていなかったかのように。みなさん、これはちょっと変だと思いませんか？　わたしは思います。ふたりの人間があちこちへ行くと、次のどちらかのことが起きます。ふたりとも誰にも記憶されていないか、ふたりとも記憶されているか。ひとりが憶えられていたら、もうひとりも憶えられているでしょう。人間の目が、ひとりだけを見て、もうひとりを見ないということがありうるでしょうか？——ふたりが並んで一緒にいるのにですよ？　それは物理の法則に反します。わたしには説明できません。途方にくれてしまいます」

軽く肩をすくめる。

「こうじゃないかという考えがあるなら、聴かせていただきたいです。じつは自分でもいくつか仮説を考えてみたのです。もしかしたら彼女の皮膚は透明で、光が通り抜けてしまい、うしろにあるものがそのまま見えてしまうのではないか——」

みんな笑った。

「あるいは、ひょっとしたら、そんな女性は被告人と一緒にはいなかったのではないか。

いなかったのなら、誰も見ていないというのはごく自然なことですからね」

検察官が表情や身ぶりや口調を変え、法廷内が緊張した。「まだ仮説の検討を続けるべきでしょうか？　それよりこの裁判をまじめなものにしようじゃありませんか。被告人は有罪となれば死刑です。わたしはこれを茶番にしたくありません。弁護人はそうしたいように見えますがね。仮説や憶測《おくそく》から離れて、事実に立ち戻ろうではありませんか。幽霊や蜃気楼《しんきろう》の話はやめて、誰も存在を疑ったことのないひとりの女性のことを話しましょう。マーセラ・ヘンダースンは、生きていた時も、死んだあとも、みんなにしっかりと見られています。幻などではありません。彼女は殺されたのです。警察はそのことを示す写真を持っています。これが第一の事実です。それから、われわれはみなあの被告人席に坐っている男を見ています。今日もずっとうつむいたままで――いや、今顔をあげて、わたしを睨みましたがね。あの男は死刑になるかならないかの裁判を受けています。それが第二の事実です」

そこで検察官は、芝居の脇台詞のように、胸のうちを明かした。「陪審員のみなさん、わたしは空想より事実のほうがずっと好きなんです。みなさんはどうですか？　そっちのほうがずっと扱いやすいでしょう。

さて、第三の事実はどういうものか。第三の事実はこうです。彼がマーセラを殺したのです。これは最初のふたつと同じくらい具体的で、否定しようがない。そのあらゆる細部が、この法廷で立証されたとおり、事実なのです。弁護人と違って、わたしたちは幻や幽霊や妄想を信じてくださいとは言いません！」声を高めた。「わたしたちの主張は、事件のどの局面においても、各種資料や宣誓供述書や証拠物に支えられているのです！」そこで陪審員席の前の手すりに拳を叩きつけた。

厳粛な沈黙がおりた。それから検察官はさっきよりも静かな声で言った。「みなさんはすでに殺人が起きる直前の出来事の流れと、夫婦生活の状況をご存じです。それらが事実として正確であることは、被告人自身も否定していません。やむをえず、しぶしぶ言ったのかもしれませんが、それで間違いないと供述しています。被告人について間違ったことはひとつも言われていません。それについては、わたしの言葉ではなく、被告人の言葉を信じてください。昨日《きのう》、わたしは証人席に坐った被告人にそのことを尋ねましたが、その時の被告人の返事をみなさんはお聴きになったはずです。ここでもう一度、それを簡単におさらいしてみましょう。

スコット・ヘンダースンは妻以外の女性と恋愛関係に入りました。もっとも彼がこの法廷で裁かれているのはそのせいではありません。そしてその恋人は被告人にはなっていません。お気づきのとおり、彼女の名前はこの法廷では明らかにされませんでした。むりやり引きずりだされて、証言させられることもなく、いかなる形でもこの残酷な赦しがたい殺人事件の裁判に巻きこまれることはなかったのです。それはなぜか？ そんな目にあわされるいわれがないからです。この殺人事件とはまったく無関係だからです。この法廷の目的は罪のない人を罰することではありません。世間的な評判を落とさせたり、屈辱を与えたりすることではないのです。罪を犯したのは彼――あそこにいる男――彼だけです。彼女ではありません。彼女は無実なのです。彼女は警察と検察の取り調べを受けました。そして事件となんらかの関わりを持っていたとか、犯人をそそのかしたとか、事件のことを発覚以前に知っていたとか、そうした疑いはすべて晴らされました。今は自分になんの落ち度もないことでとても苦しんでいます。この点については弁護側も検察側も意見が一致しています。氏名その他はわかっていますが、この法廷では双方ともこの女性を〝若い女性〟と呼んできました。今後もそうしたいと思います。

さて被告人は、この〝若い女性〟との恋愛関係が危険な状態にいたったあとで、ようやく自分が結婚していることを憶いだし、その女性に打ち明けました。危険な状態というのは――被告人の妻から見た言い方です。〝若い女性〟は、男に妻がいると知っていたら、そんな関係にはならなかったでしょう。彼女は良識をそなえていましたし、今もそなえています。立派な女性です。彼女と話した者は誰でもそのことを強く感じます。わたしもそうです。たまたま不都合な男性と出逢ってしまうという不運に見舞《みま》われましたが、すばらしい人物なのです。ですから、さっきも言ったとおり、男に妻がいると知っていたら、そういう関係にはならなかったはずです。誰も傷つけたくないから。こうして被告人は、どちらかの女性を選ばなければならないことを悟《さと》りました。

被告人は妻に離婚してくれと言いました。冷たく、ずばりと。妻は拒《こば》みました。なぜか？　彼女にとって結婚は神聖なものだったからです。気軽に結婚して、気軽に別れる。そんなものじゃなかった。今どき珍しい女性じゃありませんか。

この話を聴いて、〝若い女性〟はもう別れようと提案しました。ところが被告人にはそれは受けいれられない。困ったことになりました。妻は別れてくれない。自分は〝若い女性〟を諦《あきら》めきれない。

しばらく時間を置いて、もう一度試してみました。最初のやり方を〝冷たい〟というなら、今回のはどう呼べばいいでしょう？　被告人は妻を接待しようとしたのです。営業マンが契約をとるために取引相手を接待するように。陪審員のみなさん、このことから被告人の性格がよくわかるでしょう。どういう人間か見てとれるでしょう。結婚生活が破綻《はたん》し、家庭が壊れ、妻が捨てられる、その償いに、安っぽいショーのひとつも見せてやれば充分だと考えるような男なのです。

被告人は劇場のチケットを二枚買い、レストランを予約しました。そして家に帰り、今夜は一緒に出かけようと妻に言いました。妻はなぜ急にそんな優しいことを言うのか理解できませんでした。が、もしかしたら和解の申し出かもしれないと、一瞬、誤解しました。そこで鏡台の前に坐り、支度《したく》をしはじめたのです。

しばらくして被告人が部屋に戻ってくると、妻はまだ鏡台の前に坐ったままで、支度は全然進んでいません。じつは彼女には夫の魂胆《こんたん》がわかったような気がしてきたのです。妻は、絶対に離婚はしないと言いました。自分にとって今の家庭はショー見物とレストランでの食事よりずっと値打ちがあるからだと。言いかえれば、夫に話を切りだす暇も与えず、離婚を再度拒否したわけです。これがまずかった。

被告人の支度はもう最後の段階に来ていました。ネクタイを両手で持ち、長さを決め、襟の下にはさもうというところです。ところが妻が自分の魂胆を見透かし、先手を打ってはねつけてきたので、見境《みさかい》のない怒りが抑えがたく突きあげてきた。そこで鏡に向かって坐っている妻の首にネクタイを引っかけ、巻きつけ、殺意を持って、残忍きわまりない力で絞めあげたのです。警察の捜査員がすでに話してくれたとおり、ネクタイはやわらかな喉にきつく食いこんでいたので、それを切るといいますか、事実上、削りとるようにして、はずしたほどでした。みなさんは絹の七つ折りネクタイを引きちぎろうとしたことがありますか？ そんなことはむりです。はさまった指が切れることはあっても、ネクタイが切れることは絶対にありません。

妻は死にました。初めは腕を振りたてたりもしたでしょうが、まもなく夫の両手のあいだで事切れました。彼女を慈《いつく》しみ守ることを誓った男の手のあいだでです。それを忘れないでください。

被告人はそうやって妻の上半身を鏡の前でまっすぐに保っていました。言ってみれば、何分ものあいだ、妻に自分自身が苦悶《くもん》しながら死んでいくところを見させたのです。何分ものあいだそうしていました。そして妻が死んでから、つかんでいるネクタイを離しました。妻の体はどさりと倒れました。妻が死んだこと、完全に死んでもう息を吹き返さないこと、もう絶対に自分の邪魔をしないことを確かめたあと——被告人はなにをしたでしょうか？

妻を生き返らせようとしたでしょうか？　自分のしたことを後悔して、嘆いたでしょうか？　いいえ。彼のしたことはこうです。妻が死んでいるその部屋で、落ち着いて身支度を続けたのです。別のネクタイを選び、妻を絞め殺すのに使ったネクタイのかわりに締めました。帽子をかぶり、上着を着て、出がけに〝若い女性〟に電話をかけました。幸いにも、その時ちょうど女性は家にいなくて、電話に出られなかった。それはおそらく彼女の人生でいちばんの幸運だったと言えるでしょう。彼女はそのあと数時間たったときまで、殺人事件のことを知らなかったのです。しかし被告人はなぜ電話をかけたのでしょう？　妻を殺したせいで汗に濡れ、死の匂いを立てている手で受話器を握って。それは自分のしたことを悔い、告白して、助けてほしい、助言をしてほしいと頼むためではありませんでした。違うのです。〝若い女性〟を利用するためでした。アリバイ工作に使うためでした。被告人はレストランでの食事とショー見物に彼女を誘おうとしました。誘うことに成功したら、たぶん自分の腕時計の針を少し戻しておいて、彼女と落ち合うとすぐ、時刻のことを口にしたでしょう。彼女があとで憶いだして、本当に心から被告人の無実を信じて証言してくれるように。

じつに憎むべき殺人犯ではありませんか。

しかし、この目論見《もくろみ》ははずれました。〝若い女性〟が電話でつかまらなかったのです。そこで被告人は次善《じぜん》の策をとりました。冷酷にもほどがありますが、妻と一緒に過ごすはずだった夜の、六時から真夜中までの予定のコースを、ひとつも省略せず、ひとりでたどったのです。それをしている時は、見知らぬ女性を引っかけてずっと一緒にいるというアリバイ工作のことは考えてもいなかったでしょう。気持ちが昂《たか》ぶり、頭が混乱していたからです。あるいは、思いつきはしたけれども、その工作を実行する度胸はなかった。見知らぬ人間は信用できないし、自分の挙動《きょどう》がおかしいことに気づかれるかもしれませんから。あるいは、そんな工作をしてももう遅いと考えたのかもしれない。アパートメントを出てから時間がたちすぎていますからね。実際に見知らぬ女性を調達しても、有利に働くか、不利に働くかはわかりません。犯行の数分後ならともかく、それより遅く調達するのは危険です。そこそこ巧《たく》みな尋問がなされれば、現実にその見知らぬ女性と出逢った時刻が、出逢ったことにしたい時刻とは違っていることが明らかにされてしまうでしょう。被告人はそこを考えたのです。

では、それよりいい方法というのはどういうものでしょうか？　もちろん、想像上の連れをつくりあげることです。幻の女をでっちあげ、わざとその特徴を曖昧にしておく。そうすれば出逢ったいきさつの説明について、あとで矛盾を指摘されることがない。言いかえれば、彼の目的にとって、次のどちらが好ましいかということです。曖昧なアリバイと、具体的だけれどもあとで矛盾を指摘されるかもしれないアリバイと。判断はみなさんにお任せしますけれども。曖昧なアリバイはどこまでも曖昧ですが、無罪かもしれないと思ってもらえる余地がつねに残る。しかし矛盾を指摘されて論破されてしまったアリバイは、はね返ってきて、被告人の顔にぶちあたり、もう弁解の余地はなくなってしまう。それなら曖昧なアリバイのほうがいい。というわけで、彼はそちらを選びました。

言いかえれば、その夜の自分の行動を説明するにあたって、架空の要素を周到《しゅうとう》に盛りこんだのです。初めからそんな女は存在していません。見つかることはありえません。ありえないからいいのです。女が絶対に登場しないからこそ、曖昧なアリバイでも多少の役には立つのです。

最後に、わたしはみなさんに、単純な質問をひとつだけしたいと思います。自分の命が、誰かの外見を憶いだせるかどうかにかかっている時、たったひとつの特徴すら憶いだせないなんてことがあるでしょうか？　どんな点もまったく憶いだせないんですよ！　目の色も、髪の色も、顔の輪郭《りんかく》も、背丈も、体つきも、その女の特徴はなにひとつ憶えていないんです。みなさん、被告人の立場になって考えてみてください。生きるか死ぬかの瀬戸際《せとぎわ》なのに、そんなにきれいさっぱり忘れたままでいるでしょうか？　わが身を守ろうとする本能は、憶いだす力を強烈に刺激するはずではありませんか。見つかってほしいと本気で思っているなら、その女のことをそこまで完全に忘れてしまうなんてことがあるでしょうか？　その女が実在しているなら、見つかるようにと一生懸命憶いだすのではないでしょうか？　あとはみなさんにご自分で考えていただきたいと思います。

陪審員のみなさん、わたしから申しあげることはもうほとんどありません。これは単純な事件です。争点《そうてん》は明確で、ややこしい問題はなにもありません」

そして芝居がかった身ぶりで、ゆっくりと被告人を指さした。「検察側はそこに坐っている男、スコット・ヘンダースンを、妻を殺害した罪で有罪と考えます。

求める刑は死刑です。

検察側の論告をこれで終わります」

6　死刑執行日の九十日前

「被告人は起立して、陪審員席のほうを向いてください。陪審員長もご起立願います。陪審員のみなさんは評決に達しましたか？」

「達しました、裁判官」

「被告人は起訴事実に関して有罪ですか、無罪ですか？」

「有罪です、裁判官」

被告人席のほうから首を絞められるような声が聴こえてきた。「ああ、神様——ああ——

——！」

7 死刑執行日の八十七日前

「被告人は、当法廷が判決を言い渡す前に、なにか言っておきたいことがありますか？」

「いったいなにを言ったらいいんでしょう？　みんなにやった、やったと言われて、やっていないと知っているのが自分ひとりだけの時に？　誰が聴いてくれるんです？　誰が信じてくれるんです？

あなたはこれからぼくに死ねと言おうとしている。あなたからそう言われたら、ぼくは死ななければならない。死ぬのが怖いのは誰でも同じでしょう。でも、ぼくの場合は、ほかの人よりもっと怖いんです。死ぬというのはただでさえ簡単なことじゃないけれど、間違いのせいで死ぬのはもっと辛いことなんです。ぼくは自分のしたことのせいで死ぬんじゃない。間違いのせいで死ぬんです。それはいちばん惨《むご》い死に方です。その時が来たら、ぼくはできるだけ堂々と受けいれようと思っています。できることはそれしかありませんから。

だけど、ぼくはみなさんに言いたい。ぼくの言い分を聴いてくれず、信じてくれないみなさんに言いたい。ぼくはやってないんです。やってないんです。世界中のどんな陪審員がどんな評決を出そうと、どんな裁判所がどんな裁判をしようと、どこの電気椅子がどんな処刑をしようと――やってないものをやったとすることはできないんです。ぼくはもう判決を聴く覚悟ができています、裁判官。ちゃんとできています」

裁判官は同情をこめて、脇台詞のように言った。「お気の毒だ、ミスター・ヘンダースン。これまで判決の言い渡しを聴くためにわたしの前に立ったどんな人の口からも、今くらい力のこもった、威厳のある、凜《りん》とした言葉を聴いたことはなかったように思う。しかし陪審員の評決が出た以上、わたしにはそれと異なる判決を出すことはできない」

裁判官は心もち声を張った。「第一級謀殺《ぼうさつ》罪の容疑で公判審理を受け、有罪とされたスコット・ヘンダースンは、＊＊州刑務所において、電気椅子により死刑に処すものとする。刑は十月二十日以降、一週間以内に、刑務所長により執行されるものとする。神よ、この者の魂に慈悲をたまわらんことを」

8　死刑執行日の二十一日前

死刑囚監房のすぐ外の通路で、低い声がした。「ここです」

同じ声が、少し大きくなって、鍵がじゃらつく音とともに届いてきた。「面会人だ、ヘンダースン」

ヘンダースンは返事をせず、動きもしなかった。扉が開かれ、また閉ざされた。長い気づまりな沈黙のなか、ふたりの男は互いを見合った。

「わたしのことなど憶えていないだろうな」

「自分を殺した人間を忘れるものか」

「わたしは人なんか殺さないよ、ヘンダースン。犯罪を犯した人間を、裁くのが仕事の連中に引き渡すだけだ」

「そしてあとで確かめにくるのか？　そいつが逃げてないか。自分がぶちこんだところにまだいて、毎日、毎時間、毎分、毎秒、罪の報《むく》いを噛みしめているか。それが気になるんだろうな。さあ、見てくれ。ぼくはここにいる。檻のなかで動けずにいる。安心して帰ってくれ」

「辛辣《しんらつ》だな、ヘンダースン」

「三十二歳で死ぬ人間は甘い気分になれないからね」

バージェスは、それにはなにも言わなかった。返す言葉などあろうはずもない。痛いところを衝かれたとばかり、二、三度すばやく目をしばたたいた。細長い窓のところへ行って外を覗《のぞ》いた。

「小さい窓だろう」ヘンダースンはそちらを見もせずに言った。

バージェスはくるりとこちらを向いて、窓から離れた。まるで窓をぴしゃりと閉められたかのようだった。ポケットからなにかを出し、寝棚《ねだな》の上でしゃがんでいるヘンダースンのそばへ来た。「煙草は？」

ヘンダースンはせせら笑いを浮かべた顔をあげた。「煙草がどうした？」

「そう突っかからんでくれ」刑事はしわがれ声で言い、煙草の箱を差しだしたままにしていた。

ヘンダースンはしぶしぶ一本抜きとった。煙草を吸いたいというより、刑事から離れたいからだった。目にはまだ辛辣な光が宿っていた。煙草を無礼にもシャツの袖で拭いてから、口にくわえた。

バージェスがそれに火をつけた。ヘンダースンは炎ごしに、なおも侮蔑《ぶべつ》のまなざしを相手の顔に据えつづけた。「なんの用なんだ？　今日はもう執行日なのか？」

「きみの気持ちはわかるが――」バージェスは軽くたしなめる調子で言いかけた。

ヘンダースンが寝棚の上でぱっと立ちあがった。「あんたにわかるのか！」といきり立つ。煙草の灰をバージェスの足もとで叩き落とすことで、相手の足を指し示した。「その足はどこでも好きなところへ行ける！」それから親指を自分の足に向けた。「でも、この足はどこにも行けないんだ！」口の片端をぐっとさげた。「出ていけ。出ていってくれ。ほかの人間を殺しにいけ。新しい材料を探しにいけ。ぼくなんか中古《ちゆうぶる》だ。一回使われてるんだ」

ヘンダースンは寝棚にあおむけに寝た。煙草の煙を壁沿いに吹きあげた。煙は天井にあたって茸《きのこ》の形になり、また降りてきた。

ふたりはもう互いを見ていなかった。それでもバージェスは帰ろうとせず、じっと立っていた。しばらくしてまた口を開いた。「控訴は棄却《ききやく》されたそうだな」

「そう、控訴は棄却された。ぼくが火炙《あぶ》りになるのに、もうなんの支障も障害も邪魔もない。地獄へ真っ逆さまに落ちていくのを妨げるものはなにもないんだ。人食い人種どもはもう飢えることがない。てきぱきと能率的に仕事をやってのけるだろうよ」バージェスのほうへ顔を向けた。「なぜそんな悲しそうな顔をする？　ぼくの苦しみを引きのばせないからか？　一度殺したらもう殺せないからか？」

バージェスは煙草が腐っているというように顔をしかめた。それを捨てて、靴底で踏み消した。「ベルトの下を打つのはやめてくれ、ヘンダースン。こっちはまだ拳を構えてもいないんだ」

ヘンダースンはしばらく相手の顔をじっと見つめていた。今までは怒りの赤い靄《もや》が目の前に立ちこめてわからなかったが、今初めて、刑事の態度に以前とは違うところがあるのに気づいた。ヘンダースンは訊いた。「いったいなにを考えてるんだ？　なぜ何ヵ月もたってから面会にきた？」

バージェスは首のうしろに手をあてた。「自分でもよくわからない。刑事がこんなことをするのは変なんだ。きみが大陪審で起訴されて、裁判を受けることに決まった時、わたしの仕事は終わった。それはわかってるんだが――どうも言いにくいな」頼りない口調で言う。

「なぜ？　なんでも遠慮なく言ったらいいだろう。ぼくなんかただの死刑囚だ」

「だから言いにくいんだ。よく考えてみるとだね――どう言ったらいいのか――」バージェスはしばらく迷ったあと、いっきに吐きだした。「きみは無実なんじゃないかと思うんだよ。そういうことなんだ。今さらこんなことを言っても――きみにも、わたしにも、どうにもならないんだが。とにかくきみはやってないと思うんだ、ヘンダースン」

長い間《ま》があいた。

「なんとか言ってくれないか。黙ってわたしの顔を見てないで」

「なにを言えばいいんだ？　人を殺して埋めるのを手伝った男が、死体を掘りだして、すまない、わたしが間違ってたなんて。どう応えたらいいのか教えてくれ」

「そうだな。なにも言えないだろうな。わたしは今でも、あるだけの証拠をもとにきちんと仕事をしたと思っている。だが、それをもう少し続けようと思うんだ。やる必要があるなら、同じ捜査をもう一度明日からやり直してみたい。個人的な感情はどうでもいいんだ。具体的な事実を相手にするのがわたしの仕事だからね」

「しかし、そこまで劇的に考えが変わったのはどうしてなのかな」ヘンダースンは怠《だる》そうな口調に皮肉をこめた。

「それは説明が難しい。この事件のほかのいろんな問題と同じで、はっきりこうだとは言えない。何週間か、何カ月かのうちに、ゆっくりと頭のなかにしみこんできたんだ。吸い取り紙の束に水がしみこむみたいにね。最初に待てよと思ったのは、裁判の最中だったと思う。前とは逆向きの考え方が浮かんできたんだ。きみにとって圧倒的に不利だと思えた事実が、あとからよく考えてみると、逆のことを意味しているんじゃないかというね。

言ってることがうまくわかってもらえるかどうか。普通、アリバイ工作というのは巧妙なもので、細かいところまで詰めてあるが、きみのは不完全で穴だらけだった。例の女のことをなにも憶いだせないというんだから。十歳の子供だって、もう少しよく憶えているだろう。うしろのほうで裁判を傍聴しているうちに、だんだん、こう思うようになってきたんだ。おい、あの男はほんとのことを言ってるぞ！　と。嘘話というのはもっと骨に肉がついてるはずだ。あんな骨ばかりの話で自分のチャンスを徹底的につぶすなんて、逆に無実だってことじゃないのか。有罪の被告人ならもっと賢くやるだろう。自分の命がかかっているというのに、きみが持ちだすのは、ふたつの名詞と、ひとつの修飾語だけだ。〝女〟、〝帽子〟、〝風変わりな〟。そこでわたしは思ったんだ。現実ってああいうものじゃないのかって。家で夫婦喧嘩をしてカッカしている男が、とくに興味を持ったわけでもない女に声をかけて食事やなにかをした。家に帰ると、殺人事件が起きていて、おまえが犯人だと言われる。これでもう頭のなかは大混乱だ──」バージェスは混乱を表わす手ぶりをした。「こんな場合、どっちのほうがありうるだろう？　その見知らぬ女のことを事細《こと》かに憶《こま》えているケースと、多少の記憶があったとしても混乱のせいで完全に消えてしまったというケースと。

これがずっと気になっていた。考えれば考えるほど、重大なことだと思えてきた。前にも一度、ここへ来ようとしたんだが、途中で引き返してしまったんだよ。それから、きみの恋人のミス・リッチマンと話したことも二度ばかりあって──」

ヘンダースンは首を倒したり回したりした。「なるほど、そういうことか」

バージェスは即座に鋭く反応した。「いや、そうじゃない！　きみは彼女がわたしを訪ねてきて説得したと思ってるんだろうが——逆なんだ。最初はわたしが逢いにいって、今きみに話したようなことを打ち明けた。それ以後、たしかに彼女は何度か訪ねてきたよ。警察署じゃなく自宅にだ。そしていろいろ話し合った。だけどそれが決め手じゃない。まずわたしのなかに疑問がなかったら、ミス・リッチマンであれ誰であれ、その気にさせることはできないからね。考えが変わったのは、人に言われたからじゃなく、自分でそう思うようになったからだ。こうしてきみに逢いにきたのも、自分の考えからだ。ミス・リッチマンに頼まれたからじゃない。彼女はわたしがここへ来ることを知らない。わたしだって実際きみに逢うまでは、ほんとに面会するかどうかわからなかったくらいだ」

バージェスは監房内を行きつ戻りつしはじめた。「これですっかり話しちまった。わたしは今でも自分がした捜査を否定する気はないよ。証拠にしたがって、やるべきことをやったまでで、あれ以外になかったと思っている。あれ以上のことは要求できないはずだとね」

ヘンダースンはなにも言わなかった。寝棚に腰かけたまま、むっつりと床を見つめていた。沈思黙考のていだった。話しはじめた頃と比べると、皮肉をぶつけるような態度はもう沈静していた。行きつ戻りつするバージェスの影が、ヘンダースンの体の上を往復した。ヘンダースンは影の主《ぬし》を見あげなかった。

そのうちに影がとまり、ポケットのなかで小銭がちゃり、ちゃり、と物思いが音になったような響きで鳴った。

バージェスの声が言った。「きみは誰か協力者を見つけたほうがいい。毎日、一日じゅう、動いてくれる人を」

バージェスはさらに、ちゃり、ちゃりと鳴らした。「わたしはむりなんだ。仕事がある。映画やなにかだと、仕事を放りだしてでも自分がやるべきだと思うことをやる立派な刑事が出てくるがね。わたしには女房も子供もいる。失業するわけにはいかない。結局のところ、きみとわたしは赤の他人だしね」

ヘンダースンは頭を動かさなかった。「あなたにそうしてくれと頼んだ憶えはないよ」と静かにつぶやいた。

バージェスは小銭をもてあそぶのをやめ、ヘンダースンに少し近づいた。「誰か親しい人に頼むんだ。それしかない――」片手を持ちあげて硬い拳に握り、約束するという仕草をした。「――そしたらわたしも、できるだけその人に協力するよ」

ヘンダースンは初めて顔をあげ、また伏せた。打ちしおれた声でぼそりと言った。「そんなの誰がいるんだ」

「きみを信じて、一生懸命、必死にやってくれる人が必要だ。金や出世が目的じゃなく、きみのためだからという理由だけでやってくれる人だ。きみのことが好きで、あるいは愛していて、きみに死なれるくらいなら自分が死んだほうがましだと思うような人。打ちのめされても降参しない人。もう遅すぎるという時でも諦めない人。必要なのはそんな馬力と根性だ。それがある人なら見込みがあるだろう」

話しながら、バージェスは力づけるようにヘンダースンの肩に手を置いた。

「きみのことをそんなふうに思っている若い女性がいることは知っている。だが、なんといっても若い女性だ。心は熱いが、経験に乏しい。今もやれるだけのことをやってくれているが、あれだけじゃ不充分だ」

ここで初めて、ヘンダースンの暗い顔が少しばかりやわらいだ。恋人キャロルへの感謝の念を浮かべた目を、代理のバージェスにちらりと向けた。「そうですか、彼女が――」

とヘンダースンはつぶやいた。

「やっぱり男でなくちゃだめだ。世間のことに通じていて、しかもミス・リッチマンと同じくらいきみのことを思ってくれる男。誰かいるはずだよ。誰でもひとりくらいそういう友達を持ってるもんだ」

「ええ、若い頃はね。ぼくにもそんな友達がいましたよ。でも、年をとるにつれてだんだん疎遠《そえん》になってくる。とくに結婚すると」

「わたしが言っているような友達なら、友達でなくなったりはしない。ずっと連絡を取り合ってるかどうかなんて関係ないんだ。本当の友達は、一度なったら一生変わらない」

「以前、兄弟みたいな仲だった男がいました」とヘンダースンは言った。「でも、それはもう昔のことで――」

「本当の友情には時間の制限《タイムリミット》なんてないんだよ」

「とにかく、今こっちにはいないんです。最後に逢った時は、次の日に南米へ出発すると言ってました。ある石油会社に五年契約で雇われたんです」

ヘンダースンは首をひねって刑事を見た。「あなたは商売柄《がら》に似あわず、人間に対してまだ幻想を持ってるんですね。これはとんでもない頼みごとですよ。五千キロ離れた外国にいる男に、前途洋々の未来を放りだして、友達のために今すぐ代打に立ってくれなんて。しかも友達づきあいがずっと続いてきたわけじゃない。人間は年をとるにつれてすれていく。純真さをなくしていく。三十二歳の男は、二十五歳の時に友達だった男とは別人だ。それはお互いさまなんだけど」

バージェスがさえぎった。「ひとつだけ答えてくれ。その男は、昔だったらやってくれたかね？」

「昔だったらね」

「それなら今でも大丈夫だ。友情に年齢制限はない。昔友情を持っていたのなら、今も持ってるはずだ。今持っていないのなら、もともと持っていなかったんだ」

「だけど、こんな友情の試験は酷だ。ハードルが高すぎる」

「きみの命より五年契約のほうが大事な男なら、引き受けてくれたって成果はあげられないだろう。その逆の男こそ、きみに必要な男なんだ。初めからむりだと決めつけないで、とにかく頼んでみたらいいじゃないか」

バージェスはポケットから手帳を出し、白紙のページを一枚破りとった。片足を寝棚のへりにかけ、膝に紙を置く。

受付番号29　22　NBN通信会社

翌日配達電報　九月二十日受付

ベネズエラ　カラカス市

スダメリカーナ石油会社

ジョン・ロンバード様

キミノ出発後　マーセラ殺害ノ罪デ　死刑宣告ウケタ　アル重要証人ミツカレバ容疑晴レル　弁護士ハ万策尽キタ　ドウカ助ケテホシイ　ホカニ頼レル人ナシ　刑執行ハ十月第三週　控訴ハ棄却サレタ　頼ム手ヲ貸シテクレ

スコット・ヘンダースン

9 死刑執行日の十八日前

男は南国の陽灼《ひや》けをまだ肌に残していた。当節の旅人がみなそうであるように、彼も早い旅をしてきたので、薄れる暇がなかったのだ。最近の飛行機の旅だと、西海岸から東海岸まで軽い風邪を持ちこしたり、リオを発ってラガーディア空港（ニューヨークにある国際空港）に着いても三日前にできた首のにきびが潰れていなかったりする。

男は五、六カ月前のスコット・ヘンダースンとだいたい同じくらいの年に見えた。監房のなかでぐずぐず暮らす今のヘンダースンは、やつれたデスマスクのような顔をしていた。一時間が一年のように過ぎていくのだ。

男は南米で着ていた服をまだ着ていた。秋の北アメリカでは季節はずれの真っ白なパナマ帽。色が明るすぎ生地が軽すぎる灰色フランネルのスーツ。このいでたちを違和感なく見るには、ベネズエラの灼熱《しゃくねつ》の陽射しが必要だった。

背は中くらいで、身のこなしは軽く、きびきび動くことができた。きっといつも走っている市街電車を追いかけては、ひょいと飛び乗っているに違いない。一街区先の電車でも簡単に追いつけるのだ。そんなふうに見えた。服は小粋な春着《はるぎ》だが、身ぎれいとはとうてい言えなかった。小さな口髭は少し鋏を入れたほうがいいし、ネクタイは捩《ねじ》り飴のようにねじれていて、スチームアイロンをかける必要があった。印象を手短にまとめるなら、ダンス場でご婦人と踊っているよりは、作業員の監督をしたり、製図台に向かっていたりするほうが似合いそうな男ということになる。外見はそんなふうにあかぬけないが、この男には一種の重々しさがそなわっていた。昔風の素朴な言い方をするなら、男の中の男といったところだ。

「どんな様子かな」男は看守のあとから通路を歩きながら、低い声で訊いた。

「それらしい様子ですよ」どんなふうだと期待しているんだね、という意味だった。

「それらしい様子？」男は首を振り、口のなかでつぶやいた。「可哀想に」

看守が監房の前にたどり着き、扉を解錠《かいじょう》した。

男はちょっとためらい、喉の準備をするように大きく唾を呑みこんだあと、鉄格子の扉を引きあけた。それから口の端をきゅっと持ちあげて笑みをつくり、手を差しだしながら監房に入った。まるでサヴォイ－プラザ・ホテル（ニューヨーク、マンハッタンのセントラル・パークに面した由緒あるホテル）のラウンジでばったり逢ったような感じだった。

「やあやあ、〈ヘンディー〉と言葉を引きのばして言った。「ここでなにやってるんだ？みんなを笑わそうってのか？」

ヘンダースンは、バージェス刑事が訪ねてきた日のような辛辣な応対はしなかった。この男は昔からの友達なのだ。憂鬱な顔をぱっと明るくして、同じような軽口の調子で応じた。「今はここに住んでるんだよ。なかなかいいだろう」

ふたりはもう二度と離すものかとばかり強く握り合った手を上下に振った。看守が扉に鍵をかけて行ってしまったあとも、まだ握手を続けていた。

つながった手は、声には出さないけれどもはっきり理解できる互いのメッセージを伝えた。ヘンダースンのメッセージは温かな感謝の気持ちだった。〝きみは来てくれた。駆けつけてくれた。本当の友情というやつは絵空ごとじゃないんだな〟

ロンバードが送ったのは熱のこもった励ましだった。〝おれがついている。きみをやつらの餌食にしたりはしないぞ〟

そのあとしばらくは肝心《かんじん》の問題から離れていた。四方山《よもやま》話をしたが、本当に話したいことだけは避けた。ある話題があまりにも深刻で、生々しくて、そこに触れられると赤むけの肌に塩をすりこまれたような痛みを覚えるほど辛すぎる時には、そんなふうに臆病になるものだ。

そんなわけで、ロンバードはこう言った。「まったく、ここへ来るまでの汽車にはまいったよ。おかげで砂埃まみれだ」

ヘンダースンも同じような調子だった。「元気そうだな、ジャック。むこうの土地が性に合ってるんじゃないか」

「性に合ってるなんて、よしてくれ！　家はちっぽけで虱だらけ！　食い物はひどい！　おまけに蚊がわんさかいる！　五年契約なんて馬鹿なことをしたもんだよ！」

「でも、金にはなるんだろう？」

「ああ。だけどむこうで金を持ってても仕方がない。使い道がないんだ。ビールまで石油くさい」

ヘンダースンはもごもご言った。「それでも、悪いことをしたよ。その仕事をふいにさせて」

「なに、むしろありがたいくらいさ」ロンバードは男気《おとこぎ》のある返事をした。「それに契約はまだ続いている。休暇をむしりとってきただけなんだ」

少し黙った。それから、肝心の問題に近づいた。ふたりの心にずっと懸《か》かっている問題に。ロンバードは友達の顔から視線をはずして、よそへ逃がした。「それで、いったいどういうことなんだ、ヘンディー？」

ヘンダースンは笑みを浮かべようと努めた。「三〇年卒業生のひとりが、今日から十八日後に電気の実験をやるんだ。卒業アルバムで、ぼくはこう書かれた。〝おそらく新聞に名前が出るだろう〟。すごい予言だな。たぶんその日には、ぼくの名前が各紙の紙面を飾るからね」

ロンバードはヘンダースンをきっと見据えた。「いや、そうはならない。足踏みはよそう。きみとおれは長いつきあいだ。もじもじ遠慮していないで、なにもかもぶちまけて話そうじゃないか」

「わかった」ヘンダースンはみじめな口調で言った。「そうだね。人生は短いんだ」言ってしまってから、本当にそのとおりだと気づいて力なく苦笑した。

ロンバードは隅の洗面台に腰かけ、片方の足を床から持ちあげて、両手で足首のところを支えた。「奥さんには一度しか逢ったことがなかったな」記憶を確かめるような顔で言った。

「二度だ」ヘンダースンは訂正した。「街でぼくらとばったり逢ったことがあっただろう」

「ああ、そうだった。おれたちが立ち話を始めると、奥さんは早く行こうって、きみの腕を引っぱったっけ」

「服を買いにいくところだったんだ。わかるだろう。そういう時の女は一分一秒でも惜しいんだ——」それから、妻の態度のことでさらに詫《わ》びの言葉を口にした。死んだ人間のために今さら弁解してもまったく無意味なことには気づかないようだった。「それと、うちへ食事に来てもらうつもりでいたんだが——あれはどういうのかな——まあ、わかってもらえると思うんだが」

「よくわかる」ロンバードは大人らしく理解を示した。「世の奥様がたは亭主の独身時代の友達を好かないものだ」南米の煙草を出し、一本くわえて、箱をヘンダースンのほうへ放った。「舌が腫《は》れて、唇に火ぶくれができるかもしれないが、そんなことは気にしないで吸ってくれ。むこうの煙草だよ。火薬と殺虫剤をつめてあるんじゃないかな。こっちのを買う暇がなかったんだ」

ロンバードは物思いにふけるような顔で煙草を一服吸った。「じゃあ、そろそろ詳しい話を聴かせてもらおうか」

ヘンダースンは深い溜め息をついた。「そうだな。もう何べんも繰り返したから、うしろからでも、眠っていても、話せるくらいだ」

「おれはまだなにも書かれない黒板みたいなものだ。なにひとつ抜かさないようにしてくれ」

「マーセラとの結婚は、ボクシングでいえば前座試合みたいなものだった。本来ならメインイベントであるはずのものだが、そうじゃなかった。こんなのは友達にでも言えることじゃないんだが、死刑囚の監房で体裁ぶってもしょうがないだろう。ところが一年ちょっと前、突然、メインイベントになりそうな出逢いがあったんだ。既婚者のぼくにはもう手遅れだったけどね。きみはその相手の人に逢ったことがなくて、どういう人だか知らない。今ここで名前を言う理由はないだろう。法廷でもそこは配慮してくれた。裁判中はずっと

〝若い女性〟で通してくれたんだ。ここでは〝ぼくの恋人〟ということにさせてもらうよ」

「わかった」ロンバードは承知した。腕組みをして、片方の肘のうしろから煙草が突きでていた。そして物思わしげに床を見つめながら気持ちを集中して話を聴いた。

「ぼくの恋人。可哀想なぼくの恋人。これは正真正銘、本物の恋なんだ。結婚していない人間がそんな恋に落ちたのなら——なんの問題もない。結婚していて、それが本物の恋でもあるなら、もっといい。幸せそのものだ。あるいは結婚していて、しかも一度も本物の恋に落ちたことがないまま一生を終えるとしても——それはそれでかまわない。人生を半分しか生きないで終わるわけだけど、自分で気づかないのだから。だけど結婚していて、もう手遅れなのに、本物の恋に落ちてしまったら——大変なことになるわけだ」

「たしかに大変だな」ロンバードは、気持ちはわかるという口調でつぶやいた。

「かわいらしい、清潔な関係だったよ。二度目に逢った時、ぼくはマーセラのことを話したんだ。ぼくたちはもうそれきり逢わないつもりだった。十二回めに逢った時も、これで終わりにしようと言い合った。ぼくたちはお互いから離れていようと頑張った——砂鉄が磁石に近づくまいとするようにね。

マーセラはひと月たたないうちに、ぼくたちのことを知った。ぼくが自分から打ち明けたんだ。マーセラは別にショックを受けた様子もなかったよ。軽く微笑んで、話の続きを待った。伏せたグラスに閉じこめられた二匹の蠅《はえ》を観察するみたいな顔でね。

ぼくは妻に離婚してくれと頼んだ。妻はまたゆっくりと、なにか考えているみたいな微《わ》笑《ら》いを浮かべた。その時までぼくのことなんかたいして考えていなかったのがよくわかったよ。時期からいうと結婚生活の中くらいの頃だ。あいつは考えてみると言った。そうして考えた。何週間かたった。何カ月かたった。そうやって時間をかけて考えて、ぼくを宙ぶらりんにしておいた。ときどき人を馬鹿にしたようなあの薄笑いを浮かべた。三人のなかで、あいつだけが愉しんでいた。

もうたまらない気分だった。ぼくは大人の男だ。恋人とひとつになりたい。だけど自分をごまかして、浮気ですませるなんて嫌だった。ぼくは妻が欲しかった。家にいる女は、本当の妻じゃなかった」

ヘンダースンは両手で顔を覆い、指のすきまから床を見ていた。事件が起きてからもう何カ月もたつのに、今でもこの話をすると手が顫えてきた。

「ぼくの恋人はこう言った。きっとなにか解決法があるはずだ。わたしたちは奥さんの手のなかにあって、そのことを奥さんはよく知っている。あなたが不機嫌な顔で黙って待っているのは好ましい態度じゃないんじゃないか。それだと奥さんのほうでも不機嫌な顔で黙っているだろう。だから奥さんのところへ行って、友達に話すように話してみたらどうだろう。夜、一緒に出かけようと誘って、その時、率直に話し合ったらいいんじゃないか。

前に愛し合っていた仲なら、なにか残っているに違いない。たとえそれがただの共通の記憶でしかないとしても。奥さんにはあなたを思いやる気持ちというか、なにか優しい気持ちが残ってるはずだ。そこに訴えかければいい。別れることが、あなただけでなく奥さんのためにもなることをわかってもらうんだと。

それでぼくはショーのチケットを買って、昔、結婚前によく一緒に行ったレストランの予約をした。そして家に帰ると、『今夜は一緒に出かけよう、昔みたいに街で愉しもう』と誘ったんだ。

マーセラはまたあの薄笑いをして、『いいわよ』と言った。ぼくがシャワーを浴びにいく時には、鏡台の前に坐って化粧を始めていた。ぼくが憶えているとおりのやり方で、まずはちょんちょんと顔のあちこちを触っていた。ぼくはシャワーを浴びながら口笛を吹いた。シャワーを浴びている時はマーセラのことがとても好きだった。その時、ぼくのどこがいけなかったのかわかったんだ。ぼくはマーセラのことが好きだった。それを恋と間違えてしまったんだ。

ヘンダースンは煙草を床に落とし、靴で踏みつぶし、ぺしゃんこになった吸い殻をじっと見つめた。「マーセラはなぜすぐに誘いを断らなかったのか。なぜぼくが口笛を吹きながらシャワーを浴びるのをそのままにしておいたのか。ぼくが丁寧に髪を分けているのを鏡ごしにじっと見てたのか。上着の胸ポケットからちょうどいい具合にポケットチーフが出ているのを見て満足そうな顔をしたのか。なぜ六ヵ月ぶりにあんな嬉しそうな顔をしてみせたのか。初めからその気はなかったのに、出かけるつもりのふりをしたのか。なぜかというと、それがマーセラのやり方だからだ。それがマーセラだからだ。気を持たせて、宙ぶらりんにさせて、喜んでいたんだ。一緒に出かけるという小さな問題でも、離婚という大きな問題でも。

それが少しずつわかってきた。鏡に映ったあの薄笑い。ちっとも進んでいない化粧。ぼくはネクタイを両手で持って、これから締めようとしていたけど、マーセラはもう、ちょんちょん顔をつつくのさえやめていた。もう手を動かしていなかった。なにもせずにただ坐っていた。あの薄笑いだけが残っていた。恋人を愛しているのに、自分のせいでなにもできずにいるぼくを嘲笑《あざわら》っていた。

ここで話はふたつに分かれることになる。裁判所が認めた話と、ぼくの話に。いま話したところまでは、ふたつのあいだに髪一本の幅ほどの違いもない。裁判所が認定した事実は細かいところまで全部本当だ。その時までにぼくがしたどんな小さな動作も、正確に再現されている。その点の捜査は完璧だった。ところが、両手でネクタイを持ったぼくが、マーセラのうしろに立って鏡を見た時点から、ふたつの話は、六時を指す時計の針みたいに正反対の方向を向いてしまうんだ。ぼくの話はこっちのほうへ、彼らの話はあっちのほうへという具合に。

まずはぼくの話から始めよう。本当の話のほうからだ。

マーセラはぼくが声をかけてくるのを待っていたんだ。鏡台の前に黙って坐っていたのはそのためだった。あの薄笑いを浮かべていたのも、両手を組み合わせて、お上品に鏡台の端にじっと置いていたのも。ぼくはしばらく彼女を見ていたあとで、とうとう言った。『行かないのかい？』と。

マーセラは笑ったよ。あの笑い方といったら。思いきり、腹の底から、長々と笑った。笑い声が怖ろしい武器になるなんて、ぼくはその時初めて知った。鏡に映った自分の顔が真っ青になっていくのが見えた。

マーセラは言った。『でも、チケットをむだにすることはないわよ。お金がもったいないから。あの女を連れていきなさい。あの女には、ショー見物は許してあげる。一緒に食事をするのも許してあげる。あなたをすっかり自分のものにしたってかまわない。だけど結婚だけはさせてやらないわ』

それがマーセラの返事だった。それ以後もその返事は変わらなかっただろう。その時、ぼくにはわかったんだ。その返事は死ぬまでずっと変わらないって。それは怖ろしいほど長い時間だ。

そのあと起きたことはこうだ。ぼくは奥歯を噛みしめ、拳をマーセラの顎の高さまで持ちあげて、うしろにぐっと引いた。持っていたネクタイがどうなったかは憶えていない。

きっと床に落ちたんだろう。彼女の首に巻きつけなかったことだけは確かだ。

結局、ぼくは殴らなかった。殴れなかった。ぼくはそういうタイプじゃないんだ。マーセラは殴らせようと挑発したよ。なぜだかわからない。どうせぼくには殴れないから大丈夫だと侮《あなど》ったのかもしれない。ぼくが拳を構えたのは鏡に映っていたから、もちろんマーセラには見えていた。振り向く必要はなかった。マーセラは馬鹿にした調子で言った。『ほら、一発がつんとやりなさいよ。どうせ『ケイシー打席に立つ』（一八八八年にアーネスト・セアーが発表した野球詩。強打者ケイシーは最後に一発逆転のチャンスを逃して三振する）になるだろうけど。だいいち殴ったって全然無意味。あなたにはなんの得もない。ニコニコしようと怒ろうと、優しくしようと乱暴しようと、なんの変わりもないのよ』

それからぼくたちは、誰でもよくやるように、言うべきじゃないことを言い合った。でも、あくまで罵り合いだ。彼女に指一本触れなかった。ぼくは言った。『きみはもうぼくに愛想を尽かしてる。なのになぜぼくをつかんで離そうとしないんだ？』

マーセラは言った。『泥棒が入った時に便利だからよ』

ぼくは言った。『それじゃ、これからぼくは警備員でいくよ！』

『わたし、今までのあなたと区別がつくかしら』

『それで憶いだした。きみにくれてやるものがある』ぼくは財布から一ドル札を二枚出して、マーセラのうしろの床に投げだした。『結婚してくれたことへの報酬だ！　結婚式でピアノを弾いてくれた友達にもあとで金を払っとくよ』

ああ、まったく下品もいいところだった。ぼくは帽子と上着をつかんで家を飛びだした。出ていくまぎわに見たら、マーセラはまだ鏡台の前で笑っていた。げらげら笑っていたよ、ジャック。もちろん死んでなかった。ぼくは指一本触れなかったんだ。笑い声が追いかけてきた。玄関のドアを閉めたあともだ。ぼくはたまらなくて、エレベーターが来るのを待たずに階段を降りはじめた。頭が変になりそうだった。早くその笑い声から離れたかった。声は次の踊り場までついてきた。それから、やっと消えた」

ヘンダースンはそこで長い間を置いた。熱くなりすぎた話がゆっくりと冷めていき、ふたたびあとを続けられるようになるのを待っているのだった。しわを寄せた額に汗が流れていた。

「そして家に帰ってきたら」とヘンダースンは静かに言った。「マーセラが死んでいた。刑事たちはぼくがやったと言った。殺された時刻は六時八分十五秒。マーセラの腕時計でわかるという。それはぼくがアパートのドアを思いきり叩きつけて閉めてから、十分とたっていない時だ。それを考えると、今でもぞっとするよ。犯人はもう建物のどこかにいたってことだから――」

「でも、きみは階段を降りたと言っただろう」

「上にあがる階段に潜《ひそ》んでいたのかもしれない。うちの部屋がある階から屋上へあがる階段に。いや、わからないけど。そいつは喧嘩をする声を聴いていたかもしれない。ぼくが出ていくところを見たかもしれない。もしかしたら、ぼくの閉め方が強すぎて、ドアがはね返って、ちゃんと閉まらなくて、それで犯人が忍びこめたのかもしれない。きっとマーセラはなにも気づかないうちに襲われたんだ。笑い声が大きすぎて、物音もなにも聴こえなくて、あっと思った時は遅すぎたんじゃないかと思う」

「となると、空き巣狙いかなにかみたいな感じだな」

「そうなんだが、なにしに入ったのかわからない。警察もそれがわからないから、物取《ものと》りの線は追求しなかった。なにも盗られてないから、泥棒じゃないんだ。鏡台の引き出しには現金六十ドルが入っていた。それもむきだしで。婦女暴行が目的でもない。マーセラは坐ってた場所で殺されて、その場所に放置されていた」

ロンバードは言った。「最初はどちらかが目的で忍びこんだが、それを果たさないうちになにかに驚いて逃げたのかもしれないな。外で物音がしたとか、今人を殺してしまったのが怖くなったとか。そういうのはいくらでもあることだ」

「それも考えられないんだ」ヘンダースンは疲れた口調で言う。「鏡台にはダイヤの指輪がのってたんだからね。箱に入れてもいないし、指にはめてもいなかった。逃げる前にひょいととればいいだけなんだ。怖くなったにしろ、そんなことはすぐできる。でも、残っていたんだ」首を振った。「有罪の決め手になったのはネクタイだ。殺人に使われたネクタイはネクタイ掛けの下のほうにかけてあった。ネクタイ掛け自体も衣装簞笥の奥のほうにあったんだ。そのネクタイはぼくが着ていた服装にぴったりのやつだった。そりゃそうだ、ぼくが自分で選んだんだから。でも、ぼくはマーセラの首に巻きつけたりはしなかったよ。口喧嘩で熱くなって、ネクタイをどうしたのかは憶えてない。きっと知らないうちに床に落としてたんだと思う。ぼくは家に帰ってきた時に締めてたやつをつかんで、襟に巻いて、出ていった。そのあと犯人が忍びこんできて、そっとマーセラに近づいた時、ネクタイが目に入ったんだろう。それを拾って——ああ、いったい何者なんだ。なぜやったんだ！」

ロンバードは言った。「理由のない衝動的な殺人だった可能性もある。殺しのための殺しだ。そういう異常者がうろついていたのかもしれない。そいつはきみたちが喧嘩する声に刺激された。そしてドアがきちんと閉まってないのを見て、よけいにその気になった。もしかしたらばれないかもしれない、きみが犯人にされるかもしれないと思って。そういうことも世間にはなくはないだろう」

「その線が正しいなら、犯人は捕まりそうにないな。その手の殺人犯は見つけにくいものだ。偶然のきっかけで露見することがあるだけだ。将来まったく別の事件で逮捕されて、この事件のことも自白するかもしれない。それでやっと警察にわかるわけだが、ぼくにとってはもう完全に手遅れなんだ」

「電報にあった重要証人というのは？」

「今その話をするところだった。それだけがかすかな希望の光なんだ。たとえ真犯人が捕まらなくても、ぼくには容疑を晴らす方法が残っている。この事件の場合、重要証人を見つけることと、真犯人を見つけることとは全然別個の問題だ。全然別個の問題だけど、どちらかが見つかれば、ぼくの無罪は証明されるんだ」

ヘンダースンは片手を拳にし、反対側の掌をぱしぱし叩きながら話を続けた。「ある女がいる。今、ぼくらがこうして話している瞬間にも、どこかにいるはずだ。ぼくの容疑を晴らせる女が。ぼくはあるバーでその女と出逢った。アパートメントから八街区離れたところにあるバーだ。その出逢った時刻を、女が証言してくれるだけでいいんだ。その時刻は六時十分。その女も、その時刻だったことを知っている。どこの誰だかわからないけど、知ってるんだ。警察はぼくの行動を再現して確かめた。六時十分にそのバーにいたのなら、アパートメントで殺しをやったはずがないってことを。ジャック、ぼくのためにひと肌脱いでやろうというのなら、ぼくを助けてやろうという気があるのなら、その女を捜しだしてくれ。その女が、その女だけが、答えなんだ」

ロンバードは長いあいだ黙っていた。それから言った。「その女を見つけるために、これまでなにをした？」

「すべてだ」とヘンダースンは絶望的な声で答えた。「ありとあらゆることだ」

ロンバードは寝棚に近づき、ヘンダースンの隣にぐったりと腰をおろした。「ふう！」と組み合わせた両手に息を吹きかける。「警察も失敗した。弁護士も失敗した。みんながありとあらゆることをやって失敗した。事件の直後に、たっぷり時間をかけたのに。おれの場合は、何カ月もたって事件は冷えている。しかも猶予期間は十八日。これでどれだけ見込みがあるっていうんだ！」

すでに看守が来ていた。ロンバードは立ちあがり、ヘンダースンのがっくり落ちた肩に手をかけてから、扉に向かった。

ヘンダースンは顔をあげた。「お別れの握手はしてくれないのか？」と口ごもりながら言った。

「お別れってなんだ？　おれは明日も来るぞ」

「じゃ、やってみてくれるんだな？」

ロンバードは振り返ると、ほとんど睨みつけるような目でヘンダースンを見た。そんな馬鹿な質問をされるのは心外だというように。「やらないなんて誰が言った？」といらだったような声で唸った。

10　死刑執行日の十七日前、十六日前

ロンバードは両手をポケットに入れて、監房のなかを歩きまわった。目は自分の足をじっと見ていた。それが動いているところを初めて見たといったふうだった。それからようやく立ちどまった。「ヘンディー、もう少しなにかわからないのか？　おれは魔術師じゃない。帽子から女をとりだす芸当はできないんだ」

ヘンダースンは倦《う》み疲れた声で言った。「ぼくもこのことはうんざりするほど考えたんだ。何度も夢に見たほどだ。細かい事実なんて、搾《しぼ》りだそうったってもう一滴も出ないよ」

「ほんとに女の顔を全然見なかったのか？」

「何度も目に入ったとは思うんだが、記憶に残ってないんだ」

「もう一ぺん初めから確認してみよう。そんな顔で見るな。これしか方法がないんだ。きみがバーへ入っていくと、女はもうカウンター席に坐っていた。その時の第一印象を言ってみてくれないか。頭のなかで再現してみるんだ。最初に見た瞬間の印象のほうが、あと

でゆっくり何度も見てできあがった印象よりも、くっきりしていることがある。どうなんだ、第一印象」

「強く印象に残ったのはプレッツェルに手が伸びているところだな」

ロンバードが厳《きび》しい目でヘンダースンを見る。「相手も見ずに、スツールから降りて、その相手に近づいて、声をかけるなんて、どうやったらできるんだ？　そんな技を持ってるのならそのうち見せてくれ。きみは相手が若い女だと知っていたわけだろう？　自分が声をかけているのが鏡に映った女じゃないということも。どうして若い女だとわかったんだ？」

「スカートから若い女だとわかったし、松葉杖を持ってないから体が不自由じゃないとわかった。ぼくにはそのふたつで充分だった。一緒にいるあいだじゅう、ぼくはその女を透《す》かして、心の目でぼくの恋人を見ていたんだ。そんなぼくになにを言えというんだ？」今度はヘンダースンがむかっ腹を立てた。

ロンバードはお互いの気持ちが鎮《しず》まるのを待ってから訊いた。「声はどうだ？　なにかわからないか？　どこの出身とか、どういう素性の人だとか」

「ハイスクールは出ていると思った。それと都会育ちだ。訛りがないのはこの街の誰とも同じだ。生粋《きっすい》の都会っ子だな。蒸留水みたいに無色透明で、訛りがなかった」

「訛りがないなら、この街の出身か。それがどう役立つかわからないが。タクシーのなかではどうだった？」

「なにもない。ただ乗ってただけだ」

「レストランでは？」

ヘンダースンは反発するように頭をのけぞらせた。「なにもなかった。こんなことむだだよ、ジャック。むだだ。なにもわかりゃしない。憶いだせないんだ。なんにも憶いだせない。彼女は食べた。話した。それだけだ」

「どんなことを話した？」

「憶いだせない。一言も憶いだせない。そもそも心に残るような話をしようなんて考えなかった。気まずい沈黙が流れないようにして、時間をやりすごすためだった。この魚はおいしいとか、戦争は嫌ねとか。煙草はもうけっこうよとか」

「苛々するなあ。きみはよほど恋人のことで頭がいっぱいだったんだな」

「そうだよ。今もそうだ。その話はよしてくれ」

「劇場ではどうだった？」

「女が立ちあがったことだけ憶えている。それはもう三回話したよね。きみが言ったとおり、それは女の外見の手がかりにはならない。ただそういうことをしたというだけの話だ」

ロンバードがヘンダースンに近づいた。「ああ、でもなぜ立ちあがったんだ？　きみの話にはその説明がない。まだカーテンは開いていたと、きみは言った。なんの理由もなくショーの最中に立つなんて、普通しないものだ」

「なぜ立ったのかはわからない。彼女の心のなかを覗いたわけじゃないから」

「どうやらきみは自分の心のなかも覗けてなかったようだな。まあいい。またあとでこの問題に戻ろう。行動を追っていけばそのうち理由もわかるはずだ」ロンバードはしばらくのあいだ落ち着きなく歩きまわった。小休止をして、ふたりの頭を休めるためだ。

「その立ちあがった時には、さすがに彼女を見たんだろう？」

「見るというのは網膜《もうまく》に像を写すってことだ。脳細胞がそれを認識するかどうかはまた別のことだよ。その夜、ぼくは彼女を何度も網膜に写したけど、脳細胞が認識したことは一度もなかったんだ」

「ああ、もうまいった」ロンバードは顔をしかめ、目と目のあいだを強くつまんだ。「きみからはなにも引きだせないようだ。しかし誰か目撃者がいるはずなんだよな。その夜、きみがその女と一緒にいるところを見た人間が。ふたりの人間が六時間も一緒に街中《まちなか》にいたんだ。誰かひとりくらい見た人がいるはずだ」

ヘンダースンはゆがんだ笑みを浮かべた。「ぼくもそう考えた。でも、間違ってたみたいだ。きっとあの夜は街じゅうの人間が集団乱視《らんし》にかかっていたんだろう。ときどき自分でも、そんな女が本当にいたんだろうかと思うことがあるよ。幻覚なんじゃないか。熱に浮かされてありもしないものを見たんじゃないかって」

「そんな疑いは今すぐ捨てるんだ」ロンバードはぴしりと命じた。

「時間です」と外で声がした。

ヘンダースンは腰をあげ、床からマッチの燃えさしを拾うと、壁のところへ行った。壁には燃えさしで書いた短い斜線が横に何列か並んでいた。上のほうの斜線は逆向きの斜線を書き加えられてXの字になっているが、下のほうにはまだ一本だけの斜線が残っていた。ヘンダースンは一本の斜線に逆向きの斜線を加えてXにした。

「こんなこともやめるんだ!」ロンバードは掌にぺっと唾を吐くと、つかつかと歩み寄り、壁を乱暴にひとこすりした。斜線一本の印も、Xの字も、いっきに消えてしまった。

「ちょっと横にずれてくれ」ロンバードが鉛筆と紙を出して言った。

「今度はぼくが立つよ」とヘンダースンは言った。「この寝棚はひとり腰かけるのが精一杯なんだ」

「よし、それじゃ、わかってるな。欲しいのはまだ使われていない原材料だ。目撃者のなかでも控えの選手たち。法廷に出てこなかった連中。警察も弁護士のグレゴリーも見過ごした連中だ」

「ぱっとしない原材料だな。第一線に立っていない幻どもだ。第二級の幻どもを使って、第一級の幻の女の手がかりをつかもうというわけだ。いっそ霊媒《れいばい》にでも頼んだほうがいいかもしれない」

「きみと袖が触れ合っただけの人間でもかまわない。たとえば、きみたちが歩道を歩いている時にすれ違った連中とかね。大事な点は、できれば新品であってほしいということだ。他人のお古はいらない。どこかにおれたちが楔《くさび》を打ちこんで、広げられる裂け目があるはずだ。どんな曖昧な手がかりでもいい。とにかく一緒にリストをつくってみよう。さあ、いいか。まずはバーからだ」

「やっぱりそこからか」ヘンダースンは溜め息をついた。

「バーテンダーはもう使用済みだ。きみとその女以外に誰か店にいなかったか？」

「いなかった」

「時間をかけてくれ。むりに憶いだそうとするな。それじゃ記憶は甦《よみがえ》ってこない。押し戻してしまうだけだ」

（四、五分たった）

「待ってくれ。ボックス席にいた若い女が、顔をこっちへ向けてぼくの連れを見た。ぼくらが店を出る時だ。これ、どうだい？」

ロンバードの鉛筆が動いた。「そういうやつを頼む。そういうのが欲しいんだ。その若い女のことで他になにかないか？」

「ない。ぼくの連れ以上になにもない。こっちを見たことだけだ」

「じゃ、次だ」

「次はタクシーか。これも使用済みだ。あの運転手は滑稽で、法廷の緊張をほぐしてくれたよ」

「次はレストランと。この〈メゾン・ブランシュ〉にはクローク係がいるのか？」

「いるけど、やっぱりぼくの連れを見ていない。見ていないことにもっともな理由がある証人は少ないんだが、クローク係の女はそのひとりだ。クロークへはぼくひとりで行ったんだ。幻の女は化粧室へ行ったから」

ロンバードの鉛筆がまた動いた。「化粧室にも係員がいるかもしれないな。もっとも、ひとりでいたのなら、きみと一緒にいた時以上に印象に残らないだろうが。レストランではどうだ？　女のほうを見た人はいないか？」

「ぼくは先にテーブルについていたからわからない」

「じゃあ、次の劇場だ」

「ドアマンが、釣針みたいに反《そ》り返ったおもしろい口髭を生やしていた。それは憶えている。そいつはぼくの連れをじろじろ見たよ」

「いいぞ。リストに入れよう」

ロンバードはなにか書きつけた。「案内係はどうだ？」

「開演時間に遅れて着いたから、案内係は暗闇のなかの懐中電灯の光でしかない」

「それじゃだめだな。舞台はどうだった?」

「演者《えんじゃ》か。入れ替わり立ち代わり登場しては引っこんでいったからな」

「ショーの途中で連れが立ちあがったのなら、誰かに見られたかもしれない。事情聴取された人間はいるのか?」

「いない」

「じゃ、調べてみよう。おれたちはなにひとつ見逃すことはできないんだ。あの夜きみたちのそばにいた人間なら、目の見えない人にだって話を——なんだ、どうした?」

「そうだ」ヘンダースンは鋭く言う。

「なんなんだ?」

「今のきみの言葉であることを憶いだした。目の見えない人がいたんだよ。劇場を出た時、目の不自由な物乞いが近づいてきて——」ヘンダースンは友人が鉛筆でなにか書きつけるのを見て、信じられないという声で言った。「おい、冗談だろう」

「そう思うか? まあ見てろ」ロンバードは平然と答えて、また鉛筆を構えた。

「これで終わりだ。もう候補はいない」とヘンダースンは言った。

ロンバードは手帳をポケットにしまって立ちあがった。「よし、これでなんとか突破口を開いてやるぞ!」と断固たる口調で言った。それから出入り口へ行って鉄格子の扉を強く叩き、看守を呼んだ。「その壁はもう見るんじゃない！」とつけ加えたのは、ヘンダースンがこすり消された斜線とXの痕跡《こんせき》をぼんやり見ていたからだった。ロンバードは通路の、これから自分が歩いていくのとは逆の方向を親指で示した。「絶対にきみをあそこへ行かせはしないからな」

「行かせると言われてるけどね」ヘンダースンは皮肉な調子のつぶやきを漏らした。

新聞各紙の個人広告欄に掲載された広告

去る五月二十日、午後六時十五分頃、バー〈アンセルモズ〉のボックス席にお連れの方一名といらした若いご婦人で、店を出る婦人客のオレンジ色の帽子をご覧になった方、ご連絡を乞う。貴女は店の奥に向かって坐っていらした筈。ご記憶なら大至急お知らせください。ある人の幸福のために非常に重要なことです。秘密厳守します。ご連絡は当社気付、６５４番、Ｊ・Ｌまで。

反応はなかった。

11　死刑執行日の十五日前

ロンバード

白髪《しらが》まじりの髪が目にかぶさり、キャベツの匂いをぷんぷんさせた薄汚い女が、ドアをあけた。

「マイクル・オバノンさんのお宅ですか?」ロンバードに言えたのはそこまでだった。

「なによあんた、あたしは今日、おたくの事務所まで行ったんだよ。そしたらそこの人が、水曜日まで待つって言ったんだ。あたしらなにもおたくらみたいな貧乏会社を踏み倒す気はないよ。金がないったって、五万ドルくらいはあるんだろうけどさ!」

「奥さん、借金取りじゃないんだ。マイクル・オバノンさんに用があるんです。この春に〈カジノ座〉でドアマンをやってたオバノンさんに」

「ああ、そういや、そんな仕事もやってたっけねえ」女は皮肉たっぷりの口調で言った。

それから軽く顔を脇へ向けて、誰か奥にいる人間に聴かせようとするように声を心もち高めた。「あの人ときたら、ひとつ仕事をやめたら尻を椅子に据えたっきりで、次のを探しにいこうとしないんだよねえ。じっと坐って、仕事のほうから迎えにくるのを待ってるのさ！」

水族館の海豹《あざらし》が出すようなしゃがれた唸りが、奥のほうから聴こえてきた。

「お客さんだよ、マイク！」と女は怒鳴った。それからロンバードに言った。「さあ入っていって。あの人、もう靴脱いじゃってるのよ」

ロンバードは列車の通路のような廊下を進んだ。薄暗くてどこまでも続いていそうな感じがしたが、そうではなかった。突き当たりに部屋があり、真ん中に油布《あぶらぬの》をかけたテーブルが置かれていた。

そのテーブルの脇に、目当ての男が横になっていた。背もたれのまっすぐな木の椅子をふたつ向かい合わせにして、そこに寝ているのだ。男はさながら吊り橋だが、椅子の支えがない部分は下にずりさがっていた。脱いでいるのは靴だけではない。上半身は七分《しちぶ》袖のつなぎの下着だけで、そこへじかにズボン吊りを引っかけている。つま先に穴のあいた靴下をはいた足がふたつ、下手《しもて》の椅子の座面からぴょこんと突きたっている。ロンバードが入っていくと、オバノンはピンク色の競馬新聞と臭《くさ》いパイプを脇に置いた。「なんかご用すか、旦那？」ごろごろする低い声で、愛想よく言った。

ロンバードは帽子をテーブルに置いて、勝手に椅子に腰かけた。「友達がある人と連絡をとりたがっているんだがね」と打ち明け話をする調子で切りだす。こういう手合いには、のっけから死刑の宣告だの警察の捜査だのを持ちだして威圧するのは得策《とくさく》ではない。なにか情報を持っていても、怯《おび》えて話さないおそれがあるからだ。「その友達には大事なことなんだ。ものすごく大事なことなんだ。そんなわけで、ここへ来たんだけどね。五月のある夜に、劇場の前でタクシーから降りた男と女のふたり連れのことを憶えていないかな？　きみがドアをあけたと思うんだが」

「そらまあ、車がとまったらドアをあけるのが仕事だったもんでねえ」

「そのふたりは開演時間に少し遅れてきたんだ。その夜にきみが出迎えた最後の客かもしれない。それでご婦人のほうが、明るいオレンジ色の帽子をかぶっていたんだがね。かなり変わった帽子で、てっぺんから細い羽飾りがまっすぐ突ったっていた。その帽子がきみの鼻先を横切っていったはずだ。きみの目はこんなふうに動いてその帽子を追った。ゆっくりと片側から、反対側へ。ほら、すぐ近くをなにかが横切っていく時、なんだかよくわからなくて、そんなふうに目で追うことがあるだろう」

「そりゃその人の得意技だよ」と女房が戸口から挑発するように言った。「別嬪《べっぴん》さんが身につけてるものなら、なんでもじろじろーっと見るんだ。それがなんなのか、わかろうとわかるまいとね！」

男ふたりは取り合わない。「友達はきみがそんなふうに目を動かすのを見た」とロンバードは続けた。「その時、たまたま気づいたんだ。それをおれに話した」両手を油布をかけたテーブルについて、ぐうっと前に身を乗りだした。「どうだろう。憶えてないかな。そのご婦人を憶いだせないか？」

オバノンはのろのろと首を振る。それから上唇を嚙む。それからまた首を振って、非難の目をロンバードに向けてきた。「そらあむりってもんだ、旦那。毎晩毎晩、顔ばっかり見てたんだから！　それもほとんどがご婦人と紳士のふたり連れだ」

ロンバードはテーブルごしに身を乗りだした体勢をとりつづけた。強烈に睨みすえれば相手が憶いだすはずだとでもいうように。「頼む、オバノン。憶いだしてくれ。よく考えてくれ、オバノン。友達にとってはなによりも大事な問題なんだ」

それを聴いて女房がじわじわ近づいてきたが、口出しは控えていた。

オバノンはもう一度首を振った。今度はきっぱりとしていた。「だめだ。あそこで働いてたあいだ、何べんも何べんも車のドアをあけたけどね。憶えてる客はひとりだけだ。ひとりで来た男の客だけどね。べろべろに酔ってたんだ。なぜ憶えてるかってえと、おれがドアをあけたとたん顔から落ちてきて、抱きとめてやったからで――」

ロンバードは、いくらでも流れだしてきそうな無用の回想を断ち切るために腰をあげた。「じゃ、だめなんだな。ほんとに憶いだせないのか？」

「ああ、だめですな。ほんとに憶いだせない」オバノンはまた臭いパイプと競馬新聞を手にとった。

女房がいつのまにかすぐそばに来ていた。しばらく前からロンバードの顔色をうかがっていた。口の端から舌先をちらちら出しながら、計算をする顔をしていたが、やがて訊いてきた。「もしこの人が憶いだしたら、なんかもらえたりするのかしらねえ？」

「まあそうだね。こちらの知りたいことを教えてくれたら、ちょっとしたお礼をさせてもらうよ」

「聴いたかい、あんた」女房は今にも亭主に襲いかかりそうな勢いを見せた。片方の肩に両手をかけると、パン生地を捏《こ》ねるかマッサージをするようにはげしく揺さぶりはじめた。「憶いだしなよ。ほら、憶いだしなってば！」

オバノンは頭のうしろへ腕を振って女房から身を守ろうとした。「そんな空のボートみたいに揺すっちゃ憶いだせねえだろうが。頭の奥のほうにあるかもしれねえのに、どっかへ飛んでっちまわあ！」

「どうやら——だめらしいね」ロンバードは溜め息をついた。落胆《らくたん》の色もありありと部屋を出て、長い廊下を引き返しはじめた。

背後の部屋で、女房がいきりたってわめいた。頑固な亭主の肩をふたたび攻撃しているのに違いなかった。「ほら、行っちまうじゃないか！　あんた、どうしたってんだよう！　なんか憶いだしてくれってんだろ？　なんで憶いだせないいんだよ！」

女房は亭主のまわりにある物品に八つ当たりしたらしかった。吠えるような声が抗議した。「おい、おれのパイプ！　新聞！」

ふたりが大声で言い争うのを聴きながら、ロンバードは玄関のドアを閉めた。それから突然、不可解にも沈黙がおりた。ロンバードは、この先どうなるかはわかっているという表情を軽くまとって階段を降りはじめた。

案の定、あの廊下をばたばた走ってくる音が聴こえたと思うと、ドアがぱっと開き、オバノンの女房が階段のほうへ興奮した声を投げてきた。「ねえ、旦那！　ねえ、待ってくださいよ！　憶いだしたんですよ！　たった今、憶いだしたんですよ！」

「ああ、そう」ロンバードはそっけなく応じた。立ちどまって振り返り、女房のほうを見あげたが、戻ろうとするそぶりは見せなかった。札入れを出し、親指で縁を撫でながら訊いた。「じゃあ訊いてきてくれないか。ご婦人が腕を吊っていたのは、白い腕吊りだったか、黒いやつだったか」

女房は質問を家の奥へ大声で伝えた。返事が来ると――声に軽いためらいを含ませて――とりついだ。「あの、白だって――イブニングに合わせて」

ロンバードは札入れを開くことなくポケットにしまい、「残念」と歯切れよく返すと、また階段を降りはじめた。

12 死刑執行日の十四日前、十三日前、十二日前

若い女

バーテンダーがその若い女の客に気づいたのは、その女がスツールに腰かけてから何分かたった頃だった。カウンターにはまだ客がほとんどいないだけに、それはいっそう奇妙なことだった。こういう若い女が現われたらすぐ目につくはずなのだ。ということは、よほどひっそりとやってきて席についたのに違いない。

勤務はまだ始まったばかりなので、女が来たのはきっとバーテンダーがカウンターに入ってすぐの頃だろう。入《い》り時間に合わせてやってきたかのようなタイミングだ。清潔で糊《のり》のきいた上《うわ》っ張《ぱ》りを着て、ロッカー室を出て、自分の領分をざっと眺めわたした時には、女はまだいなかった。それには自信がある。ともかくカウンターの一方の端にいる男の客に酒を出し、振り返ったら、反対側の端に女が静かに坐っていたので、すぐそちらへ行ったのだった。

「なんにしましょう？」

こっちの目をいやにじっと見ているな、とバーテンダーは思った。だがすぐに、そうじゃあるまい、気のせいだろうと考えた。客は注文する時、バーテンダーを見るものだ。飲みたい酒を出してくれる人間だからだ。

だが、この若い女の見つめ方はそれとは違っていた。一度否定した印象がまた戻ってきた。見ること自体が独立しているのだ。見るのが主で、注文するのは従。注文するのに伴って相手を見ているのではない。酒の注文をするその相手自体を目的とするまなざしだ。そのまなざしはこう言っていた。〝わたしを見るのよ。ようく見るのよ〟

女が注文したのはウィスキーの水割りだった。酒の用意をするあいだも、女の視線はずっとまつわりついてきた。なぜそんなにじろじろ見るのか、その奇妙さに、軽い当惑を覚えたが、感じるのとほぼ同時に消えてしまった。ほとんど気にもならなかった。戸惑《とまど》いは一瞬だけで、すぐになくなった。最初はそうだった。

だが、それは始まりにすぎなかった。

バーテンダーは酒を出すと、すぐほかの客の相手をしにいった。

それから幕間《まくあい》のような時間があった。そのあいだは女のことを考えず、すっかり忘れていた。そのあいだに女のほうでも少しくらい姿勢を変えていてもおかしくなかった。手の位置を変えるとか、グラスをとりあげるとか、店のほかの場所を見るとか。だが、なんの変化もなかった。女は微動《びどう》だにせず坐っていた。若い女の等身大パネルがカウンター席に置かれているようだった。酒は手つかずで、バーテンダーが置いた場所に、置いた時のまま、残っていた。動くものはただひとつ。それは目だった。女の目はバーテンダーの行くところ、どこへでもついていった。

少し手隙《てすき》になり、バーテンダーはまたその目と向き合うことになった。奇妙な熟視に気づいた時から初めての対面だった。それによって、推測していたとおり、本当にずっと見つめられていたことを知った。バーテンダーは当惑した。意味がわからなかった。カウンターのうしろの壁に張られた鏡をこっそり見て、顔か上っ張りに変なところがないか確かめてみた。変なところはなく、普段のとおりだった。そんなふうにじっと見つめつづけるのは、その若い女だけだった。まるで説明がつかなかった。

女が意図的に見つめているのは間違いなかった。なぜならこちらが動くと、視線も動いたからだ。ぼうっと白昼夢《はくちゅうむ》を見ているようなまなざしが、たまたまこちらを向いているというのではなかった。まなざしは意図的に向けられていた。

一度それを意識すると、もう頭から追いだせなくなった。頭のなかにとどまって困惑を生んだ。バーテンダーも女を盗み見するようになった。そのたびに盗み見には気づかれていないだろうと思うのだが、いつも女はこちらを見ていて、こちらが目をそらしたあとも注視を続けるのだった。困惑が深まって、少しずつ不快感に変わってきた。

そんな不動の姿勢を保つ人間を、バーテンダーは今まで見たことがなかった。女のまわりにあるものも動かず、酒はまるでバーテンダーがそこに置かなかったかのように無視されていた。女は若い女の姿をした仏像のように坐り、とぎれることのない厳粛なまなざしをこちらに注いでいた。

不快感が深まり、腹立ちに変わってきた。とうとう女に近づき、目の前に立った。

「お飲みにならないんですか？」

飲まないのなら帰ったらどうかと、ほのめかしてみたのだった。失敗だった。あっさりはね返された。

女は抑揚のない、無意味な返事をよこした。「そのままにしておいて」

状況は女に有利だった。若い女だからだ。男の客なら、嫌な顔をされずに長居をするためにはおかわりをしなければならないが、若い女はそうしなくてもいいのだ。さらに言えば、この若い女は男を漁《あさ》ろうとか、男の客に勘定を払わせようとかしているわけではない。非難されるようなことはなにもしていないのだ。バーテンダーには打つ手がなかった。

敗北したバーテンダーは女から離れ、カウンターの曲がった部分から女を振り返った。女の目はなおも執拗に追ってきていた。

不快感は慢性化してきた。肩をぐりぐり動かしたり、うなじのあたりのカラーの具合を直したりして振り払おうとした。まだ見られているのはわかっていたが、もう振り向いて確かめることはしなかった。だが、不快感はいっそう悪化するだけだった。客が立てこんできて注文攻《ぜ》めにあうと、普段ならいまいましくなるが、今夜ばかりはほっとした。注文を受ければせっせと体を動かさなければならず、あの鬱陶《うっとう》しい視線を忘れていられた。それでも、ときどき暇な時間ができる。応対しなければならない客はおらず、磨かなければならないグラスもなく、つくらなければならない酒もない。そうなると女の視線がきりきりと集中して突き刺さってくる。うろたえて、自分の手や布巾の扱いに困ってしまう。

バーテンダーは、客がチェイサーとして注文したビールの盛りあがった泡を切る時、グラスを倒してしまった。レジの打ち間違いもやった。

ついに耐えきれなくなり、ふたたび女に戦いを挑《いど》んだ。いったいなんのつもりなのか知ろうと考えたのだ。

「なにかご用ですか、お嬢さん」鬱憤《うっぷん》のこもったかすれ声で言った。

女はあいかわらずなんの手がかりも与えない声で応じた。「用があると言ったかしら?」

バーテンダーはカウンターに両手をついてぐっと体重をかけた。「わたしになにかご用があるんじゃないですか?」

「あるって言いました?」

「失礼ですが、誰か知り合いにわたしに似た人がいるんですか?」

「いないわ」

バーテンダーはへどもどしはじめた。「あんまりこっちを見てるから、なんか、そういうことかと――」腰の定まらない口調で言う。

女はこれには返事をしなかった。だが、視線をはずすこともなかった。結局、バーテンダーのほうがたじろぎながら退却するしかなかった。

女は微笑みもせず、口もきかず、すまなさそうな顔もしなければ、敵意を露骨《ろこつ》に示すこともなかった。ただじっと坐ったまま、梟《ふくろう》のような謎めいた厳粛な目でバーテンダーを追うばかりだった。

女が発見して使っているのは、怖ろしい武器だった。一時間、二時間、三時間と、じっと見つめられるのがどれほど耐えがたいかなど、普通の人は考えたこともないだろう。そんなことはまず起こらず、視線への耐久度を試験されることなどないからだ。

それが今、この男の身に起こっているのだった。バーテンダーはゆっくりと気力を打ち砕かれ、神経をすり減らされていった。身を守るすべなどなかった。半円形のカウンターに閉じこめられて逃げられないこともあるが、相手の武器の性質も原因だった。攻撃をはね返そうとしても、そのたびにそれがたんなる視線であって、手ごたえがないことを思い知らされた。主導権は女が握ったままだ。電波や光線と同じで、かわしたり、払いのけたりできないのだ。

今まで経験したことがなく、それを広場恐怖症《アゴラフォビア》（パニックの発作が起きた時に逃げだせない状況にあることを怖れる症状）と呼ぶことも知らない症状が、しだいに切迫感を増しながら襲ってきた。なにかの陰に隠れたかった。ロッカー室に逃げるか、女にすぐには見えないカウンターの下にしゃがみこむかしたかった。何度かそっと額の汗をぬぐい、不安と戦った。壁の時計に目をやることが頻繁《ひんぱん》になってきた。それは前に警察や弁護士から、ひとりの男の命がかかっていると言われた時計だった。

女が帰ってくれればいいと願った。早く帰りますようにと祈りはじめた。だが今では、というよりもっと前から、女には自発的に帰る気がなく、看板までねばるつもりらしいことが明らかになっていた。人がバーへ来るのにはいろいろな理由があるが、この若い女の場合は普通に考えられる理由がひとつもなく、そこに望みをかけることができなかった。女がこの店にいるのは誰かを待つためではない。もしそうならとっくに待ち人が現われているだろう。酒を飲みたいからでもない。何時間も前に置かれたウィスキーがいまだに手つかずだ。店に来た目的はただひとつ、バーテンダーを見つめることだけだった。

ほかの方法で追い払うことに失敗したバーテンダーは、閉店時間が来るのを待ちはじめた。それしか逃げ道はなかった。客がだんだん少なくなり、まわりの遮蔽物《しゃへい》が減ってくると、それにつれて女の存在感が増してきた。今は半円形のカウンターに大きなすきまがいくつも空き、メドゥーサ（ギリシャ神話の、見る者を石に変える女の怪物）もどきの女の凝視がいよいよ容赦ないものに感じられてきた。

グラスをひとつ落とした。この何カ月かなかったことだった。女は視線でこちらを粉々にしようとしているのだ。バーテンダーは女を睨みつけ、口の動きだけで罵りの言葉を吐きながら、背をかがめてグラスの破片を拾った。

そしてようやく、もう永遠にその時は来ないような気がしはじめていたが、分針《ふんしん》が12を指した。午前四時、閉店の時刻だった。熱心に話しこんでいた男ふたりが、うながされなくとも腰をあげて、出入り口のほうへ向かっていった。そのあいだも、低い声での愉しそうな会話はとぎれなかった。だが、女は違った。ぴくりとも動かなかった。ウィスキーがずっと残ったままのグラスを前に、じっと坐っていた。瞬《まばた》きひとつせず、ひたとバーテンダーを見つめていた。

「おやすみなさい」とバーテンダーは男のふたり連れに声をかけた。女にも看板だとわからせるために大きな声を出した。

女は動かなかった。

バーテンダーは制御盤ボックスをあけて、スイッチをひとつ切った。外の照明が消えて、バーテンダーのいるカウンターのうしろの光だけになった。隠れた夕日のようなその電灯は、カウンターのうしろの壁の鏡や棚に並べた酒を照らしていた。バーテンダーはその光を背に黒い影絵となった。若い女は顔だけが体から切り離されたようになり、その顔が周囲の薄闇のなかで仄白《ほのじろ》く光って浮かびあがった。

バーテンダーは女の前へ行って、何時間も前に注がれた酒のグラスを手にとり、中身を流しに捨てた。しぶきが飛ぶほど乱暴な動作だった。

「もう閉店です」がらがらした声で言った。

ようやく女は動いた。さっとスツールの脇に立った。スツールの座面に手をかけて、循環器が新しい姿勢に馴れるのを待った。

バーテンダーは、上っ張りのボタンを上から下へ器用にはずしながら、憤《いきどお》りのこもった声で訊いた。「これはなんなんです？　なんの遊びです？　あなた、なに考えてるんです？」

女は返事をせず、暗くなった店内を入り口のほうへ静かに歩いていった。カウンターからひとりの若い女が立ち去るのを見るだけで、これほどの安堵《あんど》感がわいてくるとは夢にも思わなかった。なんともいえない虚脱《きょだつ》感があとに残った。前ボタンをはずした上っ張りを着たまま、片手をしっかりカウンターについて体を支えた。その疲れはてた体を、女が消えた方向に向かってぐったり傾けた。

店の入り口から少し離れたところに街灯が立っていた。女はその街灯のそばへ来て、ふたたび姿が見えるようになった。そこで足をとめて振り返り、店から出てきたバーテンダーを見た。厳かに、意味ありげに、じっと見つめた。昨日の夕方から起きていることは幻じゃないのよ、ショーはまだ終わっていないの、今のは幕間の休憩時間にすぎないのよ、と言っているかのようなまなざしだった。

バーテンダーが店の戸締りをして振り向くと、歩道のほんの数メートル先に、女が静かに立っていた。バーテンダーが出てくるのを待っていたというように店の入り口のほうを向いていた。

バーテンダーは女のいる方向へ行かざるをえなかった。夜の帰り道がそちらだからだった。ふたりは三十センチと距離をあけないですれ違った。歩道がごく狭いうえに、女が建物のきわへ寄らず真ん中に立っているせいだった。女はこちらの歩みに合わせてゆっくり顔をめぐらしたが、なにも言わずに通すつもりらしい。この執拗な沈黙にむかっと来て、バーテンダーは、つい一秒前までは無視して通りすぎるつもりだったのに、口をきいてしまった。

「いったいなんの用だ?」と低い声できつく訊いた。

「用があると言ったかしら?」

バーテンダーは歩きかけて、またぱっと振り向き、面罵《めんば》した。「あんたは坐って、おれをじいっと見てた! 一晩じゅう、一ぺんも目をそらさなかった」怒りにまかせて、片手で反対側の掌をぱんぱん叩いた。「そして今度は店の外で待ち伏せして――」

「道に立っているのは法律違反なの？」

バーテンダーは太い指を重々しく振った。「いいか、言っとくぞ！　妙な真似をするとためにならないからな――！」

女は答えなかった。口を開かなかった。口論では、沈黙がつねに勝つ。当惑しきって、荒い息をつきながら、よろよろ歩きだした。

バーテンダーは振り返らなかった。振り返らなくても、二十歩進まないうちに、女がついてくるのに気づいた。気づくのは難しくなかった。女がそのことを隠そうとしなかったからだ。女の靴は華奢で、さほど大きな音はしないが、静かな夜の歩道の上ではくっきり響いた。

バーテンダーは歩道から段差のある車道に降りて交差点を渡った。歩道より少し低いアスファルトの川床が体の下を滑っていった。交差点がまたひとつ。またひとつ。街を西から東へゆっくり移動するあいだ、その急がない、カツカツカツという音は少し距離をあけてついてきた。

首をめぐらして背後を見た。最初はただ警告の睨みで追い払うためだった。女は午後三時の散歩でも愉しむように、腹が立つほどのんきそうに歩いていた。女性が背筋を伸ばしてゆっくり歩くとよくそう見えるが、悠然として、威厳すら感じられた。

バーテンダーはしばらく歩いて、また振り返った。今度は全身で向き直り、ふいに抑えきれない怒りに衝き動かされて、女のほうへ飛びだすように歩きだした。

女は歩みをとめたが、その場に踏みとどまり、退《ひ》く気配をまるで見せなかった。

バーテンダーはつめより、まっこうから怒鳴りつけた。「もう帰れ！ もうたくさんだ。帰らないとこっちにも考えが――」

「わたしの行き先もこっちなの」と女は言った。

今度も女のほうが有利だった。立場が逆ならともかく、男が警察官を呼んで、若い女にあとをつけられていると訴えても嘲笑されるだけだ。そんな恥辱《ちじょく》に耐えられる男はいないだろう。女は悪態をついているのでも、しつこく袖を引いているのでもない。ただ同じ方向に歩いているだけだ。店でと同じように、この女に対しては無力だった。

バーテンダーはさらに何秒か女と向き合っていた。だが、これは面子《めんつ》を保つための虚勢にすぎず、不都合な状況からなるべくばつの悪い思いをせずに脱けだすための時間稼ぎをしているだけだった。やがて鼻を鳴らして、女にさっと背を向けた。鼻を鳴らしたのは、まだ戦いは続いているぞと伝えるためだが、実際には無力感の表明にしかならなかった。

女から離れて、また帰宅の途《と》についた。

十歩、十五歩、二十歩。二十歩があらかじめ決めてある間隔なのか、背後でまた水溜まりにゆっくりと雨が降るように、カツ、カツ、カツと足音がしはじめた。女がまた追ってくるのだ。

角を曲がり、屋根つきの階段をのぼりはじめた。電車に乗るために毎晩のぼる階段だった。のぼりきると、木の床で足をとめた。そのまま進めばプラットホームだった。バーテンダーは今のぼってきた急傾斜の階段を覗いて、女が現われるかどうか見てみた。足音がのぼってきた。その足音には、靴底が段のへりの鉄帯《てつおび》にあたる金属音が含まれていた。やがて踊り場のむこうに頭が見えてきた。

腕木《うでぎ》をからりと回して回転式出入り口をくぐると、すぐに向き直り、身を守る構えで待った。

女は階段をのぼりきって、何ごともないかのように平然とこちらにやってきた。改札口のなかにいるバーテンダーなど目に入らないかのようだった。指はもう硬貨をつまんでいた。やがてふたりは腕木の幅を隔《へだ》てるだけとなった。

バーテンダーは手を反対側の肩の上に持ちあげて、手の甲で相手を打つ体勢をとった。打たれれば、女はくるりと体を回してよろけるだろう。男は犬のように歯をむきだした。

「とっとと失《う》せろ。階段を降りて帰れ!」そう言うと、女が手を伸ばす前に、すばやく硬貨の投入口を親指の腹でふさいだ。

女はそこを通るのをやめて、隣の出入り口に移った。バーテンダーもすぐそちらへ行った。女は前の出入り口に戻る。男も戻って通せんぼをする。高架《こうか》駅の構造物が顫えはじめた。本数の少ない深夜電車が近づいてきたのだ。

バーテンダーは、今まで脅《おど》すために構えるだけだった手の甲を実際に飛ばした。命中すれば女は倒れたはずだった。女は嫌な匂いを嗅いだというように顔をさっとそむけた。男の掌が扇のようにその顔をあおいだ。

すぐに近くでガラスを叩く音がした。小さな薄汚い事務所の横手のドアが開いて、駅員が肩から先を突きだした。「やめなさいよ、あんた。なにやってんの。電車に乗る人の邪魔しちゃだめだよ。警察呼ぶよ!」

バーテンダーは弁解しようとそちらに顔を向けた。自分から助けを求めたわけではないから、面子の問題は部分的にまぬがれていた。「この女、頭がおかしいんだ。こういうのは精神病院へ入れないと。ずっとあとをつけてきて離れないんだ」

女はあいかわらず無感情な声で言った。「三番街線に乗れるのはあなただけなの?」

バーテンダーはまた駅員に訴えかけた。みずから買って出た審判役は、まだドアの陰から上半身を斜めにのぞかせていた。「この女に行き先を訊いてみてくれ。絶対わかってないから!」

女は駅員に向かって答えたが、妙に強調するような話し方は駅員に向けたものではなく、別の目的があるようだった。「二十七丁目まで行くんです。二番街と三番街のあいだに。それならこの駅でいいんでしょう?」

バーテンダーの顔がふいに真っ青になった。女の告げた場所に隠れた意味があって、それに衝撃を受けたかのようだった。衝撃を受けるのも当然だ。そこは彼が帰る場所なのだから。

女はその場所を知っているのだ。それなら引き離して、振り切ろうとしても意味はないわけだ。

駅員は厳かな手ぶりをして裁定をくだした。「どうぞ通ってください、お嬢さん」

女の硬貨が反射鏡に映ってふいに拡大された。女はバーテンダーが通り道をあけるのを待たずに隣の出入り口を通った。バーテンダーにはもう道をあける動作もできないように見えた。それは意地を張っているからというよりは、最終的な目的地を女が知っていることに愕然《がくぜん》として、体が一時的に麻痺してしまったからというふうに見えた。

すでに電車が到着していたが、着いたのは反対側のホームで、ふたりが乗る側ではなかった。それが出てしまうと構内はまた薄暗くなった。

女はぶらぶら歩いてホームの縁《ふち》近くで立ちどまり、そこで電車を待った。バーテンダーもやってきたが、進路はやや脇へそれて、女から柱二本分ほど後方に立った。ふたりとも列車が来る方向を見ていた。バーテンダーには女の姿が見えていたが、女にはバーテンダーの姿は見えていなかった。

女はホームの遠い端のほうへなんとなくぶらぶら歩きだした。誰でもこういう時によくやることだが、じっと待っているのが退屈なので、目的もなく体を動かしているのだった。

まもなく女は駅員の目の届かないところまで来た。そこはもう屋根がなく、ホームも狭くなってひとりが通れるほどの幅しかなかった。女は足をとめた。そこで体の向きを変えて、もといた場所まで引き返すつもりだった。だが、まだ列車が来るほうを見て、バーテンダーに背を向けている時、よくわからない緊張が、ある種の危険の予感が、じわじわ迫ってきた。

それは木張りのホームを歩いてくるバーテンダーの足音と関係があるのに違いなかった。彼もぶらぶら歩きだして、女のほうへやってくるのだ。足取りも女と同じようにゆっくりだった。だが、問題はそれではなかった。問題は、駅を覆う不自然なほどの静寂のなかではっきり響くバーテンダーの足音のなかに、なにか不吉な響きがこもっていることだった。不吉さは、足音を抑えようとしていることよりも、そのリズムにあった。それはなにか束縛を受けているような足取りであり、ただの無意味なぶらぶら歩きのように思わせる計算をしている足取りだった。なぜそれがわかるのかは不明だった。だが、振り向く前からそれがわかった。女が背中を向けてまもなく、男の脳裏になにかが入りこんだことがわかった。それまでにはなかったなにかが。

女は振り返った。かなり鋭く。

バーテンダーはさっき柱二本を隔てていた時よりも、物腰が少し穏やかだった。だから不吉な感じが強まったのはそのせいではなかった。女は、バーテンダーがこちらに向かって歩きながら横の線路をちらりと見おろすのを見てしまった。二本のレールのほかに第三軌条《きじょう》（給電用のレールで、感電の危険がある）が敷設《ふせつ》されている線路を。そのせいだった。

女はすぐに理解した。すれ違いざま、肘で突かれるか、足を横に払われるかしたら、ホームの下に転落する。知らないうちに、きわめて危険な状況に追いこまれているのだ。駅のいちばん端で追いつめられ、駅員の保護の目が届く範囲から完全に出てしまっている。事務室は回転式出入り口を監視するために少し引っこんでいて、ホーム全体を見通すことはできない。

ホームには女とバーテンダーしかいなかった。女は反対側のホームを見た。そちらは完全に無人だった。先ほどの北行きの電車が乗客をひとり残らず連れ去ったのだ。ダウンタウン行きの電車はまだまったく見えず、凶行を防いでくれそうにない。

バーテンダーから遠ざかろうとするのは自殺行為だろう。あと二、三メートルでホームは尽きるから、いよいよ袋小路に追いつめられて、相手の思うつぼだ。駅員に助けてもらえるホームの中ほどまで引き返すためには、バーテンダーのほうへ向かっていき、すれ違わなければならない。だが、それこそバーテンダーの望んでいることなのだ。

相手が具体的になにかをする前に、今悲鳴をあげれば、駅員がホームに出てきてくれて、うまく助かるかもしれない。だがそれをすると、まさに今防ごうとしている事態がより早く起きてしまう危険がある。バーテンダーは緊張しているようだ。それは顔を見ればわかる。ここでこちらが悲鳴をあげれば、おそらく期待しているのとは逆の効果が生じるだろう。バーテンダーが急に異常な考えを抱くにいたった原因は、怒りというより怯えのはずだ。悲鳴を聴けばいっそう怯えるかもしれない。

女は今までバーテンダーをさんざん怯えさせてきた。それをじつにうまくやってのけたのだ。

女は少しずつ慎重にホームの内側へ寄り、できるだけ線路から離れた。ホーム奥の柵沿いに並んでいる広告の看板のまぎわに来た。尻を看板に押しつけて、横歩きに進んだ。目はバーテンダーにじっと据えていた。服の尻は看板をつぎつぎにこすり、ざらざらと音を立てた。それほど強く押しつけていたのだ。

女がバーテンダーの重力圏内に入ってくると、バーテンダーも進路を斜めに変えた。明らかに女の行く手をふさぐためだった。ふたりはゆっくりと動いた。それは怖ろしい緩慢《かんまん》さだった。地上三階の人けのないプラットホームで、頭上にまばらに並んだ電灯の薄汚れた黄色い光のもと、ふたりは水槽のなかを物憂《ものう》く泳ぐ二匹の魚のようだった。

バーテンダーはなおも向かってくる。女も進みつづける。距離はあと二、三歩のところまで縮まった。

その時ふいに、ふたりから見えないところにある回転式出入り口の腕木が音を立て、いかがわしい稼業をうかがわせる黒人の若い女がひとり、ホームに出てきた。そしてふたりから数メートルのところまで来ると、上半身を思いきり曲げて、足首のあたりをぽりぽりかいた。

ふたりはゆっくりと緊張を解いた。どちらも黒人の女に驚かされた時の姿勢のまま静止した。黒人の女は看板の列に背中を向け、軽く前かがみになり、今度は膝をかいていた。バーテンダーは脱力したように、近くにあるチューインガムが景品のスロットマシンにもたれかかった。女には、バーテンダーの毛穴のひとつひとつからさっきまでの害意が漏れでていくのが見えるような気がした。バーテンダーはぎこちない動きで女から離れていった。この間《かん》、言葉はひとつも交わされず、最初から最後まですべてパントマイムで行なわれたのだった。

もう危ない状況は生じないだろう。女はまたしても、優位に立った。

電車が滑りこんできて、雷光《いなびかり》のような明るさが満ちた。ふたりは同じ車両の反対側のドアから乗りこんだ。そしてほぼ一車両分の距離を置いて座席についた。バーテンダーは膝の上に身をかがめ、女は背をそらせて天井の電灯を見あげた。あいだにはさっきの黒人の女がいるだけだった。黒人の女はときどき脚をかきながら、どこで降りようかと物色するように路線地図を見ていた。

ふたりは二十八丁目駅で降車した。今度も別々のドアを使った。バーテンダーはうしろから女が階段を降りてくるのを意識していた。バーテンダーは振り向かなかったが、意識していることは、女にもわかった。頭の傾け方でわかるのだ。バーテンダーは、今ではもう女のしたいようにすればいいと思っているようだった。残り少ない道のりをずっとついてくるつもりならそれでもいいと諦めているようだった。

ふたりは二十七丁目を二番街のほうへ向かった。バーテンダーは通りの片側、女は反対側を歩いた。バーテンダーは建物の出入り口四つ分くらい先を行き、女もそうさせておいた。バーテンダーがどの出入り口から入るかは知っていた。バーテンダーも女がそれを知っていることを知っていた。尾行は今やまったく機械的なものだった。ただひとつ残る疑問は、尾行の理由だった。それが重要な問題だった。

バーテンダーはとある建物の角に近い真っ暗な出入り口のなかに姿を消した。背後の、通りの反対側からついてくる、あの容赦ない、異常なまでに冷静な、カッカッカッという靴音を最後の瞬間まで聴いていたに違いないが、振り返ることはせず、そうしたそうな気配すら示さなかった。前日の夕方以来、ふたりは久しぶりに別れたのだった。

女はふたりのあいだにあった距離をどんどん縮めて、男が消えた出入り口の真向かいで立ちどまった。そして通りの向かいの問題の建物がよく見える場所を立ち位置に決めて、十いくつある暗い窓のうちのふたつをじっと見つめた。

そのふたつの窓が、帰宅した人を歓迎するように明るくなった。それから灯りはすぐに消えた。まるで急いで消すよう誰かが命じたかのようだった。そのあとはずっと暗かったが、ときどき、ガラスに映った像のようにぼんやり見える灰色がかった薄膜《うすまく》のようなカーテンが、小さく揺れた。歩道にいる女は、窓からひとりかふたりの人間が自分を見ているのを知っていた。

女はじっと動かず監視を続けた。

高架電車が、通りのむこうを地蛍《つちぼたる》（ホタルなどの微光を発する幼虫）のようにのたくり這っていった。タクシーが一台通りかかった。運転手は好奇の目を女に向けたが、車にはもう乗客が乗っていた。歩行者がひとり、反対側の歩道をやってきて、女が誘う合図をするかどうか確かめようとするそぶりを見せた。女は顔を真横に向け、歩行者がかなり離れてしまってからまたもとに戻した。

ふいに警察官がひとり、どこからともなく現われて脇に立った。しばらく前から、気取《けど》られないようにしながら様子を見ていたに違いなかった。

「ちょっといいかな、お嬢さん。じつはあのアパートに住んでる女の人から苦情があったんだ。あんたはその女の人のご主人を職場からつけてきて、半時間ほど前からここに立って、その夫婦の部屋の窓を見張ってるという話だが」

「ええ」

「もうよしたらどうかな」

「あの、わたしの腕をつかんで、そこの角を曲がってくれませんか？　警察署へ引っぱっていくみたいな感じで」警察官は気が進まない様子ながら、そのとおりにした。ふたりは先ほどの窓から見えないところへ来ると、立ちどまった。「これを見て」女は一枚の紙切れを警察官に渡した。警察官は近くの街灯の薄暗い光でそれを見た。

「これは誰？」

「殺人課の刑事よ。なんなら電話で確かめてもいいわ。この人が承知して、許可していることなの」

「それじゃ秘密捜査みたいなものですか？」と警察官は急に敬意を示した。

「今後はあの夫婦からどんな苦情があっても無視してちょうだい。これから何日か、昼も夜もうんと苦情が来ると思うけど」

警察官が行ってしまうと、女は電話をかけた。

「どんな調子かね？」と回線のむこうの声が訊いた。

「さっそく鬱陶しく感じているみたい。店ではグラスをひとつ割ったし。ついさっき駅でわたしをホームから突き落とそうとしたし」

「なるほどいい感じで反応しているな。気をつけるんだぞ。ほかに人がいない時は近づきすぎちゃいけない。もう一度言うが、大事なのは、これがなんなのか、裏になにがあるのか、あの男にわからないようにしておくことだ。こっちの意図を悟られたら、形勢は逆転して、効果がなくなってしまうからね。どういうことかわからないからこそ、あの男は落ち着かなくて、神経がすり減らされて、こっちの望む状態になってくれるんだ」

「あの男は毎日何時に仕事に出かけるの？」

「毎日午後五時ちょうどにアパートを出る」電話の相手はなにか書いたものを読みあげるような口調で言った。

「それじゃ明日はその時から同伴《どうはん》してやるわ」


三日めの夜、バーの支配人が、カウンター席にいる女のそばへ来た。別に呼ばれたわけではなかった。支配人はバーテンダーを呼び寄せた。

「どうしたんだ？　なぜこちらのお嬢さんの注文をお訊きしない？　さっきから見てたんだ。もう二十分ほど前から坐ってらっしゃるじゃないか。おまえには見えないのか？」

バーテンダーは顔面蒼白になり、苦悩の色をあらわにした。今では女に近づくといつもこうなるのだった。

「いや、それは――」バーテンダーはつかえながら言った。周囲の人に聴かれないよう声を低くしていた。「ミスター・アンセルモ、もうひどいんですよ――この女はわたしを拷問してるんで――いや、おわかりにならないでしょうが――」呟きこんで、目に涙をためた。頬がふくらみ、またしぼんだ。

若い女は三十センチほどしか離れていないところから、子供のような静かな邪気《じゃき》のない目でふたりを見ていた。

「もうこれで三晩《みばん》こうなんですよ。この女はわたしをじいっと見て――」「そりゃじっと見るだろう。注文を訊かれるのを待ってらっしゃるんだ。あたりまえじゃないか」支配人は叱りつけた。あらためてバーテンダーの顔をしげしげ見て、様子が普通でないのに気づいた。「どうした？　気分が悪いのか？　具合が悪くて家に帰りたいのなら、ピートに電話して交代してもらうが」

「いや、いいです！」バーテンダーは怯えて泣きそうな声であわてて言った。「家には帰りたくないんです――この女がまたあとをつけてきて、一晩じゅうアパートの外に立つんです！　それなら店にいるほうが、まわりに人がいていいんです」

「わけのわからんことを言ってないで、早く注文をお訊きしろ」支配人はそっけなく命じた。支配人はその場を離れる時に、ちらりと若い女を見た。行儀よさそうで、おとなしそうで、無害に見えた。

若い女の前にグラスを置く手は顫えていて、酒を少しこぼした。

バーテンダーと若い女は、吐く息が混じりそうなほど近づいても、言葉を交わさなかった。

「こんばんは」女が回転式出入り口をぐろうと足をとめた時、駅員が気さくに声をかけてきた。「なんだか変ですね。今さっき通っていった男とあなたは、ほとんど同じ時間に来るけど、一緒になることはないんですね。気づいてました？」

「ええ、気づいてたわ」と女は答えた。「わたしたち、毎晩同じところから来るの」

女は駅員のいる窓のそばにいて、回転式出入り口に肘をついていた。その接触が自分を守ってくれるとでもいうように。電車を待つあいだ、そこで駅員ととりとめのない話をするのだった。「気持ちのいい夜ね……ぼうやはどんな調子？……今シーズンのドジャース（プロ野球チームのドジャースは当時、ニューヨークのブルックリン地区が本拠地だった）はだめみたいね」女はときどきホームに目をやった。ひとりぽつんといる男は、歩いていたり、じっと立っていたりした。時には姿が見えないこともあったが、女はそちらへ出ていくことはなかった。

電車が入ってきて、完全に停止し、ドアが開ききった時、女はぱっと駆けだして車両に飛びこむのだった。密閉された列車のなかでは、おそらく危険なことは起こらないはずだ。第三軌条は車両の下だからだ。

高架電車が、通りのむこうを地蛍のようにのたくり這っていった。タクシーが一台通りかかった。運転手はおやという目で女を見たが、客が欲しいわけではなかった。今夜はもうこれから車を寝かせにいくところだからだ。通行人がふたりやってきた。そのひとりが、おどけた声を投げてきた。「どうした、ねえちゃん、彼氏にまた今度と言われたかい？」

そのふたりが遠ざかってしまうと、また静寂がおりた。

突然、前触れもなく、見張っている建物の出入り口から、女がひとり出てきた。寝乱れ髪の女は、出入り口が黒い銃口で、そこから発射された弾丸だというように飛びだしてきた。寝巻きの上にコートを引っかけ、くたびれた靴に素足を突っこんでいる。決然として早足でやってくるため、靴が大きな音を立てた。毛のちびた柄の長いモップを手にしているのは、通りの向かいにひとり立つ女に殴りかかるためと見て間違いなかった。

若い女は身をひるがえして近くの角まで行き、角を曲がり、その通りを歩きだした。そのむだのないきびきびした動きを見れば、若い女がまったく怖がっておらず、念のために逃げているだけで、追ってくる女には関心を持っていないことがわかった。

モップの女よりも早く、その罵声が飛んできて、街区の中ほどで若い女に追いついた。

「もう三日もうちの人をつけまわして！　さあこっちへ来な、ぶっ叩いてやっから！　この手でがつんとやって、その頭を治してやるよ！」

女は角を曲がってすぐのところに立ち、モップの柄と腕を振りたて、猛烈な敵意を示して威嚇した。若い女は足取りをゆるめ、立ちどまり、次いで薄闇のなかに溶けこんだ。

モップの女は角を曲がって、自分の家に引き返した。

若い女もまた戻ってきて、もとの場所に立った。そしてもとのように向かいの建物の窓のうちのふたつを見あげた。猫が鼠の穴を見張るように。

高架電車がのたくり這っていく……タクシーが一台通りすぎる……通行人がひとりやってきて、通りすぎ、遠ざかっていく……。見えない目のようなふたつの窓は、若い女を見おろしながら、やるかたない無力感を浮かべているように見えた。

「もうすぐだよ」と電話の声が言った。「あと一日でやつは陥落《かんらく》するだろう。ことによると今日の夜あたりにね――」

この日は仕事が休みだった。バーテンダーはもう一時間以上、若い女をまこうとしていた。

もうすぐ立ちどまりそうだった。女には前もってそれがわかった。今では次の行動の前触れが読めるようになっていた。この時は、陽射しがいっぱいにあたった建物の壁の前で足をとめた。買い物客が男の前を行きかった。これまですでに二、三度とまっていたが、なにをするわけでもなかった。いつもそうだった。男はふたたび歩きだし、女も歩きだすのだった。

だが女は、今回はちょっと違うようだと気づいた。バーテンダーは心ならずも足がとまってしまったという感じだった。ちょうどその建物の前を通りかかった時、主発条《ぜんまい》がパチンと切れて、ふいに動けなくなってしまったかのようだった。壁に背をもたせかけた時、わきに抱えていた小さな平たい荷物がバランスを崩し、歩道に落ちたが、拾おうともしなかった。

女も少し手前で立ちどまった。自分がとまったのはその男とは無関係だというふりをしなかったのは、いつもどおりだった。そしていつもどおり、厳粛な目つきでバーテンダーを見つめた。

太陽は白い光をバーテンダーの顔に浴びせていた。バーテンダーは目をしばたたいた。その瞬きが、だんだん速くなった。

ふいに目から涙が流れた。突然、バーテンダーは情けなくも公衆の面前で泣きだした。顔が赤煉瓦《れんが》色の醜いしわくちゃのお面《めん》になった。

ふたりの通行人がぎょっとして足をとめた。ふたりが四人に、四人が八人になった。まもなく人垣ができて、その輪の空虚な中心にバーテンダーと女は囚《とら》われてしまった。人垣はつぎつぎに層を重ねて厚くなった。

バーテンダーは恥も外聞もなく、野次馬たちに訴えかけた。この女から自分を守ってくれと、ほとんど助けを求めるような調子だった。

「おれになんの用なのか、この女に訊いてくれ！」突然そう叫んだ。「なにが目当てなのか訊いてくれ！　もう何日もおれをつけまわしてるんだ——毎日毎日、昼も夜も！　もう我慢できない。もうおれは我慢できないんだ——！」

「なあに、酔っ払いなの？」ひとりの女が嘲りの口調で別の女に訊いた。

あとをつけてきた若い女は平然と構えて、バーテンダーから指弾《しだん》されても逃げようとしなかった。女は堂々としていて、まじめで、見目麗《みめうるわ》しい。一方、男のほうはひどく醜悪で滑稽。その結果、群集の同情が偏るのは当然のことだった。そもそも群集とはサディスティックなものなのだ。

にやにや笑う者がいた。にやにや笑いが忍び笑いに変わった。忍び笑いが大笑いと嘲りの笑いに変わった。まもなく群集はバーテンダーに無慈悲な笑いを浴びせはじめた。そのなかで、ひとつの顔だけが無感情で、冷静で、中立的だった。

それは尾行してきた若い女の顔だった。

バーテンダーはこの騒ぎを起こすことで、状況をよくするどころか、逆に悪くした。前は敵がひとりだったのに、今は三十人になってしまった。

「もう我慢できない！　見てろ、こうしてやる——！」突然、バーテンダーは女のほうへ歩み寄り、殴って追い払おうとするかのようなそぶりを示した。

すぐに何人かの男が飛びだして、バーテンダーの両腕をつかみ、唸るような罵声を浴びせながら、体をあちらこちらに揺さぶった。女のまわりで男たちが揉み合う混乱が起きた。

ふいにバーテンダーが、女を狙うように、低くした頭を突きだしてきた。

このままではみんなで寄ってたかってバーテンダーを殺してしまいかねない。

女は男たちに訴えかけた。冷静に、しかしよく聴こえるように大きな声を出した。落ち着いたよく通る声に、男たちはぴたりと動きをとめた。「やめてください。その人を放して、ほっといてあげて」

だが、その声には温かみも同情もなかった。鋼鉄のように硬い、怖ろしい正しさがあるだけだった。まるでこう言っているようだった。この男のことはわたしに任せて。わたしのものだから。

いくつかの手がバーテンダーの体から離れた。固められた拳がゆるんだ。乱れた上着がきちんと整えられた。野次馬の輪の内側の、怒れる男たちの輪が、解体された。バーテンダーは人垣がつくる空疎な輪のなかに取り残された。敵である若い女とふたりで。苛《さいな》まれ、心がくじけたバーテンダーは、群集のどこかに出口を求めて、何度かいきあたりばったりの動きをした。そしてやっとひとつ見つけ、そこへ飛びこみ、人垣を突破した。ばたばたと靴音を立てて、必死で屈辱の現場から走り去った。若い女は歩道に立って男を見ていた。コートを着てベルトを締めた腰が、男の手でひとつかみできるほどしかない、ほっそりした若い女から一散《いっさん》に逃げていく男。情けないにもほどがあった。

女ものんびりしていなかった。群集の喝采だの、子供っぽい勝利感だのには興味がなかった。人だかりを手で器用にかきわけ、自分も垣根の外に出た。それから一生懸命駆けていく男を追いはじめた。若い女の優雅でしかも元気いっぱいの小走りは、男との距離をぐんぐん縮めていった。

それは奇妙な追跡だった。信じられないような追跡だった。細身の若い女が、がっちりした体格のバーテンダーを追う。雑踏《ざっとう》する真昼のニューヨークの街路で、人波に見え隠れしながら。

バーテンダーは若い女が追跡を再開したことにすぐ気づいた。暗い不安を覚えながら、振り返った。女は相手がもう一度こちらを見るのを待っていた。そしてこちらを見た時、片手を頭上に高くさしあげて、とまれという合図をした。

今こそその時だ、今こそバージェスも認めてくれるだろう。女はそう確信した。真昼の強い陽射しを浴びて走るバーテンダーは、今、蠟《ろう》のように溶けかけているはずだ。先ほど男たちに襲われたことで、最後の頼みの綱が奪われてしまった。道行く人たちに助けを求めてみたが、守ってはくれないとわかった。真昼間のにぎやかな街中にいても安全ではないことが骨身にしみたのだ。

この好機をつかんで行動に出なかったなら、バーテンダーの抵抗力の曲線は上昇に転じるかもしれない。この時点から収穫逓減《ていげん》の法則が働いて、労力を加えつづけても効果はしだいに薄くなる可能性がある。個人的な経験からいっても、男性にどこまでも愛想よくしていくと逆に軽く見られるようになるものだ。

今こそその時だった。あの男を手近な壁ぎわに追いつめて、急いでバージェスに電話をかければいいだけだ。あとはバージェスに任せて、こんなふうにとどめを刺してもらうのだ。〝さあそろそろ認める気になっただろう。おまえはあの夜、勤め先のバーで、ヘンダースンという男がひとりの女と一緒にいるのを見たはずだ。なぜ女など見なかったと証言した？　誰がおまえを買収するか脅すかしたんだ？〟

バーテンダーは次の角の手前で立ちどまった。罠にかかった小動物のように、逃げ道を探して周囲をきょろきょろ見まわした。強烈なパニックが彼を襲っていた。安全な避難場所を求めて、あちらへ行こうか、こちらへ行こうかと、ぎくしゃくした動きで迷っていた。この男にとって、追っ手はもはやただの若い女ではなかった。一発ぶん殴れば気絶する小娘ではなかった。ギリシャ神話の、神罰《しんばつ》の女神ネメシスだった。

女はまた手をあげた。距離はどんどん縮まった。その仕草が、狂乱状態で迷っているバーテンダーに一鞭あてたような恰好になった。今、彼は信号待ちの歩行者の群れに囲まれていた。さほど大人数ではないが、互いに肘が触れ合うほど密な群れだった。頭上の信号は赤だった。

バーテンダーは最後にもう一度、女を見た。女はぐんぐん迫っていた。バーテンダーは、サーカスの演者が大きな輪に張った紙を突き破るように、人ごみを突き抜けた。

女はぴたりと立ちどまった。すばやく動かしていた両足が、同時に歩道の隠れた裂け目にはさまったかのようだった。車のタイヤがアスファルトに焼けついたかと思うほどの、すさまじい、かん高い急停止音が響いたのだ。

女は両手をぱっとあげて目をふさいだ。が、その前にバーテンダーの帽子が宙に飛び、驚くほど高いところで弧を描いて、歩行者の頭上を越えるのを見てしまった。

まずひとりの女が悲鳴をあげ、それを前奏曲《プレリユード》に、群集から恐怖と驚愕の吠えるような叫びが起こった。

13　死刑執行日の十一日前

ロンバード

ロンバードはかれこれ一時間半ほど、その男のあとをつけていた。およそ世の中で、目の見えない物乞いを尾行するほど、じれったいことはないだろう。人間は一年単位で年齢を数えるが、この物乞いは、一世紀単位で生涯を送る亀のようにのろのろと動くのである。一街区の端から端まで歩くのに平均して四十分かかった。ロンバードは腕時計を見て、何度かその時間をはかったのだ。

男は盲導犬を連れていなかった。交差点を渡る時は、そのつどほかの歩行者の助けを借りなければならないが、みんな快く手を貸してくれた。青信号のあいだに渡りきれない時は、警察官が車をとめておいてくれた。すれ違う歩行者はたいていいくらかの小銭をカップに入れてくれた。だからゆっくり歩くほうが実入《みい》りがいいのだった。

ロンバードにはそれが途轍《とてつ》もない苦痛だった。彼自身は体に不自由がないうえに、今は時間の貴重さにひどく敏感になっていた。行。この果てしなく続く遅々《ちち》として進まない尾行。まるでそれは水滴をぽたりぽたりと額に落とす中国の拷問のようだった。だが、ぐっと耐えて、断固として相手から目を離さず、煙草をやたらと吸って安全弁にした。建物の出入り口やショーウィンドーの前にしばらくたたずんで待つと、さすがの亀もいくらか先へ行く。するとロンバードはささっと何歩か進んで、また立ちどまり、物乞いの微々《びび》たる歩みを待つ。そうやって休み休みやることで、多少は耐えやすくなった。

これが永遠に続くわけじゃない、とロンバードは何度も自分に言い聴かせた。夜通しこれをやるわけじゃないのだと。あの物乞いも人の子だ。人間の体を持っている。いずれ眠らなければならない。そのうちどこか建物に入って、横になる。夜中に物乞いをする者はいない。収穫逓減の法則だけでもやる気をなくすのに充分だからだ。

そしてついにその時が来た。もうだめかとすら思っていたが、その時が訪れた。物乞いが街路からはずれて、塀に囲まれた場所に入ったのだ。ふたりはこの人知れず廃墟になってしまったといったふうな一郭《いっかく》を歩きだした。こんなところでは施し物をもらうことなど期待できず、物乞いであっても逆に誰かに施しをしなければならなくなりそうだった。一方の側は高架電車の線路でかぎられていた。線路はきめの粗い花崗岩の高架橋の上に敷設されていた。

目の見えない物乞いの家は、高架橋の少し手前にある朽ちかけた安アパートメントにあった。この時点でもまだロンバードは尾行が終点に近づいていることに気づいていなかったが、それでも気をつけなければと思った。距離も少し長めにとった。この一郭の道路は人けがなく、こちらの足音を消してくれるほかの足音がないし、こういうところの住民は概して耳聡《みみざと》いのもわかっていた。

だから物乞いがアパートメントのなかに入った時、ロンバードはかなり後方にいた。物乞いが姿を消すとすぐ、急いでその出入り口へ駆け寄った。できればどの階に行くのか知りたかったからだ。出入り口の前でいったん足をとめ、それから用心深くなかに入った。屋内の物音が聴こえる程度に深く踏みこんだ。

ステッキの音はまだ、ごくゆっくりと階段をのぼっていた。締まりのゆるい水道の蛇口からしずくが空の木桶に落ちるような音だった。ロンバードは息をつめて耳をすました。音は四度、途中でとぎれてテンポを変えた。階段の曲がり目に来た時にそうなるのだ。傾斜のある階段をのぼっている時より、平らな踊り場や床を歩く時のほうが、音は鈍《にぶ》くなる。まもなく音は建物の前のほうではなく、奥のほうへ進んで、小さくなっていった。

ロンバードは階上《うえ》のどこかでドアが閉まる音がかすかに聴こえるのを待ってから、自分も階段をのぼりはじめた。足音を忍ばせながらも、すばやく駆けあがった。今まで抑えに抑えていた力をいっきに解きはなったようだった。階段は傾斜が急で、段がすり減っているので、たいていの人が閉口《へいこう》するに違いないが、それに気づきもしないようだった。

廊下のいちばん奥にはドアがふたつあったが、どちらが物乞いの住まいかはすぐわかった。片方はかなり離れていても便所だとわかるからだ。階段をのぼりきったところで、息がすっかり鎮まるのを待ち、それから慎重に廊下を進んだ。目の見えない人の聴覚がとびきり鋭いことをまた憶いだした。それでもロンバードは完璧にやってのけた。床板がこゆるぎもしなかったのは、体が軽いからではなく、筋肉の絶妙な動きのおかげだった。昔から優秀な機械のように運動能力がずばぬけていて、皮膚でくるまれているよりはレーシングカーのボンネットの下におさまっているほうがいいような男なのである。

ドアのすきまに耳をあてた。

もちろん、灯りは漏れていなかった。あの物乞いにとって光は存在しないのだから、電灯をつけることに意味はなかった。だが、ときどき動く音がした。なにかの動物を連想させる音だった。巣穴に入ったあと、しばらくごそごそ動きまわり、居心地のいい状態を見つけて、それから落ち着くのだ。

人の声はしなかった。物乞いはひとりでいるらしい。

もうだいぶ待った。そろそろいいだろう。ロンバードはノックした。

動きまわる音がぴたりとやみ、無音となった。休止状態が訪れた。部屋は無人であることを必死で訴えていた。怯えきった静けさ。それはロンバードがなにもせずにいればいつまでも続くはずだ。

もう一度、ノックした。

「おい、あけろ」と厳しい口調で言った。

三度めのノックは高飛車だった。四度めは拳を思いきり叩きつけることになるだろう。

「いるんだろう」静寂のなか、口荒く言った。

床がかすかにきしんだ。それから声がした。ほとんど息だけの声が、ドアのすきまのすぐ近くから発せられた。「誰？」

「友達だ」

内側からの声はよけいに怯えの響きを強めた。「友達なんかいない。あんたは知らない人だ」

「とにかく入れてくれ。なにもしない」

「だめだ。今はひとりで、心細い。誰も入れられない」今日の稼ぎを心配しているのがわかった。むりもない。尾行中に見てきた様子からすれば、今まで盗《と》られなかったのがふしぎなくらいだった。

「大丈夫だ。ちょっとあけてくれ。話がしたいだけなんだ」

内側の声は顫えた。「帰ってくれ。でないと、窓から怒鳴って人を呼ぶぞ」だが、それは脅しというより嘆願だった。

しばし双方手詰《てづ》まりとなった。どちらも動かず、音ひとつ立てなかった。互いに相手が間近にいることをぴりぴりと意識していた。ドアの片側には怖れがあり、反対側には決意があった。

ロンバードは札入れを出して、中身をよく調べた。いちばん額が大きいのは一枚だけある五十ドル札だった。それより額の小さい紙幣も何枚かあるが、五十ドル札を選んだ。そして背をかがめて、ドアの下のすきまに入れ、こちらから指が届かなくなるところまで押しこんだ。

それから背を起こして言った。「かがんでドアの下をさぐってみるといい。おれが泥棒じゃないとわかるだろう。さあ入れてくれ」

まだためらっている様子だったが、まもなくチェーンがはずされた。次いでかんぬき錠が横に滑り、鍵穴のなかで鍵が回った。じつに堅い守りだ。

ドアがいやいやながら開き、今日のもっと早い時間に初めて見た黒眼鏡がこちらを向いた。「誰か一緒かね？」

「いや、ひとりだ。あんたになにかしようってんじゃないから、心配しなくていい」

「警察じゃないだろうね？」

「違う。もしそうなら相棒がいるはずだが、誰もいない。ちょっと話がしたいだけなんだ。もういい加減わかってくれないか」ロンバードはずいと室内に踏みこんだ。

部屋のなかは真っ暗でなにも見えなかった。目の見えない物乞いにとっての世界もちょうどこんなふうであるに違いなかった。廊下の電灯が部屋の床にくすんだ琥珀色の光を楔形に落としていたが、ドアが閉ざされると、それも消えた。

「電気をつけてくれないか？」

「だめだ」と目の見えない男は言った。「このほうが五分と五分に近い。話をするだけなら灯りなんかいらんじゃないか」ベッドに腰をおろしたのか、近くで古いスプリングのきしむ音がした。今日の稼ぎをマットレスの下に敷いて、その上に坐ったのだろう。

「馬鹿なことを言ってないで頼むよ。これじゃ話がしにくい――」ロンバードは膝の高さに手をさまよわせ、壊れかけた木のロッキングチェアの肘掛けをさぐりあてると、そこへ腰をおろした。

「あんたは話があると言った」と闇のなかで緊張した声がした。「もう部屋に入ったんだから、用件を言ってくれ。話をするのに灯りはいらんだろ」

ロンバードの声が言った。「じゃ、せめて煙草を吸わせてくれないか。いいだろう？あんたも吸うんじゃないのか？」

「手に入る時にはね」と相手は用心深く答えた。

「ほら、一本とってくれ」かちゃりと音がして、ロンバードの手もとにライターの小さな炎が浮かんだ。消え去った部屋が少しだけ戻ってきた。

物乞いはベッドの端に坐っていた。ステッキは、武器として必要になる場合にそなえて膝に横たえてあった。

ロンバードはポケットから手を出した。そこには煙草の箱ではなく、回転式拳銃が握られていた。それを自分の体に引きつけて構え、相手をぴたりと狙って、「さあ煙草をとるといい」と言った。

物乞いは体をこわばらせた。ステッキが膝から転がって床に落ちた。両手を顔の前にあげ、痙攣するように防護の仕草をした。「やっぱり金が目当てだ！」しわがれた声で言った。「なかへ入れるんじゃなかった——」

ロンバードは出した時と同じく静かに拳銃をポケットに戻した。「あんたは目が見えている」と穏やかな声で言った。「こんな悪戯で試す必要もなかった。今のはおれが見破ってることをあんたに知ってもらうためだ。五十ドル札でドアをあけただけで充分な証拠だよ。あんたはマッチをすってお札を調べたはずだ。あれが一ドル札じゃないとわかるのなら、目は見えてる。一ドル札は五十ドル札と大きさも形も手ざわりも同じだからね。一ドルぽっちじゃドアをあける値打ちはないだろう。今日の稼ぎだってたぶんそれより多い。一ドルでも五十ドルなら危険を冒《おか》してもよさそうだ。一日の稼ぎよりずっと多いからね」

すでに少し溶けている蠟燭《ろうそく》が目にとまったので、話を続けながらそこへ行ってライターで火をつけた。

「やっぱり警察か」物乞いは疲れた顔で口ごもり、手の甲で額の汗をぬぐった。「そうじゃないかと思ったんだが――」

「あんたが思ってるような者じゃない。目が見えないと騙して金をもらってることなんかに興味はないんだ。それが心配なんだったら言うが」ロンバードはもとの場所へ戻って腰をおろした。

「じゃ、なんなんだ？　わしになんの用だ？」

「憶いだしてもらいたいんだよ。見えないことになってるその目で見たもののことをね」

ロンバードは皮肉っぽく言った。「いいか、よく聴いてくれ。あんたは五月のある夜、〈カジノ座〉の外で、出てくる観客相手に商売してただろう――」

「でも、あそこはしょっちゅう行くから」

「おれが言ってるのは、ある特定の夜なんだ。その夜だけが問題で、あとはどうでもいい。その夜、男と女が一緒に出てきた。女はオレンジ色の帽子をかぶっていた。てっぺんから長い黒い羽が突きでている帽子だ。あんたはそのふたりがタクシーに乗ろうとしている時、施しを頼んだ。劇場の正面玄関から何メートルかのところだ。いいか、よく聴くんだぞ。その女はうっかりあんたのカップに火のついた煙草を落としてしまったんだ。小銭を入れようとして。あんたは指を火傷《やけど》した。連れの男があわてて煙草をつまみだして、お詫びのしるしにあんたに二ドル渡した。そして、『悪かったな、じいさん。手もとが狂ったんだ』とかなんとか言った。どうだ、さすがにこれは憶えてるだろう。カップに煙草の吸いさしが飛びこんで火傷するとか、ひとりの人間から二ドルもらうなんてことは、毎晩あることじゃないはずだ」

「憶えてないと言ったら？」

「今すぐあんたを連れだして、詐欺師だと言って、近くの警察署へ突きだすまでだ。あんたは刑務所行きで、警察に記録が残る。それからは街で物乞いするたびにしょっぴかれるんだ」

物乞いは両手で顔をごしごしこすった。そのあいだ黒眼鏡は額の上にずりあがっていた。

「憶えてなくても、むりやり憶えてると言わせるのかね？」

「憶えてるのはわかってる。それをむりやり話させるだけのことだ」

「じゃ、憶えてると言ったら、どうなるんで？」

「まずおれに憶えてることを話す。それから同じ話を、おれの知り合いの刑事にするんだ。その刑事をここへ連れてきてもいいし、あんたを連れていってもいい――」

物乞いはまた狼狽《ろうばい》した。「でも、それじゃ例のことがばれちまう。刑事に話すのはだめだ！　わしは目が見えないことになってるんだ。そのふたりを見たとは言えん。これじゃさっきあんたが脅したみたいに、詐欺師だと言って突きだすのとおんなじだ！」

「いや、警察にじゃなく、その刑事ひとりに話すんだ。その男と取引して、あんたを逮捕しないという約束をとりつけてやる。これでどうだ。さあ、そのふたりを見たのか、どうなんだ？」

「ああ、見たよ」物乞いは低い声で認めた。「そのふたりが一緒にいるところを見た。あの劇場の前みたいに明るい場所だと、黒眼鏡をかけててもたいてい目をつぶっておくんだが、なにせ煙草の火が熱かったもんだから、ぱっと目をあいちまった。だから黒眼鏡ごしだけど、ふたりともよく見えたよ」

ロンバードは札入れからなにかとりだした。「この男か？」

物乞いは黒眼鏡を額の上にあげて、写真をよく見た。「そうだと思うよ。ちらっと見ただけだし、もうだいぶ前のことだけど、この男じゃないかと思うね」

「女のほうはどうだ？　もう一度見たらわかるか？」

「もう見てるよ。男のほうはその夜だけだが、女のほうは、あのあと少なくとも一回――」

「なんだって！」ロンバードはぱっと立ちあがって、物乞いのほうへ身を乗りだした。背後で空のロッキングチェアが揺れた。片手で物乞いの肩をつかみ、痩せた体から情報を搾りだそうとするように手に力をこめた。「詳しく話すんだ！　さあ早く！」

「その夜よりそんなにあとじゃない。だからその女だとわかったんだ。でかい豪勢《ごうせい》なホテルの前だった。そういうとこはものすごく明るいんだよ。足音が聴こえてきたんだ。男ひとりと、女ひとりの。女が言った。『ちょっと待って。ツキが来るかもしれない』わしのことだとわかった。女の足音が脇へそれて、こっちへ来た。小銭が一個、からんと入った。二十五セント玉だ。音でわかるんだ。それから変なことが起きた。だからあの女だとわかった。ちょっとしたことなんだ。普通の人は気づかんかもしれん。ほんのちょっとのあいだ、わしの前でじっと立ってたんだ。そりゃ普通じゃない。もう小銭は入れたんだから。だから女がわしを——わしのなにかを——見てるんだとわかった。わしは右手でカップを持っていた。右手は火傷した手で、火傷は大きな水ぶくれになっていた。女が見たのは指にできた水ぶくれだと思うよ。それからこんなことが起きた。女が小さな声で言ったんだ。わしにじゃなく、独りごとみたいに。『あら、あの時の——！』と。それから足音は男のいるほうへ戻っていった。それだけなんだが——」

「でも——」

「ちょっと待ってくれ。話はまだ終わりじゃない。わしは薄目《うすめ》をあけて、カップのなかを見てみた。そしたら最初の二十五セント玉のほかに、一ドル札を一枚入れてくれてあったんだ。入れたのはあの女だ。それまではなかったんだから。あの女はなぜ思い直して一ドル札をおまけしてくれたんだろうか？　それは、あれがあの時の女だったからに違いない。水ぶくれを見て、あの夜のことを憶いだしたのに違いない——」

「そうだ、きっとそうだ」ロンバードはいらだって歯を嚙みしめながら言った。「あんたはその女を見たと言った。どんな女だったか話してくれ！」

「正面から見た顔はわからない。目をあける度胸がなかった。そこはものすごく明るくて、こっちが目明《めあ》きだってことがばれちまうから。女がむこうを向いたあとで、カップの一ドル札を見たんだ。で、睫毛《まつげ》の陰から、ちょっとだけ目をあげて、女のうしろ姿を見た。女は車に乗るところだった」

「うしろ姿か！　まあいい。うしろ姿でいいから、どんなだったか教えてくれ！」

「うしろ姿だって、そんなに上のほうまで見たわけじゃない。目を高くあげるのが怖かったから。わしが見たのは絹のストッキングの縫い目と、靴のヒールだけだ。車に乗りこむ時に持ちあげた脚が見えたんだ。ずっと目を伏せぎみにしてたから、はっきり見えたのはそれだけなんだ」

「例の夜にはオレンジ色の帽子だけ。そのあとの夜にはストッキングの縫い目と靴のヒールだけか！」ロンバードはベッドに腰かけている物乞いをぐいと突き倒した。「この調子だと帽子と脚のあいだを埋めてひとりの女をつくるのに二十年かかりそうだ！」

ロンバードは出入り口へ行ってぱっとドアをあけると、振り返って物乞いを睨みつけた。

「絶対に、もっと憶えてるはずだ！　そいつを訊きだすには本職の助けが必要らしい。最初の夜には劇場の外で顔をはっきり見たはずだ。二度めの時はタクシーの運転手に言った行き先を聴いたはずだ――」

「いや、それはない」

「どこへも行くな。ここを動くなよ。これからその知り合いを呼んでくる。一緒に尋問をやってもらう」

「でも、刑事なんだろ？」

「大丈夫だと言ってるだろう。おれもその刑事も、おまえなんかに興味はない。だから心配しなくていいんだ。でも、おれが戻ってくるまでじっとしてるんだぞ。でないとお尋《たず》ね者にするからな」

ロンバードは部屋を出てドアを閉めた。

電話回線のむこう側から驚いた声が返ってきた。「もう手がかりをつかんだのか？」

「それらしいものをつかんだから、一緒に吟味してほしいんだ。あなたのほうがおれよりもっと情報を引きだせると思うから。今いる場所は、百二十三丁目とパーク街のあいだ。高架線路のすぐ手前の建物だ。すぐ来て、どんなものか判断してほしい。今、パトロールの警官に頼んで、おれが帰るまで建物の出入り口を見張ってもらっている。おれは角を曲がってすぐの公衆電話からかけてるんだ。それじゃ、広い通りからその一郭に入る入り口で待ってるから」

数分後、速度を落としたパトロールカーから、バージェスが飛びおりた。パトロールカーはそのまま走り去る。バージェスはロンバードと警察官が立つ建物の出入り口へ駆けつけた。

「ここだ」ロンバードは説明ぬきでさっそく入っていこうとする。

「じゃ、わたしは任務に戻ります」パトロール警察官はそう言って歩きだした。

「どうもご苦労さま」とロンバードは叫んだ。すでにバージェスと一緒に階段の上り口《のぼ》にきていた。「いちばん上の階だ」とロンバードは先導しながら説明した。「その物乞いは女を二度見ている。問題の夜と、その一週間後だ。目の見えない男なんだが。いや、笑っちゃいけない。もちろん偽《にせ》の障害者だ」

「まあ詐欺師をしょっぴけるだけでも来た甲斐《かい》はあるな」とバージェスは言った。

ふたりは前後して、手すりをたぐりながら、最初の踊り場を折り返した。「偽障害者の件は——大目に見てやってほしいんだ。警察を怖がってる」

「なんとかするよ。その値打ちがあるならな」とバージェスは唸るように言う。

二階に達した。「あと一階だ」とロンバードは言った。

ふたりとも息切れしないよう少し速度を落とした。

次の踊り場をめざす。「ここから上は真っ暗じゃないか」とバージェスがあえぎながら言う。

ロンバードも気になって足をとめた。「おかしいな。さっき降りてきた時は三階の廊下に電気がついてたんだが。電球が切れるか、誰かが消すかしたのかな」

「たしかについてたんだな？」

「間違いない。物乞いの部屋は暗かったんだが、ドアをあけた時、廊下の明かりが入ったのを憶えてる」

「わたしが先に行こう。懐中電灯を持ってるから」バージェスがロンバードを回りこんで前に出た。

まだ懐中電灯をとりだす途中だったのだろう。二階と三階のあいだの踊り場で、バージェスはふいにつんのめり、四つん這いになった。「気をつけろ。きみは少しさがれ」とロンバードに警告した。

懐中電灯の満月がぱっと現われ、踊り場の壁と次の階段の上り口を照らした。その光のなかに、奇怪にねじまがった人間の体が横たわっていた。両足は最後の二、三段の上に投げだされ、胴体は踊り場の床にまっすぐ寝ているが、頭は壁にぶつかって不自然な角度に曲がっている。片耳からは、奇跡的に破損をまぬがれた黒眼鏡がぶらさがっていた。

「この男か？」とバージェスはつぶやいた。

「ああ」とロンバードは短く答えた。

バージェスは男の上に背をかがめて、しばらく調べていた。それから体を起こして言った。「首の骨が折れてる。即死だろう」光を階段の上のほうへ振り向けた。それから階段をのぼりながら、光をあちこちへ投げた。「事故だな」とバージェスは言った。「いちばん上で足を踏みはずして、真っ逆さまに転げ落ちて、踊り場の壁に頭をぶつけたんだ。いちばん上の段のへりに靴底がこすれた跡がある」

ロンバードもゆっくり階段をのぼってバージェスのそばへ来ると、嫌悪をこめて鼻息を出した。「なんて間《ま》の悪い事故だ。やっと話を聴きだしたのに——」そこでぷつりと言葉を切り、懐中電灯の光を受けている刑事の顔をうかがい見た。「事故じゃないという可能性を考えてるのかな？」

「ふたりで玄関を見張っている時、誰か来たかね？」

「入った者も、出た者もいない」

「階段を落ちた音は聴こえなかったのか？」

「聴こえなかった。物音がしていたら、警官と一緒になかに入って様子を見にいったはずだ。ただ、あなたを待つあいだに長い電車が二回走った。そのあいだは独りごとを言っても聴こえなかっただろう。もしかしたらそのあいだに落ちたのかもしれない」

バージェスはうなずいた。「だからアパートのほかの住人にも聴こえなかったのかもしれないな。それに事故じゃないとするには偶然が多すぎる。たとえば、下のあの壁には、十回頭をぶつけても死なないかもしれない。気絶するだけで、首の骨は折れなかったりね。たまたま死んだが、きっと死ぬとあてにすることはできない」

「電球のことはどうだろう。これは偶然の一致と言えるかな。というのはこうなんだ。おれがあなたに電話しようと階段を駆けおりた時、電灯はついていた。ついてなかったら、そろそろと降りなきゃならなかったはずだ。でも、かなり速く駆けおりたんだ」

バージェスは壁を懐中電灯で照らし、壁から突きでている電球を見つけた。「きみの言ってることはよくわからんな」と電球を見あげて言った。「あの男が目の見えないふりをしていたのなら、あるいはほとんどの時間、目をつぶって暮らしていたのなら——というのは結局同じことだが——なぜ電球が問題になるんだ？　真っ暗でも不自由しないんだからむしろ電気がついているより真っ暗なほうが足もとが確かだったんじゃないか。目を使うのに馴れていなかったとすれば」

「そうかもしれない」とロンバードは言った。「ひょっとしたら、おれが戻らないうちに早く逃げようと思って、思いきり急いだから、目をつぶるのを忘れた。目をあけた状態だと、あなたやおれより動きが不自由だったかもしれないな」

「おいおい、だいぶこんがらがってるぞ。まぶしかったというなら、電気はついてたってことじゃないか。でも、そもそもきみは電気が消えていたことが気になったんだろう。とにかく、どっちにせよ電気のことは問題かね？　あの男が必ず足を踏みはずすという保証はないし、階段を転げ落ちても首の骨を折るとはかぎらないんだ」

「ああ、それじゃ事故だったんだろう」ロンバードはいまいましげに手を振って、階段を降りはじめた。「なんにせよ、タイミングが気に入らない。せっかく目撃者をつかまえたのに——」

「事故ってのは起きるもんだ。しかもこっちのタイミングなど考えちゃくれない」

ロンバードは失望をあらわに、一歩一歩に全体重をかけながら階段を降りた。「あの男からなにを搾りだせたかはわからないが、とにかく全部おじゃんだ」

「まあそう落ちこむな。また別のが見つかるかもしれない」

「だが、この男からはもうだめだ。いい証言がとれるところだったのに」ロンバードは降りて死体のそばに立った。が、ふと振り返る。「おや、どうしたんだろう？」

バージェスは壁を指さした。「電球がまたついたんだ。きみが階段を降りた時の震動のせいだろう。消えたのも同じことだよ。その男が落ちた時の震動で接触が悪くなったんだ。配線が古いせいだな。これで電灯の問題は解決だ」手を一振りした。「きみはもう行ったほうがいい。報告はわたしがしておく。別の手がかりを追う気なら、これに巻きこまれるのはまずいぞ」

ロンバードは意気消沈した足取りで広い通りに向かっていった。持ち前の軽快な身ごなしはすっかり消えていた。バージェスはなおしばらく現場に残り、踊り場の動かない死体のそばでじっと立っていた。

14　死刑執行日の十日前

若い女

バージェスから渡された紙にはこう書かれていた。

クリフ・ミルバーン
劇場つき楽団員
先シーズンは〈カジノ座〉
今シーズンは〈リージェント座〉

それと電話番号がふたつ。ひとつは警察署のもので、勤務時間が書き添えてある。もうひとつは、非番の時の連絡先である自宅の電話番号だ。

バージェスからはこう言われた。「やり方の指示はできない。きみが自分で考えるしかないんだ。わたしなんかより、きみ自身の直感のほうがいい助言をしてくれるだろう。怖がっちゃいけない。落ち着いて知恵を働かすんだ。きみは大丈夫だよ」

今、鏡の前に坐って、彼女は自分の方法を試すべく準備をしていた。誰の助言も受けずに自分で考えた時、唯一浮かんだ方法がこれだった。清潔感あふれるおてんば娘の風貌はすっかり消えていた。きれいに筋をつけてすっきり横分けにした髪ももうなかった。後釜にすわったのは、真鍮《しんちゅう》色に染めて巻いたり波打たせたりしたものを整髪料で固めた金属の兜《かぶと》もどきの髪だった。軽やかに優雅な若々しい服装も跡形もなかった。かわりに身につけたのは体にぴっちり張りつく服で、自室にひとりいる時でさえぞっとするしろものだった。スカートはひどく短く、椅子に坐れば——そう、人の目を惹きつけること間違いなしだった。大きな赤いポーカーチップのような頬紅はまるで赤信号のようだが、その狙いは止まれではなく、進めの合図、さあいらっしゃいという誘いだった。喉もとではビーズの連なりがちゃらちゃら鳴る。レースの飾りが過剰なハンカチに悪どい香水をしみこませ、ひどい匂いに鼻にしわを寄せながら、急いでハンドバッグに詰めこむ。瞼《まぶた》には今まで使ったことのない青いものをこってり塗りつけてある。

スコット・ヘンダースンがこの様子を鏡の脇に置いた写真立てから見ているので、キャロルは恥ずかしくてならなかった。「これじゃわたしだとわからないでしょうね」と後ろめたそうにつぶやいた。「ねえ、そんなにわたしを見ないで」

男を釣るためのふしだらな装いのカタログを仕上げるために、最後にもう一点、すさまじい品をつけ加えた。脚を持ちあげ、薔薇の飾りのついた、どぎついピンクの繻子の靴下留めを太ももにとめた。位置は椅子に坐ればぎりぎり見えるあたりだった。

キャロルは顔をそむけた。〝スコットの恋人〟はこんな女じゃない。今鏡に映っている女のようであるべきじゃない。キャロルはあちこちの電灯を消してまわった。外見《そとみ》は落ち着いているが、内側は緊張しきっていた。人となりをよく知っている者にはそれが推測できるだろう。彼なら一目でわかるはずだ。だが、彼はここにはいない。

最後に玄関の灯りを残すだけとなった時、キャロルは外出前のいつもの短いお祈りを唱えた。そして部屋のむこうのスコットの写真に目をやった。

「今夜かもしれないわ、スコット。今夜こそうまくいくかも」と、ささやいた。

キャロルは灯りを消し、ドアを閉めた。スコットのほうは闇のなか、写真立てのガラスの下に残された。

タクシーを降りた時、劇場の庇看板《マーキー》には灯りがともっていたが、その下にはまだ人が少なかった。かなり早めに来たせいだが、それというのも、場内の照明が落ちる前に標的の男への働きかけをたっぷりしたいからだった。ショーの内容はよく知らないが、終わって外に出てくる頃にはすっかり忘れてしまって、今以上に知らなくなっているはずだった。演目は『踊りつづけて』というのである。

キャロルはチケット売り場におもむいた。「すみません、予約してるの。一階最前列の通路ぎわ。名前はミミ・ゴードン」

何日かかけて、この席を押さえたのだ。目的はショーを観ることではなく、自分が見られることだからだ。お金を出して料金を支払った。「電話で言ってたので間違いないわね？　ほんとにドラマーのうしろの席ね？　通路の反対側じゃないわね？」

「ええ、予約をお受けした時に確かめました」窓口の男は、キャロルが予想したとおり嫌らしい目でちらりと見てきた。「だいぶご贔屓《ひいき》のようですね、そのドラマー。うらやましい男だな」

「そんなんじゃないのよ。その男のことはどうでもいいの。全然知らない男だし。これ――どう説明したらいいかしら。誰でも趣味ってものがあるでしょ。あたしの場合はドラムなの。ショーを観る時は、できるだけドラムセットの近くに坐るのよ。ドラムを叩いてるのを見るのが好きなの。たまらない気分になるの。ドラム中毒なのよ。子供の頃からずっと。変に聴こえると思うけど――」両手をひろげた。「そういうことなの」

「すみません、余計なことを言ってしまって」チケット売り場の男はしゅんとなって謝った。

キャロルは劇場に入った。入り口のもぎりの係は勤務についたばかりで、案内係も地下のロッカー室からあがってきたところだった。やはり相当早いのだ。上等の席に坐る者は遅めに来るのが粋だという不文律は今ではもう廃《すた》れているだろうが、一階最前列の上等席では、彼女が一番乗りだった。

キャロルはひとりで腰をおろした。真鍮色の小さな頭は、広大な空席の海のなかに失われてしまっていた。はでな化粧はコートの立てた襟で三方から隠した。男殺しの効果を発揮したいのは前方に対してだけだった。

背後で座席ががたん、がたんと、しだいに頻繁におろされはじめた。劇場に特有の衣ずれや低いざわめきが場内にゆっくりと満ちてくる。キャロルの目が注視しているのはただひとつのもの。舞台のへりの下の、半分地階にもぐりこんでいる小さなドアだった。それはキャロルのちょうど正面にあった。ドアのすきまから灯りが見え、声が漏れていた。なかで楽団員が出番を待っているのだ。

ふいにドアが開いて、楽団員がオーケストラピットにぞろぞろ出てきた。ドアをくぐる時、みな背をかがめて頭を低くした。どれがドラマーかはわからない。その男がドラムセットの椅子に坐って初めてわかる。一度も見たことのない男だからだ。ひとり、またひとりと自分の椅子に腰をおろした。オーケストラピットは舞台と客席のあいだの三日月形の空間で、坐った楽団員の頭は舞台のへりのフットライトより低くなった。

キャロルはうつむいて、膝に置いたプログラムを熱心に読むふりをしながら、煤《すす》をこってりまぶしたような睫毛の下から上目遣いに様子を見ていた。あの男だろうか？　いや、手前の椅子に坐ってしまった。そのうしろの男か？　なんて悪党面《づら》だろう。その男がひとつ置いてむこうの椅子に尻を落とした時にはほっとした。クラリネット奏者かなにかだ。それじゃ、きっとあの男――じゃないようだ、反対側へ行った。ベース奏者だ。ドアから出てくる人がとぎれた。キャロルは不安になった。さっき出た人がドアを閉めていったのだ。もう誰も出てこないらしい。楽団員はみな席につき、チューニングを始め、演奏の準備に余念がない。指揮者ももう来ている。すぐ目の前のドラムセットの椅子だけが、不吉にも空っぽのままだった。

もしかして馘《くび》になったのか。いや、それならかわりのドラマーが来るだろう。急病で今夜は演奏できなくなったのかもしれない。よりによって、今夜そんなことになるなんて！今週は毎晩来ていただろうに。次にこの席をとれるのは何週間も先かもしれない。ショーは大人気で、チケットの需要が多いからだ。それに何週間も待つ余裕はない。貴重な時間はどんどん過ぎていって、もうあまり残っていないのだ。

楽団員たちがドラマーのことを非難の口調で噂しているのが聴こえた。キャロルの席は楽団にごく近いので、ほかの観客と違ってチューニングの不協和音にも邪魔されず、ほぼ全部耳に入ってくるのである。

「あんなやつは珍しいぜ。シーズンが始まってから、時間どおりに来たのはたしか一回だけだ。ありゃ罰金じゃだめなんだ」

アルトサックスが言った。「どこかの金髪の尻を追いかけて、路地裏へしけこんで、出てくるのを忘れてんじゃないのか」

そのうしろの男がふざけた調子で言う。「いいドラマーは見つけにくいってことよ」

「そうでもねえだろ」

キャロルはプログラムの演者やスタッフの名前を見ていたが、文字は頭に入ってこなかった。不安を抑えようとするせいで体がこわばった。皮肉なことだ。楽団員はほぼ全員そろったのに、ただひとり、自分に役立つ人間だけがいないとは。

キャロルは思った。〝こんなについてないなんて、まるであの夜のスコットと同じだわ――〟

音楽が始まる前の静寂がおりた。楽団員たちは譜面台の灯りもつけて、用意を整えていた。キャロルはもうだめだと思ってそちらを見ていなかったが、突然、オーケストラピットに出入りするドアが開き、また閉じた。灯りが一瞬ついて消えたようなすばやさだった。人影がひとつ、楽団員たちの椅子のうしろを器用にすり抜けて、キャロルの目の前の空いた椅子に向かってきた。速く動けて、しかもなるべく指揮者の注意を惹かずにすむよう、背をかがめている。そんなわけで、最初にキャロルの視野に入った時から、この男には鼠の印象が強く、それがずっと続くことになった。

指揮者が男に焼けつくような視線を射こんだ。

男は恥じいる様子がない。息をはずませながら隣の男にこうささやくのが聴こえた。

「明日の第二レースはもらったぜ！　こいつは確実なんだ」

「確実なのは、確実なネタなんてないってことだけさ」と返事はそっけなかった。

ドラマーはまだキャロルを見ていなかった。譜面の用意や楽器の調節に忙しかった。キャロルは手を太ももの脇へたらし、スカートの裾をほんの少しずりあげた。

ドラマーは準備を終えた。「今夜の入りはどうだ？」と訊くのがキャロルに聴こえた。

それからドラマーは初めてうしろを振り返り、手すりごしに客席を見渡した。

キャロルは待ちかまえた。ドラマーをじっと見つめた。伏目《ふしめ》にしているキャロルに見えないところで、ドラマーが隣の男を肘でつついたらしい。隣の男が面倒くさそうに答えた。

「ああ、知ってる。見たよ」

ドラマーの注意をぐっと惹きつけるのに成功したのだ。男の視線を体に感じた。視線が描くくねくねした線を図で示すこともできそうだった。じっくり攻めることにした。あわててはいけない。〝変ね、こんなこと、一度もやってみたことないのに、やり方がわかってるなんて〟と思った。キャロルはプログラムの一行に精神を集中した。自分は今そこに隠された秘密の意味を読み解こうとしているのだ、というふうに気持ちをつくった。その一行はほとんどが点線で、紙のほぼ端から端まで伸びていた。それを見つめていれば視線がふらつかなくてすんだ。

ヴィクトリーン……………………ディキシー・リー

点を数えた。役名と出演者のあいだに二十七個。さあ、そろそろいいだろう。充分な時間がたった。キャロルはゆっくりと睫毛をあげて、相手に目を見せた。

目が合った。じっと見つめ合った。男は女が臆《おく》して目をそらすだろうと思ったが、そうはならなかった。女の目は男の視線をしっかり受けとめ、男が目をそらさないかぎり保持する構えだった。その目はこう言っているようだった。〝わたしに興味があるの？　それならどうぞ。わたしはいいわよ〟

ドラマーは女が乗り気なことに少々驚いていた。さらに女をまじまじ見た。ためしに笑いかけてもみた。嫌な顔をされたらいつでも引っこめられる用意をして。

キャロルはそれを受けいれた。同程度の微笑みのお返しすらした。男の微笑みが深まった。女の微笑みも深まった。

軽い挨拶がすみ、いよいよ次の段階に――進もうとした矢先、舞台裏で開演のブザーが鳴った。指揮者がタクトで譜面台を叩き、注意をうながし、両腕をひろげて構えた。両手がさっと動くと、幕開きの音楽が始まって、キャロルとドラマーは通信を中断せざるをえなかった。

これでいいの、とキャロルは自分を慰めた。今のところうまくいっている。初めから終わりまでずっと音楽が続くショーなんてありえない。途中で休止が入るはずだ。カーテンがあがった。声がして、光が明滅して、人が動いているのはわかった。だが、舞台で起きていることなどどうでもよかった。ショーを観にきたのではない。キャロルは自分の目的のことだけを考えた。その目的とは、楽団員をひとり誑《たら》しこむことだ。

休憩時間になると、ドラマーが声をかけてきた。ほかの楽団員は楽屋で一服しにぞろぞろ出ていくところだった。ドラマーはドアからいちばん遠いので、出ていくにしても最後になる。だからほかの者に聴かれないようにして客と話せるのだ。キャロルの両隣の客はすでに立って行ってしまった。それでドラマーには若い女がひとりで来ていることがわかった。それまで女のふるまいに多少の疑いを持っていたのかもしれないが、もう疑う必要などないのだった。

「どう、ショーは愉しい?」

「すごく愉しいわ」キャロルは猫が喉を鳴らすような声で答えた。

「はねたあとの予定は?」

キャロルは口をとがらせた。「ないの。あればいいんだけど」

ドラマーは同僚たちのあとを追おうとしかけて足をとめ、きざな口調で言った。「きみの予定ができたよ。たった今」

男が行ってしまうとすぐに、キャロルはスカートの裾を邪険な手つきで引きおろした。ライフブイ石鹼（この当時は消毒剤入り）を使って、火傷するほど熱いシャワーを浴びたかった。キャロルの顔立ちがもとに戻った。はでな化粧もその変化を隠すことはできなかった。無人の座席が並ぶなかにひとり、物思いに沈みながら坐っていた。〝今夜かもしれないわ、スコット。今夜こそうまくいくかも〟

最後のカーテンが降りて、場内の灯りがついた。キャロルはなにか落としたふりをしたり、服の乱れを直すふりをしたりして、座席にとどまっていた。ほかの観客は通路をゆっくり進んで外に出ていく。

楽団は観客を送りだしてしまうと演奏をとめた。ドラマーはいちばん高い位置にあるシンバルを最後に一撃すると、まもなく指で押さえて響きをとめ、スティックを置き、譜面台の灯りを消した。今夜の仕事は終わり、あとは自由時間だった。ゆっくりとキャロルのほうを向いた。すでに自分が主導権を握ったつもりらしかった。「路地の楽屋口で待っててよ、かわい子ちゃん。五分で行くから」

なぜだかよくわからないが、外で男を待っていることだけでも汚らわしいことのように感じられた。たぶんあのドラマーの品性がすべてを汚らわしくするのだろう。路地を行ったり来たりしながら、なにかが肌を這いまわるような感じを覚えた。少し怖くもあった。先に出てきた楽団員たちが投げてくる視線も、キャロルの不快感を増すばかりだった（ドラマーは当然最後のほうに出てくるので、女をこの気まずさから救ってやることができないのだった）。

ふいにキャロルは、体を持っていかれるように感じた。キャロルがまだ男の姿を見ないうちから、男がしっかり腕を組んできて、そのまま立ちどまりもせずぐいぐい引っぱっていくのだ。たぶんこういう性格の男なのだろうとキャロルは思った。

「気分はどうだい、新しいお友達？」男は陽気に言った。

「いいわ。わたしの新しいお友達は？」とキャロルは返した。

「仲間のいるところへ行こう。連中と一緒でないと風邪をひきそうだ」男の考えは読めた。この男にとって、キャロルは襟穴《えりあな》に飾る新しい花で、見せびらかしたいのだ。

これが午前零時のこと。

午前二時頃には、ドラマー、すなわちクリフ・ミルバーンはたっぷりビールを飲んでいい気分になっているようなので、いよいよ作戦を開始していいだろうと思った。その時には同じような店の二軒めにいて、楽団仲間も近くの席にいた。彼らはこの種のことでおかしな決まりをつくっているらしく、ミルバーンとキャロルはほかの連中と一緒に河岸《かし》を変えたのだが、次の店でもふたりだけ別のテーブルにつくのだった。ミルバーンは仲間のところへ行き、またキャロルのところへ戻ってくるが、仲間はふたりのテーブルには来ない。誰かが見つけた女はそいつのものだから、ほかの者は近づかないという、そんな決まりなのだろう。

キャロルはきっかけをさぐった。もうやらなければならないのはわかっていた。夜は永遠には続かない。また同じような夜を過ごすのは耐えられなかった。

機会はむこうからやってきた。まさに望んでいたような機会だった。男は一晩じゅう、陳腐《ちんぷ》なお世辞を思いつくままやたらとキャロルに浴びせつづけていた。汽車の罐焚《かまた》きがなにも考えずにせっせと石炭を罐に放りこむのに似ていた。そんな時、キャロルはこう訊いてみたのだ。

「あなた、今まであの席に坐った女のなかでわたしがいちばんきれいだって言うけど、ほかにも気に入った女が坐ってたことがあるんじゃない？　そういう女の話をしてよ」

「きみよりきれいな女はいない。憶いだすだけむださ」

「でも、面白いから憶いだしてみてよ。妬《や》かないから。ね、今まで仕事をした劇場を全部入れて、今夜わたしが坐ったような席、あなたが演奏する場所のすぐ前の席に坐った女のなかで、いちばんいい女だなあと思ったのはどんな女？」

「そりゃもちろんきみだ」

「そう言うと思った。じゃ、わたしの次は？　二番めにきれいだったのは？　あなたがどれくらい前のことまで憶えてるか確かめてみたいの。どうせ前の晩に見た顔も憶いだせないんだろうけど」

「そんなことないさ。じゃあ、証明しようか。ある晩、振り向いたら、手すりのすぐむこうに坐ってた女のことだ——」テーブルの下で、キャロルは自分の肘の内側をつかんでいたが、まるでそこが痛くてたまらないとでもいうように、思いきり強くつかんだ。

「あれは今の劇場じゃなくて、〈カジノ座〉だったかな。よくわからないが、なんかその女が気になってさ——」

灰色の朧《おぼろ》な人影が、ひとつ、またひとつとテーブルの脇を通っていった。最後の人影がちょっと足をとめて、「地下でジャムセッションをやるんだが、来るか？」と言った。

キャロルは肘の内側をつかんでいた手を離し、がっくりきたように腕を椅子の横にたらした。仲間はみんな腰をあげて、奥の地下室への降り口に向かっていく。

「ねえ、あなたはここにいてよ」キャロルはミルバーンの腕をつかんだ。「今の話を——」

だが、ミルバーンはもう腰をあげていた。「いや、こいつを逃すわけにはいかないんだよ」

「劇場で一晩じゅう演奏したのに、まだたりないの？」

「ありゃ金のためで、こっちは自分らの愉しみだ。すげえのを聴かせてやるよ」

どうやら自分を置いてでも行くつもりのようだ。それは女よりも強烈な魅力のあることらしい。仕方なくキャロルも立ちあがり、男のあとからレストランの地下室に通じる煉瓦壁の狭い階段を降りた。そこは広い部屋だった。すでに楽器が置かれているところを見ると、よくここで演奏するようで、アップライトピアノまであった。天井の真ん中から電球がひとつ線でぶらさがり、それを補う照明器具として蠟燭をなかに立てた瓶が何個も用意されていた。中央には傷《いた》んだ木のテーブルがひとつ据えてあり、みんなはそこにジンの瓶を置いた。ほぼ全員が、一本ずつ持っているのだった。ひとりがテーブルに茶色い包装紙を一枚ひろげ、そこにたくさんの巻き煙草をのせて、誰でもとれるようにした。地上の世界でみんなが吸う煙草ではなく、黒い葉が詰められた煙草だった。それがマリファナ《リーファー》煙草と呼ばれるのを、キャロルは聴いた。

ミルバーンとキャロルが入るとすぐ、ひとりがドアを閉め、かんぬき錠をかけ、外からの干渉を排除して自由を確保した。キャロルはこの部屋でただひとりの女だった。

空の荷箱やボール紙の箱、樽《たる》などがあり、腰をおろすことができた。クラリネットの哀しげな音色が流れ、それを合図に狂乱のジャムセッションが始まった。

それからの二時間はダンテの地獄もさながらだった。終わったあともそれが現実のことだったとは信じられないだろう、とキャロルは思った。問題は音楽ではない。音楽はよかった。地獄を連想させるのは、男たちの、壁に映った天井まである黒い影が、揺らめきながら演じる悪夢のような夢幻劇のせいだった。それは男たちの、突然現われる新奇なフレーズとともにあちこちで突きだされてはまた引っこめられる、なにかに取り憑かれたような悪鬼めいた顔のせいだった。それは流れる靄で空気を満たすジンとマリファナ煙草のせいだった。それは時としてキャロルを怯えさせ、部屋の隅や荷箱の上に避難させた、男たちの狂気じみた激情のせいだった。何人かの男たちは、ひとりずつキャロルのところへやってきて、キャロルを追いかけ、壁ぎわに追いつめ、身をすくめさせた。彼女を選ぶのはただひとりの女だからだ。男は彼女の顔の前で、思いきり管楽器を吹き鳴らす。キャロルは耳を圧倒され、髪を息で乱され、魂に恐怖を吹きこまれた。

「ほら、樽の上にあがって踊れよ！」

「踊れない！　踊り方知らないもの！」

「ステップは適当でいい。ほかのとこをぶるんぶるんさせな。カラダはそのためにあるんだぜ。服が乱れたって気にするな。みんな友達なんだから」

〝スコット〟と心のなかで呼びかけながら、キャロルは壁ぎわで横歩きをし、興奮しきったサクソフォーン奏者から逃げる。サクソフォーン奏者は諦め、天井にむかって楽器を一吹きし、言いようのない悲哀を表わした。〝ああ、スコット、わたし、こんな思いまでしているのよ〟

〝未来派のリズムは、いつも調子がはずれっぱなし、近くの太鼓や耳の鼓膜がこれを叩けばぶっ飛ぶおれ〟

キャロルは壁の二面をつたって、この即製の楽団のボイラー室にあたるドラムセットまで、なんとかたどり着いた。ミルバーンに話を聴いてもらうため、ピストンのように動く腕をつかんでぐっと下へ押しさげた。「クリフ、わたしをここから連れだして。もう我慢できない！　我慢できないの！　これ以上いたら気絶しちゃう」

ミルバーンはすでにマリファナに酔っていた。それは目を見ればわかった。「どこへ行く？　うちへ来るか？」

イエスと言うしかなかった。それでないとこの男はここを出ようとしない。

ミルバーンは立ちあがり、キャロルを先立て、少しよろめきながら出入り口まで行った。ミルバーンがドアをあけると、キャロルはパチンコで弾かれた石のように飛びだした。ミルバーンもあとを追ってきた。弁解も挨拶もなしで勝手に帰っていいことになっているらしい。仲間はドラマーが抜けたことに気づきもしないようだった。ドアが閉まると、狂騒の音楽はナイフですぱりと切られたように消えた。突然訪れた静寂は、初めはひどく奇妙に感じられた。

〝おまえは思いもよらないでたらめな時間、

おまえのなかで考えさせて、眠らせて、酒飲ませて〟

一階のレストランは暗く、無人で、奥に終夜灯がひとつともっているだけだった。表の歩道に出ると、あの熱っぽい地下室のあとだけに、外気がとても涼しく、希薄で、澄みっているように感じられ、頭がくらくらしそうだった。こんなに甘く清らかな空気は今まで吸ったことがないような気がした。建物に寄りかかり、さわやかな空気を吸いこみながら、衰弱しきった人のように頬を壁に押しつける。ミルバーンはドアを閉めたりなにかして、遅れて出てきた。

もう四時頃だろうが、あたりはまだ暗く、街は眠っていた。キャロルは一瞬、なにもかも投げだして、男から逃げてしまいたいという誘惑にかられた。走れば振りきれるのはわかっていた。男は追ってこられるような状態ではないからだ。

だが、行動は起こさず、じっとしていた。自分の部屋に飾ってある写真が目に浮かんでしまったのだ。逃げ帰ってドアをあけた時、真っ先に目に入るのはその写真なのだった。

そこへミルバーンがやってきて、逃走の機会は失われた。

ふたりはタクシーで移動した。そこはアパートメントに改築された古い家が並ぶ一郭で、建物の一階分が一世帯になっていた。ミルバーンはキャロルを二階へ連れていき、ドアの鍵をあけ、灯りをつけた。じつに気のめいる住まいだった。薄いニスを塗った木の床は古くなって黒ずんでいた。窓は厚い壁にうがたれた長方形の入り込みの奥にあるが、その入り込みは棺を思わせた。朝の四時に訪ねてくるような場所ではない。同伴者が誰であっても遠慮したいが、ミルバーンならなおのことだった。

キャロルはぞっと身顫《みぶる》いして戸口で固まっていた。ミルバーンがやけに慎重にドアを閉めて鍵をかけるのを、意識しないようにした。頭ができるだけ明晰に余裕を持って働くようにしておきたい。ドアのことなど考えていると思考が濁るだけだ。

ミルバーンは獲物を閉じこめる作業を完了した。「さあ、コートはいらないだろう」

「いいの。着ておく。寒いから」キャロルはさらりと言った。

時間があまりない。

「そんなところでずっと立ってるつもりかい？」

「あ、そうね。ここに立ってても仕方ないわね」ぼんやりと、素直に答えた。スケート選手が氷上に出る時のように、さりげなく片足を前に踏みだした。

キャロルは室内を見まわした。必死で見まわした。なにかきっかけはないだろうか？色。オレンジ色。なにかオレンジ色のもの。

「なにを探してるんだい？」ミルバーンはむっとした声を出した。「ただの部屋だぞ。部屋を見たことないのか？」

ようやくそれが見つかった。部屋のむこう端にある電気スタンドの安っぽい人絹《じんけん》の笠だ。

キャロルはそこへ行って灯りをつけた。壁に聖人の光輪《こうりん》のような光が映った。キャロルは笠に手をあて、振り返った。「わたし、この色が好き」

ミルバーンは取り合わなかった。

キャロルは手を笠にあてがったままにした。「聴いてないの？　この色が好きって言ったのよ」

今度はぼんやりした目を向けてきた。「わかった。で、それがどうした？」

「この色の帽子が欲しいの」

「買ってやるよ。今日か、明日にな」

「ほら見て。こういう感じのやつ」キャロルは電気スタンドの小さな本体を持ち、笠のなかで光がともっている状態で肩の上にのせて、手で支えた。そしてミルバーンからは笠を頭にかぶっているように見えるよう、体の向きを変えた。「見て。ようく見て。こんな色の帽子をかぶった人を見たことない？　これで誰かを憶いださない？」

ミルバーンは梟のような厳かな顔つきで、二度瞬きをした。

「よく見て。ね、ようく見て。きっと憶いだせるから。劇場のまうしろの席、わたしが今夜坐ってたのと同じ席に、こんな色の帽子をかぶった女を見たことはなかった？」

ミルバーンは、ひどく重々しく、意味不明なことを言った。「ああ――あの五百ドルもらった時のあれか！」それからふいに、弱ったというように片手で両目をふさいだ。「いや、こいつは誰にも喋っちゃいけないんだった」それから顔をあげて、キャロルを疑ってはいないぼんやりした表情で訊いた。「今おれ、喋っちまったか？」

「ええ、そうね」キャロルはそれしか言わなかった。さっきまでは渋《しぶ》っていたが、一度話してしまったのならもう同じことだから、詳しく訊きだすことができるだろう。もしかしたらあのマリファナ煙草が記憶を刺激したのかもしれなかった。

ともかく急いで糸をたぐらなければ。これが目当てのものなのか、なにが手に入るのか、それはわからないが、この機会を見逃すわけにはいかない。キャロルは電気スタンドをすばやく置き、同じようにすばやく男に近づいたが、さりげなく動いている印象もなんとか保った。「ねえ、今の話、もう少し聴かせてよ。わたし聴きたいの。お願い、いいでしょ、クリフ。わたしのこと、新しいお友達って言ったじゃない。だったら話してくれてもいいと思うけど」

ミルバーンはまた目をしばたたいた。「なんの話だい？」困ったというように言う。

「忘れちまったよ」

麻薬の効果が切れて記憶の鎖がとまったのを、また動かさなければならない。ミルバーンの記憶はときどき歯車からはずれてだらりと垂れさがるチェーンのようだった。「オレンジ色の帽子。ほら、見て。五百ドル——五百ドルもらったんでしょ？　その女はわたしと同じ席に坐ってたのよね？」

「そうだ」とミルバーンは素直に認めた。「まうしろにいた。おれは振り返って見たんだ」そこで狂気じみた笑い声をあげたが、ふいにやめた。「おれはその女を見たおかげで五百ドルもらった。女を見たことを誰にも言わないと約束して」

キャロルは、自分の両腕が男のカラーの脇をゆっくり這って首に巻きつくのを見た。だが、腕をとめようとしなかった。腕はキャロルから独立して動いているように思えた。顔を男の顔に近づけた。男の顔を見あげて覗きこんだ。なにかを考えてる人のすぐ近くにいても、どんな考えなのかわからないってことがあるんだわ、とキャロルは思った。「もっと話して、クリフ。今のこと。わたし、あなたが話すのを聴くのが好き」

ミルバーンの目が曇って死んだ。「なんの話だかまた忘れちまった」

またチェーンがはずれたようだ。「その女の人を見たと言わない約束をして、五百ドルもらった話よ。そのオレンジ色の帽子をかぶった女の人だけど、彼女が五百ドルをくれたの？　誰がくれたの？　ね、話して」

「手がくれた。暗闇のなかで。手と、声と、ハンカチ。あ、それともうひとつ。銃だ」

キャロルの指が男のうなじへゆっくりと這い、それからまたもとへ戻った。「それは、誰の手？」

「さあ。その時も、あとになっても、わからなかった。ときどき、ほんとにあったことなのかと思ったりする。葉っぱのせいで、そう思いこんだだけじゃないかってね。でも、やっぱりほんとだと思う時もあるんだ」

「とにかく話して」

「こういうことなんだ。ある夜、ショーが終わったあと、おれは遅い時間に帰ってきた。一階の玄関に入ったら、いつもは電気がついてるのに、真っ暗だ。電球が切れたみたいに。それで手さぐりで階段まで行こうとしたら、手がおれをとめた。重い、冷たい手が、ぐっと押さえたんだ。

おれは壁に背中をつけて、『誰だ？　おまえは誰だ？』と訊いた。それは男だった。声でわかった。少し目が馴れてくると、ぼんやり白いものが見えた。ハンカチみたいなものが、顔があるはずのところにあった。そのせいで男の声ははっきりしなかったが、言葉はいちおう聴きとれた。

男はまずおれの名前と商売を言った。おれのことは全部知ってるみたいだった。それから男は前の晩、劇場でオレンジ色の帽子をかぶった女を見たのを憶えてるかと訊いた。おれは、言われなきゃ憶いださなかったろうが、そういえばそんな女を見たと答えた。そしたら男は、それまでと同じ静かな落ち着いた声で、『おまえは銃で撃ち殺されたいか？』と訊いてきた。

おれは返事ができなかった。声が出ないんだ。男はおれの手をとって、自分の握ってる冷たいものにあてた。拳銃だ。おれは飛びあがりそうになったが、男はおれの手首をつかんだまま、しばらく拳銃を触らせておいた。『誰かに喋ったら、これだ』と言って。男は一分ほど待ってから、こう言った。『それより、五百ドルもらうほうがいいんじゃないか？』

紙がかさかさ鳴る音がした。男はおれの手になにか握らせた。『五百ドルだ。マッチを持ってるか？　いいからマッチをすってみろ。自分の目で確かめたらいい』おれはそうした。たしかに五百ドルあった。おれが男の顔を、というか、顔のあるあたりを見ようとしたら、ハンカチが見えたところで男がマッチを吹き消した。

『おまえはあの女を見なかった』と男は言った。『女などいなかった。誰に訊かれてもノーと言え、言いつづけろ――そうすれば生きていられる』しばらく間を置いてから、そいつはこう訊いてきた。『さあ人に訊かれたら、おまえはなんと答える？』

おれは答えた。『そんな女は見てない、女なんかいなかった、と』おれはがたがた顫えた。

『さあ、二階へ行け。おやすみ』と男は言った。ハンカチごしのこもった声は、墓のなかから聴こえてくるみたいだった。

おれはとっとと逃げだした。二階へ駆けあがって、部屋に鍵をかけた。窓には近づかないようにした。おれはこのことが起きる前からマリファナに酔っていたしな。あれをやるとどうなるかは知ってるだろう」

ミルバーンは、聴くとぞっと寒けのする耳ざわりな笑い声をあげた。それはいつも唐突にぴたりととまるのだった。「でもその五百ドルは、次の日に馬ですっちまったがな」と自嘲した。

ミルバーンはいらいらと体を動かし、椅子の肘掛けに腰かけているキャロルを立たせた。

「こんな話をさせるから、またあの時の気分が戻ってきたよ。なんだか怖くなってがたがた顫えてる。あのあと何べんもこうなったんだよな。葉っぱをくれよ。もう一ぺん、かーっと燃えたいんだ。気分が沈んできたから、また陽気になりたい」

「持ってないわよ、マリファナ」

「バッグに何本か入ってるだろう。さっきの店のやつを少し持ってきたはずだ」どうやら自分と同じ常用者だと思っているようだ。

バッグはテーブルの上に置いてあった。そこへ行ってとめる暇もなく、ミルバーンはバッグをあけて、中身を全部ぶちまけた。

「だめ！」キャロルは突然不安に襲われて叫んだ。「それはなんでもないんだから、見ないで！」

とりあげようとしたが間に合わず、ミルバーンはもう読みはじめていた。バージェスがよこした紙切れだった。入れっぱなしにしてあったのを忘れていたのだ。ミルバーンは最初、ただ普通に驚いていた。「なんだ、これ、おれのことじゃないか！　おれの名前と、仕事場と――」

「だめ！　だめだったら！」

ミルバーンはキャロルを押しのけた。「〝まずはオフィスに電話をくれ。そこにいなければ――〟」

不信感がどんどんミルバーンの顔を曇らせていくのが見えた。不信感は目の奥から嵐のように猛烈な速度でわきあがってきた。その嵐の奥には、もっと危険なものが潜んでいる。それは理屈を無視したむきだしの恐怖心だ。麻薬の生みだす幻覚と一体化した恐怖心は、それにとらわれた人間を破滅させてしまうしろものだ。ミルバーンの目の瞳孔《どうこう》が開きはじめた。黒い中心が周囲の色のある部分を呑みこんでしまうように思われた。「おまえは誰かの命令で来たんだな。自分からおれに逢いにきたんじゃなくて。誰かがおれを狙ってるんだな。誰だかわからないが。誰だかわかればいいんだが。誰かがおれを銃で撃とうとしてるんだ。銃で撃つと言ったんだ！　喋っちゃいけないってことを憶えてたらよかったんだが――おまえが喋らせたんだ！」

キャロルはマリファナ中毒者を見たことが一度もなかった。言葉は知っていたが、自分にはなんの意味もない言葉だった。マリファナが感情を刺激して、疑い、不信、恐怖などをかきたてること。もともと潜在的に持っているそれらのものをふくれあがらせて発火点を越えさせること。そんなことは知るはずもない。それでも、ミルバーンを見れば、理屈の通じる相手ではないことぐらいはわかった。予想のつかない方向へ流れるこの男の考えは、すでに危険な方向に向かっていたが、キャロルにはその流れを堰《せ》きとめ、向きを変えるすべがなかった。この男の理性に訴えかけることができない。なぜならキャロルは正気だが、男は――一時的にもせよ――そうではないからだ。

ミルバーンは正気に戻ったと誤解させそうなほどじっと静かに立っていた。小首をかしげ、上目遣いにキャロルを見ていた。「おれは喋っちゃいけないことをおまえに喋ったらしい。なにを喋ったのか憶いだせたらいいんだが！」悩み深げに額を手でこすった。

「そんなことない。あなたはなにも喋ってない」キャロルはなだめようとした。早くここを出たほうがいいのはわかっているが、その意図を気取られたら邪魔されることも本能的にわかっていた。キャロルはゆっくりと後ずさりを始めた。一歩一歩をこっそりと運んだ。両手を背中に回し、ドアにたどり着いたら、相手に気づかれる前に鍵をあけられる態勢をとった。それと同時に、徐々に後退していることを知られないよう、男の顔をじっと見つめることで注意を惹きつけた。だが、あまりにもゆっくりと動かなければならないことから、だんだん緊張してきた。とぐろを巻いた毒蛇から後ずさりで遠ざかるようなものだ。速く動きすぎると飛びかかってくるだろう。でも、遅すぎたら――

「いや、喋った。喋っちゃいけないことを喋った。おまえはここから出ていって、それを知らせようとしている。おれを狙ってる誰かにな。そいつらは前に脅したとおりおれを殺しに――」

「ううん、ほんとに喋ってない。喋ったと思いこんでるだけよ」だが、ミルバーンは安心するどころか、ますます怖ろしい形相《ぎようそう》になってきた。その目には、キャロルの顔が徐々に小さくなっていくのが見えているはずだった。もう後ずさりを気づかせないでおくのはむりだ。背中が壁についた。背中のうしろで必死に両手を動かしたが、触れるのは滑らかな漆喰の壁だけで、ドアノブにはあたらなかった。見当がはずれたのだ。方向を変えるべきだった。横目をつかうと、左手二、三メートルのところにドアノブがぼんやり見えた。あと少しだけ男がその場にじっとしていてくれたら――

相手に気づかれないよう横向きに動くのは、後ずさりするより難しかった。まず片足の踵だけを横滑りさせてから、足の前半分を床につける。次いで反対側の足も同じようにして移し、ふたつの足を前と同じ恰好にそろえる。これを、上半身の姿勢をまったく変えないでやるのだ。

「憶えてないの？　わたし、椅子の肘掛けに坐って、あなたの髪の毛を撫でてただけよ。あなた、なにも喋ってないわ」キャロルは鼻声で、相手をその場にとどめておく最後の努力をした。

この恐怖のメヌエットが始まって、まだ数秒しかたっていないが、まるで一晩じゅう続いているように感じられた。あの悪魔の煙草が一本でもあって、それを放ってやれたら、もしかしたら――

蟹《かに》歩きの途中で、軽い小ぶりなテーブルに体があたって、なにか小さなものが落ちた。そのコトンというかすかな音で、隠し通そうとしてきた動きが思いがけず明らかになってしまった。その音が、なにも起きていないかのような外見をだいなしにし、ミルバーンの狂った神経が待っていた合図となって、キャロルが今に起きると直感していたことを現実のものにしてしまった。ミルバーンは、台座の上で蠟人形がバランスを崩したように、両手を突きだした恰好でキャロルのいるほうへ倒れてきた。

キャロルはドアに飛びついた。押し殺した小さな声は、とても叫びとはいえないものだった。あわててまさぐる両手が、ひとつのことを確かめた。鍵がさされたまま残っているということを。だが、またすぐに動かなければならなかった。ミルバーンが襲いかかってくるので、鍵をあける時間がないのだ。

キャロルはドアを離れ、部屋の隅を横切り、隣の壁の窓のところへ行った。窓にはブラインドが降りていて、窓枠の正確な形はわからなかった。ミルバーンが突進してくるなか、窓をあけて大声で助けを求めるしかないのだが、ブラインドが邪魔でそれもできない。窓の両側にぼろぼろで埃まみれのカーテンがつるしてある。キャロルは背後にある片方のカーテンをぱっと男に投げかけた。それが男の肩と首にからみつくあいだ、一瞬の余裕ができた。

部屋の次の隅には一台のソファーが、適当に放りだされているような感じで斜めに置かれていた。そのうしろへ飛びこんだが、反対側から出る前に、ミルバーンに閉じこめられてしまった。ふたりはソファーをはさんで二度、左右に動き、猫と鼠のように追いかけっこをした。まるでヴィクトリア朝の『美女と野獣』のパントマイムのようだった。五分前までのキャロルなら、こんなのは、やはり『イースト・リン』（ヴィクトリア朝のメロドラマ小説）に出てくるような場面で、現実にあるはずがないと笑い飛ばしただろう。だが、今のキャロルには、一生涯これを笑うことはないだろうと思えた。その生涯も、あと二、三分で終わるかもしれないのだが。

「やめて！」キャロルは息をはずませながら言った。「来ないで！　どうなるかわかってるはずよ。わたしになにかしたら、自分がどんな目にあわされるか！」

だが、キャロルが話しかけている相手は人間ではなかった。男のなかに残っているマリファナの効果だった。

男がいきなり近道をした。ソファーに片膝をつき、背もたれごしにつかみかかったのだ。キャロルが閉じこめられている三角形は狭すぎて、大きくうしろへさがれない。男の手が服のネックラインの下に触れた。肩に触れた。だが、ぐっとつかまれる前に、体を二、三度回して振りきろうとした。服の肩がずりさがったが、男の手は離れた。

キャロルは男がまだ背もたれを乗り越えようとしているあいだに、ソファーの片端のすきまから飛びだし、次の壁ぎわへ走った。この四つめの壁へ来て、室内を完全に一周した形になった。次の壁にドアがあった。そちらへ走るとどこかでミルバーンとぶつかることになる。ミルバーンは今、部屋の真ん中あたりに来ているからだ。

この四つめの壁には、ドアが内側に開いている暗い出入り口がひとつあった。なかはクロゼットか、バスルームか。だが、今ソファーのむこうに囚われたばかりのキャロルは、狭い場所に追いつめられるはめになるのを怖れて、その出入り口の前を通りすぎた。だいいち唯一安全な逃げ口とわかっている玄関のドアがすぐ目の前にあるのだ。ドアへ行く途中で、貧弱な椅子をつかみ、向き直りざま振りまわした。あわよくば男にあたればと考えて。男はそれを見越してさっとかわした。結局、椅子を何度か振りまわすあいだ、五秒稼いだだけだった。

キャロルは疲れてきた。最後の隅にたどり着き、この延々続く追いかけっこが始まったところからまた先へ行きかけた時、男が前方にやってきて、体の向きを変え、行く手をふさいだ。キャロルはもと来たほうへ引き返す余裕もなく、もう少しで男とぶつかるところだった。男は壁に両手をつき、腕のなかへキャロルを入れた。両腕が鋏のようだった。キャロルは前へ進めず、引き返すこともできない。そこで体をさっと低くした。それが残された唯一の方向だった。つかまる前に腕の下に抜けて、飛びだした。男の手が脇腹をこするほど、きわどい脱出だった。

キャロルはひとつの名前を叫んだ。今はなんの助けにもなりそうにない名前だ。「スコット！　スコット！」ドアが前方にある。だが、もうつかまりそうで、たどり着けそうにない。それにこれ以上動けないほど消耗しきってもいる――

小さな電気スタンドはまだそこにあった。男の記憶を呼びさますのに使ったスタンドだ。軽すぎて威力はないが、とりあげて投げつけた。あたりもせず、離れたところに虚しく落ちた。薄汚い絨毯の上で電球が割れることすらなかった。男はなににも邪魔されず、最後の攻撃をしかけてきた。それがどういう結果を生むかは、ふたりとも――

その時、あることが起きた。男のつま先があるものに引っかかったのだ。それがなんなのか、その時は見たという意識がなかったが、あとで憶いだした。電気スタンドがはねとばされ、同時に壁のコンセントから青いまぶしい光がほとばしったのだった。男は両手を前に伸ばしたまま倒れた。

男とドアのあいだに通り道が開けた。それに賭けるのは怖いが、やってみないのはもっと怖かった。男の手が、今は床にぺったりついているが、すぐそこにある。キャロルは飛びのくようにして男を避け、床をかいている手につかまらないようにして、ドアに向かった。

一瞬というのは短くもあり、長くもある。男がうつぶせに倒れていたのは一瞬だった。一瞬にすぎなかった。キャロルは自分の手が鍵を回しているのを意識した。まるで夢を見ているようで、その手が自分のものだという気がしなかった。最初は鍵を反対に回したらしく、開かなかった。今度は逆向きに、百八十度回した。男は立ちあがらず、うつぶせに倒れたまま、腹を波打たせて手を伸ばし、何センチか離れたキャロルの足首をつかもうとした。自分のほうへ引き倒そうというのだ。

鍵がはずれ、ドアを内側へ引きあけた。靴のうしろの丸っこい部分になにかがかすった。指の爪があたったような感触だった。キャロルは新たに開いた空間へ飛びだした。怖いやら、ほっとするやらで、わけがわからなかった。怖かったのは、さらに追ってくるかもしれないからだが、それはなかった。薄暗い階段を猛烈な勢いで駆けおりた。足もとはよく見えないが、部屋を飛びだしてきた時の勢いでそのまま突っ走った。玄関のドアにたどり着くと、それをあけた。外は涼しい夜で、もう安全だったが、なおも駆けつづけた。あの邪悪な部屋から離れたかった。あの部屋のことは今後もずっと悪夢に見そうだった。人のいない歩道を酔っ払いのようによろめきながら進んだ。実際、酔っ払っているようなものだった。すさまじい恐怖に悪酔いしているのだ。

角をひとつ曲がったのは憶えているが、もう自分が今どこにいるのかわからなかった。前方に灯りが見えたので、そちらへ行った。早くたどり着きたいのでまた駆け足になった。男が追ってくるかもしれないからだ。なかに入ると、ガラスケースがあり、サラミやポテトサラダの皿が並べてあった。終夜営業のデリカテッセンだ。

カウンターのなかで老人がひとり居眠りをしているだけで、客はいなかった。老人が目を開き、若い女が放心したように立っているのを見た。服はミルバーンにつかみかかられた肩のところがずりさがったままだった。老人はびっくりして立ちあがり、カウンターに両手をついて、前に身を乗りだしてきた。

「どうしたんだね、お嬢さん？　事故にでもあったのかい？　なにかできることはある？」

「五セント玉を、貸してください」すすり泣きで声を詰まらせながら言った。「電話をかけたいんです」

キャロルは電話機のところへ行って硬貨を入れた。まだしゃくりあげながら、すすり泣いている。

親切そうな老人は店の奥へ声をかけた。「かあちゃん、ちょっと出てきてくれ。なんだか困ってる娘さんがいるんだ」

キャロルはバージェスの自宅にかけた。もうすぐ朝の五時だ。名乗るのすら忘れたが、バージェスにはすぐわかったらしかった。「ね、今すぐ来てもらえない？　今ひどい目にあって、ここからあとはひとりじゃできそうにないの——」

そのあいだに老人とその妻はあれこれ相談した。妻は髪にカールペーパーを巻き、バスローブをはおった恰好だった。「ブラックコーヒーがいいかな」

「うん、それしかないね。アスピリンはないから」

店主の妻はキャロルがついたテーブルの向かいに坐り、相手の手をぽんぽんと叩いて慰めた。「いったいどうしたの？ お母さんとは話せたのかい？」

キャロルはまだ鼻をすすりながらも、思わず弱々しく頬をゆるめた。自分には頼りにできる母親といえば、非情だと周囲から見られている刑事しかいないのだ。

バージェスは上着の襟を立てて、ひとりでやってきた。キャロルは分厚いマグカップで湯気の立つブラックコーヒーを飲んでいた。寒さとは無関係な体の顫えもやっとおさまってきた。バージェスがひとりで来たのは、これが仕事ではなく、公の記録に残す必要のない私事だからだった。

キャロルはほっとして、小さな鼻声でバージェスを迎えた。

バージェスはキャロルの様子を見た。「可哀想に」唸るように言って、椅子をひとつテーブルのそばへ寄せ、横向きに坐った。「そんなにひどい目にあったのか」

「こんなものじゃないの。五分か十分前のわたしを見せたかった」それから気を取り直し、身を乗りだして、熱っぽく話しだした。「でも、やる値打ちはあったのよ！ あの男は例の女の人を見てるの！ それだけじゃない。あとで誰かが来て、あの男を買収したのよ。ある男が、その女の人の代理で来たんだと思うわ。あなたなら今のことをすっかり白状させられるでしょう？」

「いいだろう」バージェスは勢いよく言った。「だめかもしれないが、とにかくやってみるよ。これからすぐその家に行ってみる。まずはきみをタクシーに乗せて――」

「ううん、わたしも一緒に行く。もう大丈夫。大丈夫だから」

ふたりのあとからデリカテッセンの老夫婦も店先に出て、白みゆく街路を一緒に歩いていくふたりを見送った。老夫婦の顔にはバージェスに対する不満がはっきり表われていた。

「まったくろくでもない兄貴だ！」老人は侮蔑をあらわに鼻息を吹いた。「朝の五時に妹をひとりでうろつかせるとはな！　今頃来て男のところへ怒鳴りこんだって遅い。ことはもう起きちまったんだからな。妹の面倒もみられんやつは能無し野郎だ！」

バージェスは足音を殺して階段をのぼった。かなり遅れてついてくるキャロルに、ゆっくり来るようにという手ぶりをした。キャロルが追いついた時には、ドアに頭の横を軽くつけてそのままじっと動かさず、耳をすましていた。

「もう逃げたのかな」とささやいた。「物音がしない。もうちょっとさがって。近くに立つと危ない。ひょっとしたら飛びだしてくるかもしれないからな」

キャロルは階段を数段おりた。肩から上だけが床より上に出るところまで。バージェスがドアになにかをあてがい、音を立てないよう慎重に動かすのを見た。ふいにすきまがあくと、バージェスは片手を腰にやり、その恰好のまま、用心深く前に進んだ。

キャロルも息をつめて階段をのぼった。暴力沙汰《ざた》が突発するかもしれない。むこうが待ち伏せして襲いかかってくることもありうる。いつそれが起きてもおかしくないと気を張った。いきなり電灯の光が住まいのなかでぱっとともり、キャロルは痙攣するようにびくりとした。だが、音はまったくしない。バージェスが電灯をつけただけだった。しばらくして、なかを覗くと、バージェスが隣の壁にある出入り口のなかに入るところが見えた。キャロルが必死の追いかけっこの途中で前を素通りした出入り口だ。勇気をふるって部屋に入った。バージェスが入って無事だったところから、そこは無人だとわかるからだ。

ふたたび音もなく電灯がともり、バージェスの入った暗い部屋が白く輝くバスルームになった。キャロルはバスルームとバージェスを結ぶ線の延長線上にいたので、バスルームのなかが少し見えた。脚が四つついた古風なバスタブがあった。バスタブの縁には人間の体が、洗濯ばさみのような二つ折れの形で倒れこんでいた。その人間がはいている靴の底も見えていた。バスタブは、こんなみすぼらしい家だからそんなはずはないが、まるで大理石でできているように見えた。それは表面にはっきりついている、ふた筋の赤い色の細い縞《しま》のせいかもしれない。赤い縞の入った大理石なんて――

一瞬、あの男が具合を悪くして気絶しているのかと思った。なかに入っていこうとすると、バージェスが鋭い声で言った。「来るな、キャロル。そこにいろ！」鞭をぴしりと鳴らすような言い方だった。バージェスは二歩ばかり引き返してきて、ドアを閉まる寸前まで押した。完全には閉めなかったが、なかが見えないようにした。

バージェスは長いあいだバスルームのなかにいた。キャロルはすぐ外でじっと待った。自分の手が少し顫えているのに気づいた。それまでと違って恐怖からではなく、緊張のせいだった。バスルームでなにが起きたのかはもう知っていた。なぜ起きたかの見当もついた。麻薬のせいでふくれあがっていた恐怖心が、キャロルに逃げられたことで耐えがたいまでに強まったのだ。口止めされたことを喋ってしまった自分に、目に見えない懲罰の手が迫りつつあると思いこんで。それが何者の手なのかわからないことで、恐怖はいっそう募《つの》ったことだろう。

テーブルの上の一枚の紙切れが目にとまり、その確信が強まった。読みとりにくい言葉が書かれていて、その最後の字から曲がった線が意味もなく引かれ、紙からはみでている。すぐ下の床には短い鉛筆が転がっていた。書かれている言葉はこうだ。〝やつらにやられる――〟

ようやくドアがゆっくりと開き、バージェスが出てきた。バスルームに入る前より顔が青い、とキャロルは思った。バージェスがどこか詰め寄るような感じで近づいてくるので、キャロルは思わず外に出るドアのほうへ後ずさりしていた。「あれ、見た？」と紙切れのことを訊く。

「ああ。入ってきた時に」

「あの男は――?」

バージェスは返事のかわりに、片耳の下から反対側の耳の下まで、人さし指を喉の上で滑らせた。

キャロルははっと息を呑んだ。

「さあ、もう行こう」バージェスは低く唸る声に思いやりをこめて言った。「きみはこんなところにいちゃいけない」ふたりで部屋を出ると、バージェスはさっきこの住まいに入る前にそうなっていたようにドアを閉めた。それから、キャロルの縮こまった両肩をうしろから支え、守るようにして階段を降りながら、独りごとをつぶやいた。「あのバスタブ、これから紅海のことを考えるたびに憶いだすだろうな――」だが、そこでキャロルに聴こえていることに気づいて黙った。

バージェスは角でキャロルをタクシーに乗せた。「さあ、家にお帰り。わたしはこれからすぐ署へ知らせにいく」

「もうだめなのね?」キャロルは車の窓から身を乗りだして、涙声で訊いた。

「ああ、もうだめだ」

「あの男から聴いたことをわたしが証言しても――?」

「伝聞証拠にすぎないからね。きみはある男が、自分は例の女を見たけれども買収されてそれを否定したと話すのを聴いただけだ。それは間接的な証拠で、有罪をくつがえす証拠としては認めてもらえない」

バージェスは何度か折りたたんで分厚くなったハンカチをポケットから出し、掌の上でひろげた。そしてハンカチに包まれていたものを見つめた。

「なんなの、それ？」とキャロルは訊いた。

「なんだと思う？」

「剃刀《かみそり》ね」

「もう少し詳しく」

「安全剃刀？」

「そう。ある男が昔ながらの刃物型の剃刀で自分の喉を切ったとする。事実、わたしはあのバスタブの底にそういう剃刀を見つけたんだがね。そうすると、キャビネットのなかの敷き紙の下に安全剃刀の刃があったのはどういうわけだろう？　普通は刃物型のやつか安全剃刀か、どっちかを使うもので、ひとりで両方使うやつはいない」バージェスはまた安全剃刀を包んだ。「警察は自殺と判定するだろう。わたしもそれに異を唱えないつもりだ――当面はね。さあ家に帰りたまえ、キャロル。きみは今夜ここにいなかったんだ。今夜の一件とは無関係だ。それで通せるよう、わたしがなんとかする」

みるみる夜が明けていくなか、街路はブリキ板のように光りはじめた。家に向かうタクシーの車内で、キャロルは虚しくうなだれていた。

〝今夜もだめだったわ、スコット、今夜もうまくいかなかった。でも、もしかしたら明日の夜、それとも明後日《あさって》の夜、うまくいくかもしれない〟

15　死刑執行日の九日前

ロンバード

それは信じがたいほど贅沢《ぜいたく》な高級ホテルだった。そびえ立つ高層のタワー棟《とう》は、貴族の高い鼻のように、凡庸な建物の群れを侮蔑の目で見おろしていた。そのホテルは西の映画の都から極楽鳥たちがやってきた時にとまるのを常とする止まり木だった。またやはり美しい羽根を持ちながら薄汚れてしまった鳥たちが嵐が襲い来る前に東から大挙して飛んできた時、避難所にしたのもこのホテルだった（第二次大戦勃発前にヨーロッパの映画関係者が亡命してきたことを指す。一九四二年刊行の本作には戦争の影があちこちに射している）。

今回の行動にはほかの場合とは違う策略が必要であることを、ロンバードは知っていた。ことの性質にふさわしい手練手管《てれんてくだ》と接近方法が必要とされるのだ。ロンバードはいきなり乗りこんで面会を求めるような戦術ミスは犯さなかった。ただ頼んだだけであっさり受けいれてくれるような相手ではない。作戦が必要だ。

まずは湾曲した青いガラスのドアからロビーに入り、花屋へ行った。ロンバードは訊いた。「ミス・メンドーサのお好きな花を知らないかな。お宅からたくさん配達すると思うんだが」

「ははあ」と店主は曖昧に受ける。

ロンバードは紙幣を一枚とりだし、今のはよく聴こえなかったのだろうというように、同じ質問を繰り返した。

今度はよく聴こえたようだった。「まあ、だいたいみなさん、誰でも考えるように、蘭や梔子《くちなし》をお選びになりますがね。あの方は南米の方で、そういう花は自然に生えているから、あまり珍しくないようです。じゃあ本当にいいのはなにかといいますと――」これはとっておきの情報だというように声を低くした。「あの方はお部屋を明るくしたいというので、何度かご自分で注文なさったことがあるんですが、それはいつも濃いサーモンピンクのスイートピーでした」

「じゃ、それをあるだけもらおう」ロンバードは即決した。「一本残らずだ。それと、カードを二枚くれないか」

一枚のカードに、英語で短いメッセージを書いた。次いでポケット版の辞書を出して、一語一語、スペイン語に訳し、二枚めのカードに書いた。そのあと一枚めのカードを捨てた。「これを添えて、すぐに花を届けてくれ。時間はどれくらいかかるかな」

「五分以内に届きますよ。お部屋はタワー棟ですが、ボーイは急行のエレベーターで行きますから」

ロンバードはロビーに戻って、フロントの前に立ち、脈でもとるようにうつむいて腕時計を見つめた。

「なにかご用でしょうか？」とフロント係が訊いた。

「まだだ」ロンバードは手ぶりで相手を制した。メンドーサが感激している最中を狙うのだ。

「よし今だ！」ロンバードがふいに声をあげたので、フロント係はびくりと後ずさった。

「ミス・メンドーサに電話して、たった今お花をお届けした者がお目にかかりたいと言っていると伝えてくれ。名前はロンバード。花のことを忘れずに言ってくれよ」

フロント係は仰天の面持ちで応対に戻ってきた。「どうぞとおっしゃっています」とぐったり疲れたような声で言った。どうやらこのホテルでの常識がひとつ破られたらしい。

メンドーサが面会要請に一度で応じたのだ。

ロンバードが乗ったエレベーターはロケットのようにタワー棟を駆けあがった。降りた時は膝が少し顫えていた。開いたドアのそばで若い女が待っていた。黒いタフタの制服から、メンドーサが個人的に雇っているメイドだとわかった。

「ロンバード様ですか？」と訊く。

「はい」

なかへ通される前に、ここで最後の税関検査があるようだった。「これは取材ではありませんね？」

「違います」

「サインが目的じゃありませんね？」

「ええ」

「推薦状がご希望でもないですね？」

「はい」

「なにかセニョリータが、その――忘れている請求書のこととか？」

「そういうのじゃないです」

この最後の項目がいちばん重要らしく、メイドの質問はそれで終わった。「少々お待ちを」ドアが閉じられ、まもなくふたたび開かれた。今回はいっぱいに。「お入りください、ロンバード様。セニョリータは手紙の時間と髪のお手入れの時間のあいだに、あなたとの面会をなんとか押しこむとおっしゃっています。どうぞおかけください」

ロンバードが今いるのは驚くべき部屋だった。それは部屋の大きさのことでも、窓から見える成層圏《せいそうけん》的な眺めのことでも、豪華な家具調度のことでもない。そのどれもが尋常ではないが、それ以上に驚くべきは、誰もいないのに、さまざまな音が渦巻く騒音に満ちていることだった。これほどやかましい無人の部屋は初めてだった。ひとつの出入り口からは、ざあざあ、じゅうじゅういう音が聴こえていた。水道の蛇口から水がほとばしっているのか、揚げ物でもしているのか。おそらくはあとのほうだろう。香《こう》ばしい匂いが漂ってくるからだ。そこへ、力強いけれどもあまり上手くはないバリトンの歌声が切れぎれに混ざりこんでいる。出入り口はもうひとつあって、こちらは幅が二倍あり、ときどきドアが開くが、そこから流れだすのはさらに大きく響く混合音だ。そこに含まれるいろいろな音をなんとか聴き分けてみると、ラジオの短波放送が雑音混じりに流すサンバ音楽があり、女がほとんど息継ぎもせず機関銃のような早口のスペイン語で話す声があり、二分半以上間隔をあけずに鳴りだす電話の呼び出し音がある。そして最後に、ほかの音と並んでときどき聴こえてくるのは、神経をかきむしる軋《ね》り音、釘でガラスを引っかいたり、チョークが黒板の上を滑ったりするのに似た鋭く耐えがたい音だった。この最後のおぞましい音は、ありがたいことに、かなりの間隔をあけて響くだけだった。

ロンバードは辛抱強く待っていた。メンドーサの部屋に入ったことで、戦いの前半戦には勝利したのだ。後半戦にどれだけ時間がかかろうと気にはならなかった。

一度、メイドが勢いよく入ってきたので、いよいよ呼ばれると思って腰を浮かした。だが、その急ぎ方から察するにもっと大事な用があるらしかった。メイドは、じゅうじゅういう音とバリトンの歌が聴こえる部屋へ飛びこんで金切り声で警告した。「油を使いすぎちゃだめよ、エンリコ！　油は控えめにってセニョリータがおっしゃってるから！」メイドがもとの場所へ急いで戻っていく、その背中を、あたりの壁を揺るがすほどの低い怒声が追いかけた。

「おれはセニョリータの舌のために料理してんだ！　風呂場でセニョリータに乗っかられてぶっ壊れそうな体重計のためじゃねえ！」

来た時も帰る時も、メイドはピンク色のマラボー（コウノトリの羽毛）でできているものを、誰かに着せかけようとするように両手で持っていたが、当面の用事とはなんの関係もないようだった。そのあいだじゅう、小さな羽毛がさかんに舞いあがって、メイドの姿が消えたあとも宙にふわふわ漂いつづけていた。

じゅうじゅういう音が、最後にじゅっ、で終わり、「ようーし！」と引きのばした満足げな低い声が聴こえたと思うと、白い上っ張りに料理長のたけの高い帽子という恰好の、コーヒー色の肌をした太った小男が、ご満悦《まんえつ》のていで頭を左右に揺らしながら現われた。ドーム蓋をかぶせた盆を持ち、出入り口から意気揚々と出てきて、もうひとつの出入り口のなかへ消えた。

そのあと少し静かな時間があった。だが、ほんの一時《いっとき》だけだった。さっきまでの喧騒が黄金の静寂と思えるほどの騒音の大爆発が起きた。それまでの音をすべて含んだうえに、さらに新しい音も加わっていた。ソプラノの金切り声、バリトンの怒鳴り声、釘でガラスをこする音、壁に投げつけられたドーム蓋が響かせる銅鑼《どら》を鳴らすような音。ドーム蓋は床を転がる音のあと、連打する音を立てた。

太った小男が、怒りをこめた早足で出てきた。顔はもはやコーヒー色ではなく、といた卵の黄身に赤唐辛子《とうがらし》の粉を混ぜたようなものがべっとりついていた。男は両腕を風車の羽根車のように回していた。「もうおれは帰る！　次の船で帰る！　今度ばかりは、あの女がひざまずいても絶対に帰るからな！」

椅子に坐ったロンバードは、少し背をかがめ、両手の小指を耳につっこんで鼓膜を守った。鼓膜は繊細な薄膜だ。度をすぎた酷使には耐えられない。

しばらくして指を抜くと、ここのいつもの状態であるらしい普通のやかましさに戻っていて、ほっとした。この程度なら考えごともできるというものだ。それから、今度は電話ではなく、ドアのチャイムという新手の音が鳴った。メイドが出て、髪の黒い、しゃれた口髭の男を迎えいれた。男はロンバードのそばの椅子に腰かけて待った。もっとも男はロンバードよりも精神力で劣っているようで、ほとんどすぐに立ちあがり、きびきびと行ったり来たりしはじめたが、歩幅がやや短すぎるので、堂々とした感じが出ないうらみがあった。男はロンバードが贈ったスイートピーの花束に目をとめると、立ちどまり、一本抜いて鼻先へ近づけた。ロンバードはこの男と協力し合うことを考えなくもなかったのだが、この時点でその考えをすっぱり捨てた。

「じきに逢ってくれるかな？」男はまた飛ぶようにやってきたメイドに訊いた。「新しいアイデアが浮かんだんだ。そいつが逃げてしまわないうちに、手で感触をつかみたい」おれだってそうだ、とロンバードは思いながら、男のうなじを睨みつけた。スイートピーの匂いを嗅いだ男は椅子に腰を戻した。それからまた立ちあがって、じれったそうに膝のあたりを顫わせた。「アイデアが逃げていく。どんどん逃げていく。いったん失くしちまったら、古いやつでいかなくちゃいけない！」メイドはこのゆゆしき知らせを持って奥の部屋へ飛びこんだ。

ロンバードはかろうじて聴こえる声でつぶやいた。「古いのでやっとけよ」

ともかく男の訴えは功を奏した。メイドが出てきて急げという手ぶりをし、男をなかに入れた。ロンバードは男が放りだしたスイートピーの下にさっと足を出し、靴先でうまく受けとめ、蹴りあげた。腹いせのための、悪意のこもった遊びだった。

メイドが出てきて、ロンバードの前で軽く背をかがめ、慰めの言葉を言った。「今の人と衣装係のあいだにきっと押しこむとおっしゃってますからね。今の人、扱いにくいんです」

「まったく、あとから来たくせに」ロンバードは片足を突きだして小さく動かし、それをじっと見つめた。

そのあと、長い凪《なぎ》になった。少なくとも今までに比べれば凪だった。メイドは一、二度しか来ず、電話も一、二度しか鳴らなかった。機関銃のようなスペイン語の発射さえも散発的だった。次の船で帰国するという料理長が現われた。ベレー帽とマフラーともこもこしたオーバーのおかげで、いっそう丸っこい。料理長は傷ついた様子をしてみせながら女主人の意向を訊きにきただけだった。「今夜はうちで食べるのかどうか訊いてみてくれよ。おれは訊くわけにいかないんだ。もうあの人とは喋らないつもりだから」

ロンバードの前の面会人が小さな道具箱を手にようやく出てきて、帰っていった。帰りぎわにはまた花束のところに立ち寄り、スイートピーを一本くすねていった。ロンバードは花束を容器ごと男のほうへ蹴倒《けたお》してやろうかと、足を伸ばしかけたが、さすがに良心が許さないので、なんとか衝動を抑えた。

メイドが至聖所から現われて告げた。「セニョリータがお逢いになります」ロンバードは立ちあがろうとして、両脚とも眠ってしまっていたのに気づいた。脚を上下に二回ぱたぱた叩き、ネクタイをまっすぐにし、上着の袖口からシャツの袖口を引っぱりだして、奥の部屋に入った。

寝椅子に女がひとり、クレオパトラよろしく寝そべっているのを見たと思った瞬間、なにかやわらかそうなものが礫《つぶて》のように宙を飛んできて、ロンバードの肩にとまり、かん高い声をあげた。外の部屋でときどき聴いた、釘でガラスをこするような声だった。ロンバードはひるんで体をびくりと動かした。長いビロードの蛇みたいなものが優しく喉に巻きついてくるような感じがした。

寝椅子の女が微笑みかけてきた。子供の悪戯を見て目を細める甘い母親のようだった。

「心配いらないよ、セニョール。あたしの可愛いビビね」

名前をつけられたペットだからといって、すっかり安心できるものでもなかった。首を回してよく見ようとしたが、近すぎて焦点が合わない。むりやり愛想笑いをつくったのは、この訪問の目的をとげるためだった。

「あたし、ビビの判断に従うの」と女主人は秘密を打ち明ける口調で言った。「ビビは、なんていうか、お客を選ぶ係よ。お客気に入らない時、ビビ、ソファーの下に隠れる。そしたらあたし、すぐその客追いだすね。お客気に入った時は肩にとまる。そうなったら、どうぞいてください、になるの」愛嬌のある肩のすくめ方をした。「ビビ、あなたが好きみたい。ビビ、ほら戻っておいで」と女主人は本気で呼び戻したいわけでもなさそうな口調で言った。

「いや、いいんです。全然かまいません」ロンバードは鷹揚《おうよう》に応えた。今の言葉を馬鹿正直に受けとるのは最大限の非礼になるかもしれないからだ。その邪魔なものは、オーデコロンをたっぷりつけられてはいるが、どうやら小猿らしいと、ロンバードの鼻は判定していた。尻尾が向きを変えて、反対方向に巻きついてきた。たしかに気に入られたらしい。猿はなにかを探すようにロンバードの髪の毛を丁寧にかきわけはじめた。

歌姫は嬉しそうに明るい笑い声をあげた。この猿が機嫌よくしているかぎり、歌姫は客を歓迎するようだから、猿がどんどんずうずうしくなってきても文句を言ってはいけないなとロンバードは自戒《じかい》した。「さ、坐ってくださいな」歌姫は愛想よく言った。ロンバードは頭のバランスを崩さないよう気をつけながら、ぎこちなく前に進み、椅子に腰をおろした。そして初めて相手をじっくりと見た。歌姫は黒いビロードのパジャマの上にピンク色のマラボーでできた肩掛けをかけていた。パジャマのズボンは、脚がスカートみたいに太かった。頭の上の溶けた溶岩《ようがん》のようなものは、自分の前に面会したスイートピー泥棒がこしらえていったに違いない。女主人のうしろに立ったメイドが、溶岩を冷まそうとするように、棕櫚《しゅろ》の葉であおいでいた。「この髪、あと一分ほどで固まるね」歌姫は優雅に説明した。ロンバードは歌姫がこっそりカードを見て名前を確かめるのを見た。さっき届けさせた花束に添えたカードだ。

「あたしの好きなお花、スペイン語で書いたカードと一緒に贈ってくれるなんて、ほんと親切な方ね、セニョール・ロンバード。あなた、あたしの国から来たそうね。あたしたち、前に逢ってるんですって？」

幸いにも、ロンバードがあらためてはっきり嘘をつくはめになる前に、先方のほうで話を先に進めてくれた。歌姫は大きな黒い瞳に魂の炎を燃やし、なにかを探し求めるように天井を見あげた。それから両手を重ねてクッションをつくり、片頬に押しあてた。「ああ、あたしのブエノスアイレス」吐息とともに言った。「あたしのブエノスアイレス。なんて懐かしいんでしょう！　夕暮れになると輝きだすフロリダ通りの灯火《ともしび》――」ここへ来る前に何時間か、旅行案内書をむさぼり読んだのもむだにはならなかった。「ラプラタ川のほとりの砂浜」とロンバードは甘くささやく。「パレルモ公園の競馬――」

「やめて」歌姫は身をすくませた。「やめてちょうだい。あたし、泣いちゃう」それは演技ではなかった。少なくとも、完全に演技というわけではないことが、ロンバードにはわかった。実際の感情を劇的に表現しているだけで、心根《こころね》はまじめなのだ。芝居がかった性格の人にはよくあることなのである。「あたし、どうして祖国《くに》を出てきちゃった？　どうしてこんな遠い異国の地にいる？」

週七千ドルのギャラと興行収入の十パーセントが関係しているんじゃないかな、とロンバードは思ったが、賢明にも口には出さなかった。

ビビはといえば、客の頭皮になにも発見できないので興味をなくし、腕をつたいおりて、そこから床に飛びおりた。おかげで歌姫との会話がだいぶ楽になった。頭髪は烈風に吹かれた干し草の山のようだったが、猿の移り気な飼い主の機嫌をそこねないよう、撫でつけるのはやめておいた。歌姫は今、ついさっき知り合ったばかりの自分に、これ以上は望めないほど好意的な態度をとってくれている。そこで思いきって突撃してみた。

「わたしが今日お邪魔したのは、あなたが才能豊かで美しいだけでなく、知的な方だとうかがったからなのです」と、まずはたっぷりお世辞をぶちまけた。

「それ間違ってないね。あたしを頭の弱いかわい子ちゃんと呼ぶ人、いないから」有名な歌姫は指の爪を調べながら、すがすがしいまでにあっけらかんと自賛《じさん》した。

ロンバードは椅子をほんの少し前へずらした。「先シーズンに歌った曲で、女性の観客に小さな花束を投げたのがあったの、憶えてらっしゃるでしょう?」

歌姫は天井に人さし指を向け、目をきらりと光らせた。「ああ、『チカ・チカ・ブン』!　憶《シ》えてるわ。《シ》あれ好き?　よかったでしょ?」上機嫌で言う。

「最高でしたよ」ロンバードは同意した。それから唾を呑んだが、喉仏の動きはなんとか隠した。「ところである夜、わたしの友達が――」

突撃はそこで中断された。棕櫚の葉であおぐのをやめていたメイドがまた部屋に入ってきたのだ。「ウイリアムが今日のご指示を訊きにきています、セニョリータ」

「ちょっと失礼」歌姫は出入り口のほうへ顔を向けた。運転手の制服を着た体格のいい男が入ってきて、気をつけの姿勢をとった。「十二時までは用はないいね。お昼は〈青い雄鶏《コック・ブ・ルー》〉へ食べにいくから、十二時十分前にホテルの前へ来てくれればいい」それから口調をまったく変えずにつけ加えた。「ここまで来たんだから、あれ、持っていきなさい。忘れ物」

運転手は歌姫が指さした鏡台のところへ行き、打ち出し模様のある銀のシガレットケースをとってポケットに入れると、部屋から出ていった。最初から最後まで、淡々とした態度だった。

「それ、安物雑貨店で買ったんじゃないよ」歌姫は運転手の背中に向けて言ったが、その声にはかすかに意地悪な響きが混じっていると、ロンバードは感じた。女の目の色から判断するに、ウイリアムへの寵愛《ちょうあい》もそう長くは続きそうになかった。

歌姫はまたロンバードのほうへ向き直った。その目の炎がすうっと暗くなった。

「さっきの話ですが、わたしの友達がある夜、ある女性と一緒にあなたのショーを観ましてね。それで今日うかがったようなわけなんです」

「え？」

「友達のために、その女性を捜しだしたいんです」

歌姫は誤解した。その目に新たな火がともった。「ああ、ロマンスね！　あたし、ロマンス、大好き！」

「残念ながら違います。生きるか死ぬかの問題なんです」今までの目撃者もそうだったが、あまり詳しい話をすると尻込みされてしまうおそれがある。そこが心配だった。

だが、歌姫はその返事のほうがいっそう気に入ったようだった。「じゃあ探偵物ね！　あたし探偵物、大好き――」肩をすくめた。「――でも、自分が事件に巻きこまれる、それ嫌だけど」

ふいに歌姫は言葉を切った。様子から察するに、なにか問題が起きたらしい。ダイヤモンドを飾った小さな腕時計を見た。ぱっと上体を起こし、ぱちぱち指を弾きながら部屋じゅうを見まわした。まるで爆竹が連続して炸裂《さくれつ》するようだった。メイドが飛んできた。ロンバードは新しい客が来たので横柄な追い出しを食うのだなと思った。

「今何時だかわかってるの？」と歌姫はとがめた。「気をつけてと言ってるでしょ？　あなた、ほんとにうっかり屋。もう少しで手遅れになるところよ。お医者さん、言ってたでしょ。一時間おき、時間ぴったり呑ませなさいって。ほら、薬持ってきて――」

そのとき、ロンバードのまわりで、この住まいをしょっちゅう襲うらしい台風が猛烈に渦巻いた。機関銃で撃つスペイン語、釘でガラスをこする音。メイドがビビを追いかけて部屋じゅうをぐるぐる駆けまわる。ロンバードは自分が回転木馬の心棒になったような気がした。

そしてついに自分も声を張りあげ、騒動に加わった。「ぱっととまって、反対側へ走ればいいんだ！」喧騒に負けじと怒鳴った。

それがうまくいった。ビビはメイドの腕に飛びこみ――甘汞《かんこう》（塩化水銀。かつて下剤・利尿剤として使われた）はビビの腹に入った。

騒ぎが終わると、猿はしょんぼりして女主人にしがみついた。両腕を喉に回されて、歌姫はサーカスの鬚《ひげ》女のように見えた。ロンバードはまた話を続けた。

「あなたはショーのある夜はたくさんの顔を見るわけですから、誰かひとりの顔を憶えているかと言われても困るでしょうね。一週間に夜の公演が六日、そのうち二日は昼の部もある。どの回も満員で――」

「客席ががらなんて、あたし、今まで一ぺんもないね」歌姫はまたしてもあっけらかんと自慢した。「火事もあたしには勝てない。前に、ブエノスアイレスで劇場が燃えだしたよ。あなた、その時お客さんたち、逃げだしたと思う？」

ロンバードはその話がすむのを待って、あとを続けた。「わたしの友達とその女性は最前列の、通路ぎわの席に坐っていたんです」ポケットから出した紙切れを見ながら説明する。「客席と向き合ったあなたから見ると、通路の左側ですね。わたしから出せる手がかりはひとつだけ。その女性は歌の二番か三番のところで、椅子から立ちあがったということです」

歌姫の目のなかで好奇心がひらめいた。「立ちあがった？　このメンドーサが歌ってる時に？　それ、面白い。そんなこと今まで一度もなかったね」形のいい指がビロードのパジャマのズボンを引っかきはじめた。報復のために爪を研いでいるといったふうだ。「歌が気に入らなかったの？　それとも汽車に乗り遅れそうだった？」

「いやいや、そうじゃないんです」ロンバードはあわててなだめた。「あなたの歌が気に入らない人なんていませんよ。こういうことなんです。『チカ・チカ・ブン』を歌ってらっしゃる時、あなたはその女性に花束を投げるのを忘れたんです。それで彼女は、あなたが目の前に来た時に立ちあがって注意を惹こうとした。それで、わたしと友達が期待しているのは――」

歌姫は二、三度すばやく瞬きをして、その出来事を憶いだそうとした。髪型を崩さないよう気をつけながら、耳のうしろを人さし指でつついたりもした。「じゃあ、なんとか憶いだしてみるね」全力をつくして、記憶を呼び戻すのに役立ちそうなことを全部やってくれるつもりらしかった。煙草に火をつけたが、ぎこちない手つきからして喫煙者ではないと見受けられた。ただ指にはさんだだけの煙草はじりじり灰になっていった。

「ああ、だめ」やがて歌姫は言った。「ごめんね。一生懸命憶いだしてみたけど。前のシーズンなんて、あたしには二十年前と同じよ」むっつりして首を振り、お気の毒だけどという感じで、ちちちと舌打ちをした。

ロンバードは役に立たなかった紙切れをポケットに戻しかけて、もう一度それを見た。

「ああ、もうひとつあった――これもどうかと思うけど。友達が言うには、その女性はあなたと同じ帽子をかぶっていたようです。そっくり真似た複製品ですが」

歌姫はなにか思いあたったかのようにさっと背を起こした。今までと違って、ようやく注意を完全に惹きつけたようだった。歌姫は考えをこらすように目を細めた。その糸のように細い目がきらりと光った。ロンバードは身動きするのも息をするのも怖くなった。絨毯の上にうずくまったビビまでが、好奇の目で女主人を見あげたほどだった。

突然、答えが出た。煙草を一度ぎゅっと灰皿に押しつけて火を消した。そして密林のなかで聴こえそうな、かん高い、金剛鸚哥《こんごういんこ》もどきの声を発した。「あれか！　ああ、憶いだした、憶いだした！」スペイン語の洪水が、最前からの会話の軌道から歌姫をさらって押し流した。洪水がひとしきり渦巻き暴れたあと、歌姫はようやく英語に戻った。「あのとき席を立ったあの女のことね！　満員の劇場で、あたしと同じ帽子をかぶって、それを見せびらかしたあいつね！　あの女、スポットライト《クリアトウーラ》をあたしから盗んで、自分で浴びたよ！　はん！　あの女を憶えてるかって？　そりゃ憶えてるよ！　あんなこと、そう簡単に忘れられると思う？　はん！　エステラ・メンドーサを見くびるんじゃないよ！」その鼻息は荒く、ビビは枯れ葉のように二、三メートル吹き飛ばされたように見えた。実際には自分で避難したのだろうが。

メイドがこのひどく不都合な時をわざわざ選んだかのように入ってきた。「衣装係が先ほどから待っていますけど、セニョリータ」

歌姫は手旗信号のように頭上で両腕を荒っぽく何度も交差させた。「もうちょっと待たせときなさい！　今あたし、ものすごく嫌な話を聴いてるとこよ！」

歌姫は寝椅子から一度降り、片膝を寝椅子の裾のほうへつく姿勢になった。今の自分の激昂《げっこう》ぶりも、内心では名演技だと得意がっているふしがあった。芝居がかった仕草で両腕をひろげ、それから、自分の胸を啄木鳥《きつつき》のように指でつついてみせた。「見てちょうだい！　もう長い時間がたったのに、あたしがどれだけ怒ってるか見てちょうだい！　あたしがどんなひどい仕打ちを受けたか！」

歌姫は立ちあがった。喧嘩腰の勢いを抑えこむように、腰のくびれに両腕を回してぎゅっと締めつけ、部屋のなかを行ったり来たりしはじめた。短く歩いて方向転換するたびに、パジャマの幅広のズボンが大きくはためいた。ビビは遠い隅でうずくまり、寂しそうにうなだれて、痩せ腕を両方とも持ちあげて頭に手をのせていた。

「でも、なんでその女を見つけたいの？」ふいに歌姫が訊いた。「まだそれ、聴いてないよ！」

つっかかるような口調から、ロンバードは考えた。デザインを盗んだ者に対して少しでも同情的な物言いをしたら、メンドーサは有益な情報を持っていても教えてくれないだろう。そこで事実の並べ方をうまく按配《あんばい》して、歌姫と自分は最終目的は違うにせよ、利害は一致していると見えるように話を持っていった。「友達は今、大変なことになってるんです、セニョリータ。細かい話は煩《わずら》わしいでしょうからやめますが、友達を救えるのはその女性だけなんです。友達はその夜、その女性と一緒にいたことを証明しなければなりません。でないと、ある場所であることをしたということにされてしまいます。友達がその女性に逢ったのはその夜だけです。その女性のことは、名前や住んでいる場所を始めとしてなにひとつわかっていません。だから必死に捜しているんですが――」

歌姫は思案顔をしていたが、やがて言った。「それはお手伝いしたいわ。その女が誰なのか、あたしにわかることがあったらなんでも教えてあげる」だが、そこで顔を伏せて、困ったというように両手をひろげた。「だけど、あの夜の前には逢ったことがない。あとにも逢ったことがない。ぱっと立つの見ただけ。それだけよ。ほかに話せること、なにもない」表情を見るかぎり、歌姫はロンバード以上に打ちしおれているように見えた。

「一緒にいた男のことは憶えていませんか?」

「その人のことは見もしなかった。あの女の隣にどんなひと坐ってたか、全然わからない。客席暗いから」

「この一件では、鎖の大きな環《わ》がひとつ欠けていて、全体がつながらないんです。もっとも今の場合は欠け方が逆なんですがね。ほとんどの人は男のほうを憶えていて、女のほうを憶えていない。でも、あなたは女を憶えていて、男を見ていないと。どっちにしてもまずいことで、必要な証明ができないわけです。証明できるのは、ある夜、ひとりの女が客席で立ちあがったことだけ。どんな女だかわからない。ひとりで来た可能性もあれば、わたしの友達とは別の誰かと来た可能性もある。だから、その証言だと意味がないんです。ひとりの証人が、ふたりの人間を同時に見たと言ってくれないとだめなんです」ロンバードは悔しそうに両膝をぱんと叩いてから、帰ろうと立ちあがった。「またふりだしに戻ったようです。お時間をとってくださってありがとうございました」

「もう少し考えてみる」歌姫は片手を差しだしながら言った。「役に立てるかどうかわからないけど、よく憶いだしてみる」

　ロンバードも、自分が親友の役に立てるかどうかわからなくなっていた。メンドーサと短く握手をかわすと、憂鬱の靄に包まれて歌姫の住まいを出た。すっかり意気込みがくじけてしまっていた。今までより手ごたえのあるものにやっと巡り逢えたと思っただけに、最後にひっくり返されたのがよけいに堪えた。もうすぐ手に入ると思っていたら、最後の瞬間にひったくられてしまった。そして今は前と同じ状態に戻ってしまった。

　エレベーターの操作係がなにかを待つ顔でこちらを見ていた。知らないうちに一階に着いて、降りる時が来ているのだった。誰かが回す回転扉をくぐって、表の通りに出た。ホテルの玄関前でしばしたたずんだ。どちらへ歩きだせばいいかわからない。どちらの方向にも決め手がなく、双方手詰まりだった。今のロンバードは、こんな些細な決断すらできずに行《ゆ》き惑《まど》ってしまうありさまだった。

　通りかかったタクシーに合図をした。だが客が乗っていたので、次を待たなければならなかった。それでさらに一分、ホテルの前に立っていた。時にはわずか一分が大きな意味を持つことがある。住所もなにも残してこなかったので、このまま立ち去っていたら、メンドーサからは連絡のとりようがなかったのだ。

乗りこんだ二台めのタクシーがまさに走りだそうとする時、ホテルの回転扉がプロペラのように回り、ボーイが飛びだしてきた。「先ほどミス・メンドーサをお訪ねになった方ですよね？　あなたがお出になったあと、ミス・メンドーサからフロントに電話があったんです。よろしかったら、もう一度いらしていただきたいとのことです」

ロンバードはまた急いで高層階へのぼった。またしても毛皮のかたまりが飛びついてきて、懐かしげにじゃれついた。今回は気にもしなかった。歌姫はもうパジャマ姿ではなく、なにかの衣装を試着しているところだった。部屋の真ん中に、電気スタンドのつくりかけの大きな笠が置かれているように見えたが、そんなものはロンバードの目にとまらなかった。

歌姫は着替えを見られることをあまり気にしていないようだった。「あなた、結婚してるでしょ？　ま、してなくても、そのうちするから同じことだね」だから行儀悪くはないという理屈には理解しがたいものがあったが、ロンバードは聴き流した。歌姫は長い布を手にとって片方の肩にむぞうさにかけたが、目隠しにはほとんどならなかった。歌姫は、ピンを口いっぱいにくわえて足もとに影のようにうずくまっている人物に席をはずさせた。

「あなた帰ったあと、あたし大変だったよ」ふたりきりになるとすぐ、歌姫は言った。「なんかあたし、あれよ――」ドアノブをがちゃがちゃ回すように、片手をひねった。

こう――アタマ来たよ」

あの運転手に慰めてもらいたいのかな、とロンバードは思ったが、口には出さなかった。

「だから、わーっとぶちまけたよ。いつもそうするのよ、アタマ来た時。物、壊すよ」歌姫は床に散乱したクリスタルガラスの破片を、こんなことはなんでもないという感じで手で示した。破片の真ん中あたりには、アトマイザーのポンプが転がっていた。「その時、変なこと起きたね。前にアタマに来た時のこと、あの女のこと、憶いだしたのよ。さっき物投げたけど、前に物投げた時のこと、憶いだしたのよ」肩をすくめた。「おかしいでしょ？　その時、帽子をどうしたかも憶いだしたの。それ、あなたに役立つかもしれない思って」

ロンバードは一歩歌姫のほうへ踏みだした。紐で引きとめられた犬がいきり立つような気持ちで待った。

歌姫は人さし指を立てて説明した。「あの夜、あの女にあんなことされて、楽屋に戻った時――」そこで深く息を吸いこんだ。「あんとき、両手縛ってもらったらよかったよ。あたし、テーブルにあるもの全部、こうやったよ！」片腕をさっと水平に振り、なぎ払う仕草をした。「あたしの気持ち、わかるよね？　それむりない、思うよね？」

「むりもないと思います」

歌姫は、ブラジャーが高く盛りあげている双子の山のあいだを平手でぴしゃぴしゃ叩いた。「お客さん、満員よ。そのお客さん見てるとこで、あんなことして、このエステラ・メンドーサがそのままにしとく思うの？」

そのままにはしそうにないとロンバードは思った。さっきからその実例をいくつか見ているからだ。

「舞台監督とメイドが、腕一本ずつつかんで引きとめたよ。化粧着一枚で楽屋、飛びだしそうになったからね。あたし、劇場の前であの女をとっつかまえて、この手で八つ裂きにしてやりたかったよ！」

一瞬、ロンバードは、それが本当だったらよかったのに、劇場の玄関前でメンドーサがあの女と揉み合いになっていたのならよかったのに、と思いかけた。だが、それが本当でないのはわかっていた。本当ならヘンダースンがそのことを話しただろうし、メンドーサもとっくに憶いだしているだろう。

「あたし、あの女をぎゅっという目にあわせてやったはずよ！」歌姫はかなり時がたった今でもそれをやりかねないように見えた。ロンバードは用心のため、一、二歩うしろにさがった。歌姫はロンバードのほうを向いて低く腰を落とし、両手を大海老《えび》の鋏のように動かした。ビビも自分の小さな手を開いたり握ったりしながら、不安げに、ひどい目にあわせないでくれと哀願するような面持ちをしていた。

歌姫は体をまっすぐ伸ばし、平泳ぎをするように両腕をひろげた。「次の日も、あたしまだアタマに来てた。あたし、そういうの、けっこう続くよ。あたし、業者のとこへ乗りこんだの。あの帽子つくったデザイナーのとこへ。あの女のかわりに、デザイナーに雷落としてやったの。ほかの客が見てる前で、デザイナーの女の顔に帽子、突きつけてやった。あたし言ったね。『あんたこの帽子、あたしの舞台のためだけにつくった言った。そだろ？　ひとつしかない言った。そだろ？　ほかの誰も持ってない言った。そだろ？』あたしは帽子であいつの顔、ごしごしこすったよ。あいつ、羽根、口入って、あたしが帰る時、まだぺっぺってやって、もの言えなかったよ」

歌姫は両手を振りたてながらロンバードに訊いた。「どう、これいい話、違う？　役に立つ、違う？　あたしを騙したデザイナー、きっと帽子を売った女知ってるよ。デザイナーのとこ行けば、その女が誰かわかるよ」

「すごい！　すごいぞ！　ついにやった！」ロンバードは叫んだ。その勢いにビビが驚いて、寝椅子の下に頭から飛びこみ、残った尻尾を引きいれた。「名前はなんです？　名前を教えてください！」

「待って。今、捜してあげる」歌姫は言い訳するようにこめかみを指先で叩く。「ショーはいっぱい、衣装係もいっぱい、憶えてられないね」メイドを呼んで指示した。「帽子の請求書、捜して。去年のショーから使った帽子のやつ。あるかどうか見て」

「でも、請求書はそんなに長くとっておかないじゃないですか、セニョリータ」

「馬鹿だね、最初から調べなくていいんだよ」売れっ子の歌姫はあいかわらず悪びれるということをしなかった。「先月の分、見るといいよ。たぶん今でも来てるから」

メイドは——ロンバードには耐えがたいほど長く感じられたが——わりと早く戻ってきた。「ありました。今月も来ていましたよ。〝帽子、一点、百ドル〟、名前は〝ケティーシャ〟です」

「あ、それそれ!」歌姫は請求書をロンバードに渡した。ロンバードは所番地を控えて返した。歌姫の手がヒステリックに動いたと思うと、ぱっと紙吹雪が舞って、ひらひら床に散らばった。歌姫はそれを足で踏みにじりながら言った。「いい根性してるよ! 請求書、一年たっても、まだ送ってくるか。あの恥知らず!」

歌姫が顔をあげた時、ロンバードはすでに隣の部屋をつっきって住まいを出ようとしていた。現金なもので、欲しい情報が手に入ったら、メンドーサはもう用済み。次の環へ進むだけだった。

歌姫は部屋の出入り口まで急いで走った。ロンバードに激励の言葉を贈るためだった。それは困っている人間を思いやってのことではなく、私的な恨みからだった。住まいの玄関まで追いかけたかったが、未完成のフープスカートが邪魔になって控えの間に出られなかった。「帽子の女、つかまるといいね!」歌姫はロンバードの背中へ、復讐心に燃える声をかん高く飛ばした。「あいつがうんと困ったことになりますように!」

女というものはどんなことでも赦す――ただし、自分と同じ時に同じ帽子をかぶる女だけは赦さないのだ。

その店に入ったロンバードは、陸《おか》にあがった魚みたいな気分になりながらも、めげなかった。目的を達するためなら、もっと場違いな場所にでも乗りこんでやるつもりだった。店は脇通りによくある、住居を商業用に転用した建物のなかにあった。こうした建物の店は、高級になればなるほど見た目は地味になるという逆比例の関係がつねに成り立っているようである。建物の一階全部が、業界の用語ではなんというのか知らないが、展示室といったものになっていた。ロンバードは用件を告げると、展示室のできるだけ目立たない隅に避難して待った。

ちょうどショーが行なわれている最中だった。もしかしたら、毎日この時間にやっているのかもしれないが、そう思っても気が楽になるわけではなかった。ここにいる男はロンバードひとりだった。少なくとも軍隊に入れる年齢の男は。あちこちに散らばった客のなかに、ひからびた七十歳くらいの男がひとりいた。一緒にいる可愛らしい娘は孫だろう。孫娘が服を選ぶのを手伝うためについてきたのに違いない。まったく酔狂《すいきょう》な爺さんもいたものだ、とロンバードはいまいましげに老人を見ながら思った。だが、その老人だけが例外で、あとはみな女性。ドアマンや案内係までが若い女だった。

モデルがひとりずつ、奥から前へとゆっくり出てきた。小刻みに体をひねりながら、部屋の前のほうを一周した。たまたまロンバードが選んだ隅が順路にあたっていて、どのモデルもひとり残らず、彼の前で体を回転させたり、ぴたりとポーズをきめたりした。ロンバードは、おれは服を買いにきたんじゃないと言いたかったが、その度胸はなかった。どうにも居心地が悪くて仕方がない。失礼にならないためには女たちの顔を見ていなければならないのに、顔以外に目を向けたくなるところがたくさんあることからも、いっそう居心地が悪くなるのだった。

さっき話した若い女がやってきて、救いだしてくれた。「マダム・ケティーシャが二階の事務所でお逢いします」とささやいた。若い女の案内係が先導し、部屋をノックしてから、また下へ降りていった。

部屋に入ると、正面にある大きな机に、胸の大きな、中年の、髪の赤いアイルランド系の女が坐っていた。服飾デザイナーらしいお洒落な感じがまるでないばかりか、馬を思わせるような野暮ったい印象のほうへ少し傾いていた。もともとはどこか裏街の安アパートメントに住んでいた女で、本名はキティー・ショーあたりの平凡なアイルランド系の名前なのを、ケティーシャと粋がっているのだろう。品定めをしてみると、どうもこれは大変な実業家だと認めざるをえない。おそらく金儲けの天才に違いない。これほど成功している人物だからこそ、見てくれを気にしない服装をしているのも赦されるのだろう。ロンバードはこの女性にいい第一印象を抱いたが、野暮ったさに安心したところはいささか情けなかった。

ケティーシャは色鉛筆で彩色したスケッチを一束持ち、ぱっぱとすばやく選別していた。捨てるものは右側へ、残すものは左側へ。あるいはその逆かもしれないが。「なにかご用?」目もあげずに、ぶっきらぼうに訊いた。

ロンバードはなんの策略も立てていなかった。それにもう午後の時間も遅くなって、五時に近かった。メンドーサのところから来たばかりで、休憩はとっていない。

「今、あなたのもとの顧客に逢ってきたんです。南米のメンドーサという歌手に」

ケティーシャはようやく顔をあげた。「用件を手短に言って」不機嫌な顔で言う。

「去年、ショーで使う帽子をつくったでしょう。百ドルで。その帽子の複製品を、誰が買ったか知りたいんです」

ケティーシャはわめく前に、まずスケッチを安全な場所に避難させた。残すものは引き出しへ、捨てるものは屑籠《くずかご》へ。どうやらこの女性は感情のスイッチを自分の意志で入れたり切ったりでき、タイマーもセットできるようだった。その点では、メンドーサのような人よりも扱いやすい。率直に話ができるからだ。ケティーシャは机に拳を叩きつけて、手《て》榴弾《りゅうだん》が爆発したような音を立てた。「その話は聴きたくない!」と吠えた。「あの帽子のことはもううんざり! 複製なんてつくってないって、あの時も言ったけど、今訊かれても同じことを答えるだけよ。わたしがオリジナルな作品をつくったら、それは未来永劫《えいごう》オリジナルなままなの！　複製品が出てきたって、それはこの店でつくったものでもなければ、わたしが許可したものでもないんだから、わたしには責任がないのよ！　お客には高い代金をふっかけるけど、裏切ることはしないんだから！」

「とにかく複製品があったんです」とロンバードは食いさがった。「しかもそれをかぶった女性が、劇場に現われて、フットライトをはさんでミス・メンドーサと向き合ったんです！」

ケティーシャは両腕を持ちあげた姿勢で、机の上にぐっと身を乗りだしてきた。「あの女はわたしになにをさせたいの？　名誉毀損で訴えてほしいわけ？」と怒鳴る。「いつまでも同じことを言ってるのなら訴えてやる！　あの女は嘘つきよ。あの女のところへ帰って、わたしがそう言ったと言うがいいわ！」

だが、ロンバードは帰るどころか、隅の椅子に帽子を放り投げて、望みのものを手に入れるまでは梃子《てこ》でも動かない意志を示した。腕を存分に動かせるよう、上着の前ボタンをはずしさえした。「メンドーサはこのさい関係ありません。彼女のことは放っときましょう。わたしは自分の目的があってここへ来たんです。あの帽子には複製品がありました。わたしの友達はそれをかぶった女と一緒に劇場へ行ったんです。だから複製品なんかないなんて言わないでください。わたしはそれをかぶっていた女が誰なのか知りたいんです。

顧客のリストを調べて、名前を教えてください」

「リストには載ってないの。載ってるはずがないの。うちはそういう取引をしないから。いったいどうするつもり？　一日じゅうこの話をするの？」

ロンバードは顎をぐいと突きだした。そしてさっきの返礼に拳を机に叩きつけ、机全体をゆるがした。「人ひとりの命が、刻一刻と終わりに近づいてるんだ！　こんな時に、あんたの職業倫理がどうのなんて話はどうでもいいんだよ。そうやってはぐらかそうったってだめだ。おれはこのドアに鍵をかけて、あんたと一晩じゅうここに閉じこもってやるぞ！　おれの言ってることがわからないのか？　ひとりの男が、九日後に死刑になるんだ。例の帽子をかぶった女だけがその男を救えるんだ。だから名前を教えてくれ。目的は帽子じゃない。その女なんだ！」

ケティーシャの声が急に普通の調子になった。癇癪《かんしゃく》のスイッチを切ったらしかった。ロンバードの言葉に関心を惹かれたのだ。「その男って誰なの？」と訊く。

「スコット・ヘンダースン。妻を殺したとされている男だ」

ケティーシャは、ああ、あの事件、というようにうなずいた。「それなら当時、新聞で読んだわ」

ロンバードはさっきよりは穏やかに机を叩いた。「その男は無実だ。死刑はとめなきゃいけない。メンドーサはあの帽子をここで特別にあつらえた。よそで複製品がつくられるはずがない。そんな複製品をかぶった女が劇場にやってきた。おれの友達はその女と一緒にいた。夜ふけまで一緒にいたんだ。だけど、名前も、なにも知らない。その女をどうしても見つける必要がある。その女は、殺人が起きた時、彼が家にいなかったと証明できるんだ。これでわかったかい？　これ以上わかりやすい説明はできないぞ！」

ケティーシャは決断する時、あまりためらわない人だという印象を与えた。今はためらっているが、それも短いあいだのことだった。ケティーシャは念のためにもうひとつだけ質問した。「これ、ほんとにあのアルゼンチンの山猫がしかけた法的な罠じゃないのね？あの女は代金を払わないだけじゃなくて、ここで一暴れしたのよ。わたしがそのことで裁判を起こさないのは、それをやるとむこうも訴えてくるからなの。うちのような店にはそういう不祥事《ふしょうじ》はまずいのよ」

「おれは弁護士じゃない。南米で働く技術者だ。疑うのなら身分証明書を見せてもいい」

ロンバードはそれをポケットから出して相手に見せた。

「じゃ、内々《うちうち》の話をしても大丈夫そうね」

「絶対大丈夫。おれにとって大事なのはヘンダースンのことだけだ。あの男を助けるために必死になってるんだ。あなたとメンドーサの揉めごとにはなんの関心もないし、どっちの側にもついてない。人を捜してるうちに、たまたまぶつかっただけだ」

ケティーシャはうなずいた。ドアのほうを見て、閉まっているのを確かめた。「いいわ。

それじゃあることを話してあげる。これはメンドーサには絶対に認めないことよ。認めるわけにはいかないの。それでね、この店からデザインが漏れたことは確かなのよ。複製品が現われた出発点はここなの。でも、店が正式にやったことじゃない。店の誰かがこっそりやったのよ。この話は、あなたにはしてあげるけど、それ以上外へは漏らしてもらいたくないの。話が公になったら、わたしは否定しますからね。で、うちでスケッチを描いてるデザイナーは潔白なの。デザインを売ったのが彼女じゃないことはわかってるのよ。わたしがこの店を始めた時からいる人で、共同出資者でもある。五十ドルだか七十五ドルだかの端金《はしたがね》で自分のアイデアをよそへ売っても、引き合わないのよ。自分の首を絞めるようなものだから。メンドーサがここで大暴れをした日、わたしはそのデザイナーと一緒に調べてみた。そしたらデザイナーのアルバムから、問題の帽子のスケッチが消えてたわ。複製品をつくるために誰かが抜きとったわけ。わたしたちはお針子《はりこ》を疑った。あの帽子を実際に縫製《ほうせい》した女の娘《こ》よ。もちろん本人は否定したし、こっちには証拠がなかった。その娘は自分の家で大急ぎで縫ったのね。スケッチをアルバムに戻すつもりだったけど、その前にわたしたちに気づかれたのよ。そういうことが二度と起きないように、大事《だいじ》をとって、その娘にはやめてもらったわ」肩ごしに親指をうしろへぐいぐい突きだし、追いだしたことを示した。

「というわけで、ロンバードさん——だったわね、お名前は？——うちの売上台帳には、メンドーサ以外にあの帽子を買った人の名前は載ってないの。これはほんとのこと。協力してあげたくてもできないのよ。まあ、わたしに言えるのは、問題の女を見つけたいなら、うちをやめたお針子にあたってみたらどうかということくらいね。その娘がなにか知ってるという保証はできないわよ。その当時、その娘をやめさせたほうがいいと思うほど強い疑いを持ったというだけだから。あたってみるかどうかはあなたの自由よ」

またしても、手が届いたと思った瞬間に、獲物は飛んで逃げてしまった。「もちろんやる。やるしかない」ロンバードは憂鬱な口調で言った。

「そのことならお手伝いできるかもしれない」ケティーシャは親切気《しんせつぎ》を出して、机上のインターホンのスイッチを入れた。「ミス・ルイス、メンドーサとの揉めごとのすぐあとで馘にしたお針子の名前を調べてちょうだい。住所もお願い」

待つあいだ、ロンバードは首を傾け、片肘を机についていた。その様子にケティーシャは感じるものがあったらしい。「よほど大切なお友達なのね」と、ほとんど優しいといっていい声で言った。ケティーシャには珍しいことだった。そういう声を出すために咳払いをしなければならないほどだった。

ロンバードは返事をしなかった。もとより返事が必要な問いではない。

ケティーシャは引き出しをあけ、ずんぐりした瓶のアイリッシュウィスキーをとりだした。「下でお客に出すシャンパンなんて軟弱なものはだめ。なにかにどんとぶつかる時はこれにかぎるわ。これは父さんから教わったのよ。父さんの魂に安らぎあれ――」

インターホンのブザーが鳴った。若い女の声が言う。「マッジ・ペイトンです。ここに勤めてた頃の住所は、十四丁目の四九八番地」

「十四丁目のどっち側なの？」

「ここには十四丁目としか」

「まあいい。東か西かのどっちかだ」ロンバードは所番地を書きとめると、帽子をとり、上着のボタンをかけて、新たな目標をめざす身支度をした。小休止は終わりだ。

ケティーシャは机についたまま、手で目の上に庇《ひさし》をつくっていた。「その娘を攻めるうまい手がないか、ちょっと考えてあげる。どうせ素直に白状するような玉じゃないはずだから」手をぱたりと机上に落として目をあげた。「そうだ、憶いだしたわ、その娘のこと。普段は無口で目立たない娘なのよ。男物のワイシャツみたいなブラウスに地味なスカートのタイプと言えばわかるかしら。そういう娘にかぎって、お金のために大胆なことをやっちまうのよね。きれいな女の子よりはしっこいのよ。お金に不自由してるから。そういう娘はだいたい男を怖がって、積極的につきあおうとしない。それで経験が乏しいものだから、たまにつかまえたと思ったら、決まってろくでもない男なの」

鋭い女だ、と認めないわけにはいかなかった。だからこそ、今ではもう裏街のキティー・ショーではないのだろう。

「メンドーサにはオリジナルの帽子を百ドルで売ったけど、マッジ・ペイトンが複製品で稼いだのはせいぜい五十ドルだと思う。そこが攻め口ね。あと五十ドルつかませてやればいいわ。それで売った相手を吐くから。もちろん、お針子が見つかればの話だけど」

「たしかに見つかればの話だ」ロンバードは元気なく階段を降りながら、そう独りごちた。

下宿屋の女主人が、黒く塗って黒檀《こくたん》に似せた木のドアをあけた。ドアの上のほうに四角いガラス窓があり、その向こう側に黄ばんだブラインドがかかっていた。「なに?」と女主人が訊いた。

「マッジ・ペイトンさんに逢いたいんだが」

女主人は力を節約するためか、首を横に振っただけだった。

「なんというか——地味でおとなしい娘さんなんだけど」

「うん、その娘ならわかるけどね。もうここにはいないよ。前はいたけど、だいぶ前に引っ越したんだ」女主人は話しながら、表の通りをしきりに気にした。わざわざ玄関まで出てきたのだから、なにか得になることがないものか、このまま引っこむのはもったいない、といったふうだった。今もじっと立っているのはおそらくそのためで、訪ねてきた男の用件に関心があるわけではなかった。

「どこへ引っ越したかわからないかな?」

「引っ越したってことしかわかんないね。あたしゃ下宿人の首に紐をつけちゃいないからさ」

「でも、なにかわかることがあるだろう。荷物はどうやって運んだんだ?」

「片っぽの腕と二本の足を使ってね。あっちのほうへ行ったよ」親指をぐいと動かして方向を示す。「これで役に立つかどうか知らないけどね」

あまり役に立ちそうになかった。〝あっちのほう〟へ行けば、三つの大通り《アヴェニュー》と交差し、その先は街の外側のへりを走る道路だ。それから川があり、川のむこうには十五から二十の州がある。その果ては太平洋だった。

下宿屋の女主人は新鮮な空気を充分に吸い、外の眺めにも飽きたようだった。「作り話でよけりゃするけどさあ。ほんとのことが知りたいんなら――」拳を口にあてて、手をぱっと開き、なにもないことを表わした。

ドアを閉めかけて、言い添えた。「どうしたの、あんた? 顔、死人みたいだよ」

「死人みたいな気分なんだ。ちょっとこの玄関前の階段に坐らせてもらっていいかな?」

「どうぞ。出入りする人の邪魔はしないでよ」

ばたん。

16 死刑執行日の八日前

17 死刑執行日の七日前

18 死刑執行日の六日前

街から三時間のところで列車を降り、列車が出てしまうと、心もとない気分であたりを眺めた。ここは大都市にわりと近い小さな町だが、こういう町は、いろいろな理由から、もっと遠い地方の町よりもずっと眠たげな田舎びた印象を与える場合が多い。ロンバードが心もとない気分になったのも、おそらくはあとにしてきた都市との対比が急激に起こるので、目がまだ馴れないせいだった。大都市圏からあまり離れていないので、有名な安物雑貨のチェーン店や、大手スーパーマーケットの〈A&P〉、よく見かけるオレンジジュースのチェーン店などがあるが、それらは都会との違いをやわらげるどころか、逆に強調してしまう効果を持つのだった。

ロンバードは封筒の裏に書きつけたリストを見た。名前が上から下に並び、それぞれの横に所番地が記してある。名前はどれも似ているが、英語とフランス語の二通りがあった。最後のふたつを除いて、ほかは線で消されている。リストは次のようなものだった。

マッジ・ペイトン、婦人服飾品《ミリナリー》（所番地）
マージ・ペイトン、婦人服飾品《ミリナリー》（所番地）
マーガレット・ペイトン、帽子《ハット》（所番地）
マルグリット、帽子《シャポー》（所番地）
マダム・マルゴ、帽子《シャポー》（所番地）

線路を渡ってガソリンスタンドへ行き、油まみれの従業員に訊いた。「このあたりに帽子をつくる女で、マルグリットという人を知らないかな？」

「ハスコム婆さんとこの下宿人で、窓にそんな看板出してる人がいるよ。帽子って書いてあったか服って書いてあったか、よく見てないからわかんないけどね。通りのこっち側の、はずれの家だ。ここをずっと歩いていくといいよ」

それはお洒落な感じがまったくしない木造家屋だった。一階の窓のひとつに〝マルグリット、帽子《シャポー》〟と、手書きの看板が掲げてある。こんな田舎くさい小さな町でも、婦人服飾品の商売となるとフランス語の名前がいいらしい。ロンバードはちょっと面白いと思った。妙な風習もあったものだ。

薄暗い玄関のポーチにあがり、ノックした。出てきたのは、ケティーシャの説明が信用できるなら、目当ての女だった。ぱっとしない、内気な感じの若い女。男物のワイシャツみたいな綿のブラウスに紺色のスカートという服装。指に小さな金属製のものをはめているのが目にとまる。指貫《ゆびぬき》だった。

女は大家に用事だろうと考えて、訊かれないうちから答えた。「ハスコムさんは買い物に行きましたよ。たぶんもうすぐ――」

ロンバードは言った。「ミス・ペイトン、ずいぶん捜したよ」

女はたちまち怯え、引っこんでドアを閉めようとした。ロンバードは足をはさみこんでそれを妨げた。「人違いでしょ」と女は言う。

「いや、そうじゃないと思う」とロンバードは言った。相手が怯えていることだけでも充分な証拠だった。もっともなぜ怯えるのかはわからない。女は首を振りつづける。ロンバードは続けた。「それじゃこっちから話すよ。きみは以前、ケティーシャのところでお針子をしていただろう」

顔から血の気が引いたので、そのとおりだとわかった。手を伸ばして相手の手首をつかんだ。ドアを閉めるのがむりでも、とにかくなかへ逃げこもうとする気配を見せたからだった。

「きみはある女から、メンドーサという歌手がつくらせた帽子の複製品をつくってくれと頼まれたはずだ」

女はますます速く首を振った。まるでそれしかできないかのようだった。恐怖心にとらわれて、ロンバードから離れようと、必死にうしろへ体を引いた。玄関に女を引きとめているのは、手首をつかんだロンバードの握力だけだった。恐怖心は勇気の対極にあるが、頑強さでは劣らないこともあるのだ。

「おれはきみにそれを頼んだ女の名前が知りたいだけなんだ」

だが、女は理屈が通じる状態にはなかった。これほど真っ逆さまに恐怖の深みにはまりこんだ人は見たことがなかった。顔は灰色だった。頰がぷくぷくふくらむのは、心臓が口のなかにあがってきているせいかと思えた。デザイン盗用ごときでここまで怖がるものか。原因と結果がつりあわない。小さな過ちを、普通ここまで気に病みはしないだろう。なんとなく事情がありそうだった。どうやら本来の目的を追求する途中で、それとはまったく別の事柄にぶつかったらしい。その程度のことしかわからなかった。

「その女の名前だけでいいんだ――」そう言ってみるが、女の恐怖で焦点の合わない目を見れば、その言葉が聴こえていないのがわかる。「きみが罪に問われることはない。きみはその女が誰なのか知ってるはずだ」

女はやっと声を出した。喉を絞められているような声だったが。「今持ってくる。記録がなかにあるから。だからちょっとだけ――」

ドアを閉められないよう手で押さえた。手首を離すと、瞬時に女が消えた。風にさらわれたようにいなくなった。

ロンバードは少し待っていたが、なにか説明できないもの、女が宙に残していった緊張感のようなものに衝き動かされた。薄暗い廊下に駆けこみ、女が入って閉めたばかりのドアを勢いよくあけた。

幸い鍵はかけていなかった。が、ドアを引きあけた瞬間、宙で鋏がひらめいた。女の頭の少し上だった。なぜとっさに反応できたのか、自分でもわからない。腕を外側へ振って、なんとか払いのけた。上着の袖が切れ、腕に浅い傷の痛みが走った。女から鋏を奪いとり、部屋の隅へ投げた。もし胸に刺さっていたら、心臓に達するほど深く体に入っていただろう。

「いったいなんなんだ?」ロンバードはうっとひるみながら、ハンカチを袖のなかへ押しこんだ。

女は踏みつぶされたアイスクリームのコーンのようにひしゃげてしまった。わっと泣きだして、よくわからないことを口走りはじめた。「あの男にはその後逢ってない。あたし、どうしていいんだか。あの男が怖かったのよ。拒むのが怖かったの。あの男、ほんの何日かだって言ったのに、もう何ヵ月も——あたし、誰にも話せなくて。喋ったら殺すって言われたから——」

ロンバードは女の口に手を押しあて、しばらくそのままにした。女が言っているのは別のことだった。こちらには用のない話、無関係な話だった。「ちょっと黙ってろ。そんなに怖がって、馬鹿なやつだ。こっちが知りたいのは女の名前だ。きみがケティーシャの帽子の複製品を売った相手の名前だ。まだわからないか？」

女は状況の変化に気づいたが、その変化は急すぎた。おまえは安全だと言われても、にわかには信じきれないのだ。「そんなこと言って、あたしを引っかける気でしょ——」

どこか近いところで、ほとんど聴こえないほどの、かぼそい泣き声がしはじめた。女はもうどんなものも怖いらしく、頬がまた真っ青になった。謎の泣き声は人の鼓膜を顫わす力もないくらい小さいのに。

「きみの宗旨《しゅうし》はなんだ？」とロンバードは訊いた。

「カトリックだった」と女は答えた。その過去形に、なにか不幸な事情が含まれていそうだった。

「数珠《ロザリオ》は持ってるか？　持ってるなら出してくれ」理屈でだめなら感情に訴えるしかない。

女は掌にのせた数珠を差しだした。ロンバードは数珠をとらず、自分の手で女の手を上下からはさんだ。「この数珠にかけて誓う。おれの目的はさっき言ったことだけだ。ほかにはない。ほかのことできみに危害を加えるつもりはない。ここへ来た目的はほかにはないんだ。これでどうだ？」

女は少し落ち着いた。数珠に触れていることに沈静の効果があるかのようだった。「ピエレット・ダグラス、リヴァーサイド・ドライヴ六番地」ためらうことなく言った。

例の泣き声がだんだん大きくなってきた。女はまたロンバードに不安げな視線をちらりと投げる。それから、カーテンをつるした壁の小さな入り込みのなかに入った。泣き声がぴたりとやんだ。カーテンの外に出てきた女は、長い白い衣を着たものを両腕に抱いていた。衣の端にはピンク色の小さな顔があり、信頼しきった目で女を見あげている。女がロンバードを見る目にはまだ恐怖の色が濃いが、ピンク色の小さな顔を見おろす時には、はっきりと愛が現われた。後ろめたい、人目をしのぶ、しかし芯の強い愛。孤独な人の愛は、日ごと、週ごと、着実に強くなり、堅固になるのだ。

「ピエレット・ダグラス、リヴァーサイド・ドライヴ六番地か」ロンバードは紙幣の束を出した。「その女はいくら払った？」

「五十ドル」女はぼんやりと答えた。とっくに忘れていたことを話すように。

ロンバードは、女が今つくっている帽子の、ひっくり返して置かれた型のなかに、蔑むような手つきで五十ドル紙幣を一枚落とした。そしてドアのほうへ歩きながら言った。

「これからはもっと自制心を働かせるんだね。きみはいろんな面であまりにも隙《すき》だらけだよ」

だが、女には聴こえていなかった。聴こうとしていなかった。微笑みながら、微笑み返してくる歯のない小さな口を見つめていた。

女の目の真下にある小さな顔は、女の顔に少しも似ていなかった。だがそれは、これからもずっと彼女のものだった。彼女のもとにいて、その孤独を追い払ってくれるものだった。

「それじゃ、まあ頑張って」建物の玄関を出る時、ロンバードはそう声をかけずにはいられなかった。

来る時は三時間かかったが、帰りは三十分ですんだ。感覚からいうとそうだった。足の下で列車の車輪が、女をやっと見つけたぞ！　女をやっと見つけたぞ！　女をやっと見つけたぞ！　と大声で騒ぎたてた。

車掌が脇へ来て言った。「切符を拝見します」

ロンバードは顔をあげて、ぼんやり微笑んだ。「どうぞ。やっと見つけたんだ」

女をやっと見つけたぞ、女をやっと見つけたぞ、女をやっと見つけたぞ……

19　死刑執行日の五日前

車がやってきた時の音は聴こえなかった。聴こえたのは、玄関のガラスドアの外で走りだす時のかすかな唸りだった。ロンバードは顔をあげた。すでに玄関の内側のガラスドアのむこうに、女の影がひとつ、幽霊のように見えていた。女はドアを半ばあけて、半身《はんみ》が外、半身がなかという状態で、うしろを振り返り、自分を乗せてきた車が走り去っていくのを見送った。

これが幻の女に違いない、とロンバードは感じた。だが、とりあえずそう直感しただけで、具体的な証拠はなにひとつなかった。自由気ままに暮らしている女だろうと予想していたが、その予想は当たっているらしく、ひとりで帰ってきた。唖然《あぜん》とするほど美しい女だった。なんでも度が過ぎるとそうなりがちだが、この女はあまりにも美しすぎて、かえって見る者に喜びを与えなかった。カメオの浮き彫りの横顔や彫像の頭は、鑑賞者の感情を刺激することがなく、芸術的に昇華《しょうか》された美を感じさせるだけだが、この女もそうだった。この世には一長一短の法則とでも呼ぶべきものがあるので、外見がこんなに完璧なら、内面は美点がほとんどなくて欠点だらけだろうと思われそうだった。髪はブルネットで、背が高く、体形はこの上なく均整がとれていた。ほかの女性が抱えているような悩みや苦労がないぶん、人生はひどく味気ないのに違いなかった。いつもたくさんのシャボン玉に囲まれて、一見夢の世界にいるようだが、弾けた石鹸が唇についていて嫌な味がする、そんな生活ではないのかと想像された。

女のガウンは、細く開かれたガラスドアのすきまを流れ落ちる融けた銀のように見えた。車が走り去ってしまうと、女は顔をこちら向きに戻し、なかに入ってきた。ロンバードには目もくれず、ロビー係のボーイに「ただいま」と生気のない声を送る。

「こちらの方が先ほどから――」とボーイが言いかけた。

その言葉が終わらないうちに、ロンバードは女のそばへ行った。

「ピエレット・ダグラスさんですね」と質問ではなく事実を述べる口調で言った。

「ええ」

「話したいことがあってお待ちしていました。今すぐ話したいんです。一刻を争うことですから――」

エレベーターは一階にいたが、ピエレットはその前で足をとめた。この先へはついてきてほしくないという様子がありありとうかがえた。「時間が遅すぎると思いません？」

「そんなことを言ってる場合じゃないんです。明日まで待てません。わたしはジョン・ロンバードという者で、スコット・ヘンダースンの代理で来ているんです」

「そんな人は知りませんし、あなたのことも存じあげないと思いますけど──違うかしら？」この〝違うかしら〟は儀礼的な言葉にすぎなかった。

「ヘンダースンは州刑務所の死刑囚監房で処刑を待っている男です」ロンバードは女の肩ごしにホテルの従業員を見やった。「ちょっと、ここで話すのはまずい気がするんですが──」

「といっても、わたしはここに住んでいるのよね。夜中の一時十五分だから部屋へ来てもらうのもあれだし──じゃあ、あちらでお話をうかがうわ」ピエレットはロビーを斜めに横切り、ソファーとスタンド灰皿が置かれた小さな入り込みへ行った。そこでロンバードのほうへ向き直ったが、坐りはせず、ふたりとも立ったまま話した。

「あなたはケティーシャの店で、お針子から帽子を買ったでしょう。マッジ・ペイトンというお針子から。その娘に五十ドル払ったはずだ」

「かもしれない」ピエレットは入り込みのすぐ外で、興味津々《しんしん》のボーイが立ち聴きを目論んでいるのに気づいた。「ジョージ」と短く叱責すると、しぶしぶロビーを横切って引き返していった。

「あなたはその帽子をかぶって、ある夜、ある男と劇場へ行った」

またしてもピエレットは用心深く譲歩した。「かもしれない。劇場へ行くことはあるし、男の人と一緒の時もある。早く要点を言ってくれません？」

「今言います。それはその夜初めて逢った男だった。その男の名前は知らないし、あなたも名乗らなかった」

「それはないわ」ピエレットは怒りはしなかったが、冷ややかに否定した。「これで人違いなのがはっきりしたわね。わたしはたしかにいろんなことを自由にやってます。でも、お互いに自己紹介もしないで誰かと一緒に出かけるなんてことは絶対にありえませんから。あなたはなにか間違った情報をつかんで、人違いをしているのよ」そう言って銀色のガウンの下で足を前に踏みだし、歩み去ろうとした。

「お願いだ。これを認めるとふしだらだと思われるとか、そんなことを言ってる場合じゃないんです。その男は死刑の宣告を受けていて、今週処刑されるんです！　その男を助けてやってほしいんです！」

「もう少しはっきりさせたいんだけど、わたしがある夜にその人と一緒にいたと嘘の証言をすれば、その人は助かるということなの？」

「いや、そうじゃなくて」ロンバードは弱りきって吐息を漏らした。「事実どおりに、その男と一緒だったと、証言してくれればいいんです」

「それはむりよ。事実じゃないんだから」

ピエレットはロンバードをじっと見つめつづけた。しばらくしてロンバードは言った。

「帽子の話に戻りましょう。あなたは帽子を買った。それはほかの人が特別にあつらえた帽子と同じデザインのもので――」

「ねえ、これはやっぱり話が頓珍漢《とんちんかん》じゃない？　帽子を買ったことは認めるけど、それはその男の人と一緒に劇場へ行ったかどうかとは関係ないでしょう。ふたつのことは全然無関係、全然別個のことだわ」

たしかにそのとおり。それは認めるしかなかった。今まで堅い土の上にいると思っていたのに、足もとに怖ろしい亀裂《きれつ》が開きかけていた。

「その劇場の話をもう少し詳しく聴かせて。その人と一緒に行ったのがわたしだということに、どんな証拠があるの？」

「おもにその帽子なんですがね」とロンバードは論拠の弱さを認めた。「その帽子とそっくり同じものを、その夜、舞台でメンドーサという歌手がかぶっていたんです。その歌手が最初に特別注文でつくらせたものです。あなたはそれの複製品をつくらせたことを認めた。スコット・ヘンダースンと一緒にいた女性はその複製品をかぶっていたんです」

「だからといって、それがわたしだということにはならないでしょう。あなたの論理は自分で思ってるような完全なものじゃないわ」だが、それは独白のようなもので、なにかほかのことを一生懸命考えているようだった。

彼女になにかが起きていた。なにか彼女自身にひどく有利な事実を見つけたようだった。

ロンバードが言ったことのなかにあったか、彼女が自分でなにかに思いあたったかのどちらかだろう。急にこの問題に強い関心を持ちはじめて、夢中になりはじめているといったふうで、目がきらきら光っていた。

「あとひとつかふたつ教えて。それはメンドーサのショーだったのよね？　だいたいの日にちはわかるかしら？」

「正確な日付がわかってます。ふたりが一緒に劇場にいたのは、今年の五月二十日、午後九時から十一時過ぎまでです」

「五月」とピエレットは声に出して独りごとを言い、「あなたの話、ちょっと面白いわ」と言った。それからロンバードの上着の袖に軽く触れて、一緒に来るようにという手ぶりをした。「あなたの考えは合っているみたいよ。やっぱりちょっと部屋へ来ていただこうかしら」

エレベーターのなかではこう言っただけだった。「この件で話しにきてくれてよかったわ」

降りたのは十二階かそこらだった。ロンバードはちゃんと意識にとめなかった。ピエレットが鍵をあけてドアを開き、灯りをつけた。ロンバードもあとからなかに入った。ピエレットは腕にかけていた赤狐の襟巻を椅子の上へむぞうさに落とした。それから磨きこまれた床を歩いてロンバードから離れた。床に映った逆さまの女は、銀の蒸気を吹きつけた模様のように見えた。

「五月の二十日ね？」ピエレットは肩ごしに振り返った。「すぐ戻るから、坐って待ってて」

ドアのない出入り口のむこうで灯りがついた。ピエレットがそこに入っているあいだ、ロンバードは椅子に腰かけて待っていた。ピエレットは請求書らしい紙の束を持ち、一枚ずつ手から手に移してあらためながら戻ってきた。ロンバードのところへたどり着く前に、いちばん有望な一枚を見つけたようだった。ほかのをぽいと捨てて、その一枚だけを持ってそばへ来た。

「まずはっきりさせときたいんだけど、その夜、その男の人と劇場へ行ったのはわたしじゃないのよ。これを見て」

それは病院の請求書で、四月三十日から四週間の入院に対するものだった。

「盲腸の手術をしたのよ。それで四月三十日から五月二十七日まで入院していたの。これじゃ証拠として不足だというなら、お医者さんや看護婦さんに——」

「いや、充分だ」ロンバードはそう言って、敗北の長い溜め息をついた。

ピエレットは面談を打ち切ることはせず、ロンバードの脇へ腰をおろした。

「でも、帽子を買ったのはあなたでしょう？」ようやくロンバードはそう訊いた。

「ええ、そうよ」

「その帽子をどうしたんです？」

ピエレットはすぐには返事をしなかった。なにか考えこんでいるようだった。奇妙な静寂がふたりの上におりてきた。その静寂を隠れみのに、ロンバードは女や部屋のなかの様子をうかがった。同じ静寂を隠れみのに、ピエレットは彼女自身の内なる問題について思案にふけった。

部屋はロンバードにいろいろなことを語った。一見贅沢な暮らしのようだが、それは気力だけで水面上に首を出しているような贅沢だった。街のこのあたりは、最高級とはいかないまでも、かなり洗練された界隈だ。だが、この住まいの内側は、磨かれた床の湖を覆う絨毯も充分にはない。当世風のお洒落な家具もきちんとそろってはいない。あちこちに空白のような部分があるのは、おそらく、ひとつ、またひとつと家具を売った跡だろう。その空白は、上等に見せかけた紛《まが》い物で埋めるわけにはいかないのだ。そしてこの女にも、同じことを示す兆候が見てとれた。たとえば靴は四十ドルほどする特注品だが、けっこう長くはいている。ヒールの減り具合や光沢のくすみ具合からそれがわかる。着ているガウンも、安い値段のものにはない斬新な線があるが、これまた着馴れしすぎていた。なによりそうしたことがはっきり読みとれるのは目だった。そこには才知だけで世渡りをするしかない者に特有の不健康な敏捷《びんしょう》さがあった。次のチャンスがどの方角から来るかわからず、しかも来たチャンスは絶対に逃したくない人間の目だ。そんな小さな事柄のなかに、この女の物語が読みとれる。ひとつひとつをとれば、考えすぎだと否定できるかもしれない。だが全部を合わせれば、間違いなくそんな物語が浮かびあがるのだ。

ロンバードはじっと坐って、ほとんど女の考えに耳をすますようにしていた。女の考えていることに聴き耳を立てていた。女が自分の手を見た。ロンバードはそれを翻訳してみた。この指には以前ダイヤの指輪がはまっていたのに、あれはどこへ行ったのかしら？ ああ、そうだ、質に入れたのだ。女が片足を少し持ちあげて、靴の甲を見た。その時、女はなにを思っただろう？ たぶん絹のストッキングのことだ。何十足、何百足もの、使いきれないほどの絹のストッキングに埋もれている自分を夢見ているに違いない。仕草を言葉に翻訳すると、お金のことを考えているのがわかった。ダイヤの指輪や絹のストッキング、そしてもっともっといろんなものを買えるお金のことを考えているのが。

その表情をじっと見ていると、女がなにかを決めたのがわかった。

ピエレットは訊かれたことに返事をした。沈黙がそこで終わった。実際には、沈黙は一瞬だけだった。

「帽子のことは、要するにこうなのよ。わたし、あれを一目見て気に入ったから、お針子に複製品をつくらせたの。お金に余裕がある時は、衝動的にそういうことをしてしまうのよね。それを、一度くらいかぶったかしら。それ以上じゃないと思うんだけど」——肩をすくめて、銀色のきらめきを散らした——「わたしには似合わなかったの。単純に。なにか変なのよ。わたしはあれが似合うタイプじゃなかったの。だからって、別にどうということはなくて、あんまり気にもしなかった。ある日、友達がここへ遊びにきたの。わたしが入院する直前だった。友達はこの帽子を見て、ちょっとかぶってみた。あなたが女ならわかるはずだけど、そういうことをよくするのよ。身支度をするのを待つあいだ、友達のものを身につけてみるの。友達はその帽子を一目で気に入ったから、わたし、あげちゃったの」

話の終わりには、初めのほうと同じように肩をすくめた。結局のところ、肩をすくめるだけの話にすぎないのだというように。

「それは誰なんです?」ロンバードは穏やかに訊いた。なんでもない単純な言葉を口にしている時でも、ロンバードは自分たちが太刀《たち》を斬り結んでいることを知っていた。返事はすんなり来るはずがない。これは駆け引きなのだ。

ピエレットも同じくらい単純に、さりげなく答えた。「それをわたしが言ってしまっていいのかしら」

「人ひとりの命がかかっている。彼は次の金曜日に死ぬんです」ロンバードは無表情な声で低く言った。唇が動いているだけの喋り方だった。

「それは一緒に劇場へ行った女が原因なの? その女がなんらかのきっかけをつくったの? その女の責任なの? その女が引き起こしたことなの? 答えて」

「そうじゃない」ロンバードは溜め息をついた。

「だったらその人を巻きこむのは酷《こく》じゃない？　女の命だってかかってるのよ。評判を落とせば社会的に死ぬことになるんだから。身持ちの悪い女だと評判を立てられて。そういうのは死刑ほどあっさり終わってくれない。死刑よりましだと言えるかどうかわからないと思うわ」

ロンバードは緊張が高まるにつれて顔をますます青くした。「きっとあなたもわかってくれるはずなんだ。あなたはその男が死んでもいいんですか？　わかってるんですか、今の話を出さずにおいたらどうなるか――」

「でも、結局のところ、わたしは彼女を知っているけど、その男の人のことは知らない。彼女は友達だけど、その男の人はそうじゃない。あなたは見ず知らずの男を助けるために、友達を危ない目にあわせろと言っているのよ」

「どんな危ない目にあうんです？」女が黙っているのでさらに押した。「つまりあなたは話すのを拒否するんですか？」

「拒否も同意もしていないわ。今はまだ」

ロンバードは無力感で息が詰まりそうだった。「おれはこのままじゃ引きさがらないぞ。ここが本塁だ。ここが最後なんだ。だから、どうしても喋らせてみせるぞ！」ふたりとも立ちあがった。「おれは殴らないと思ってるだろう。相手が男じゃないから。力ずくで喋らせることはできないと思ってるだろう。だが、喋らせてみせるぞ。もうそうやって平気な顔で立ってるわけには――」

ピエレットは意味ありげな目で自分の肩を見た。「これはなんのつもり？」と冷たくとがめた。

ロンバードは女の肩をつかんだ手を離した。ピエレットは肩を包んでいる銀色の半島を直した。そして相手をすくみあがらせるような蔑みの目で、まっすぐロンバードを見た。へまな、たやすくあしらえる男だといわんばかりに。「下に電話をして、あなたをつまみだしてもらおうかしら？」

「はでな喧嘩が見たいなら、やってみるといい」

「むりやり喋らせることはできないわ。わたしは選べる立場にあるんだから」

ある程度までは、そのとおりだった。そのことはわかっていた。

「このことに関して、わたしは自由なんだから。いったいどうするつもり？」

「こうだ」

拳銃を見て一瞬、女は表情を変えた。だがそれは、はっとした時に誰でも示す反応にすぎなかった。顔はすぐ普通に戻った。それからゆっくりと腰をおろした。へなへなくずおれる感じではない。しばらく時間がかかりそうだから坐ってやりすごそうというような、じっくり構えた余裕のある態度だった。

こんな女を見るのは初めてだった。一瞬顔をこわばらせはしたが、そのあともずっと状況を制しつづけていた。かたやロンバードのほうは、拳銃を持っているのにそれができていない。

ロンバードは拳銃を手に、女を見おろして立ち、相手を威圧しようとした。「死ぬのが怖くないのか?」

女は顔を見あげてきた。「ものすごく怖い」と落ち着いた声で言った。「誰だって、いつだって、死ぬのは怖いでしょうよ。でも、今のわたしはそんなに危ないことになってないわ。あなたはわたしを殺すわけにはいかない。知ってることを喋らないように殺すことはあるだろうけど、喋らせるために殺すなんてありえないもの。殺されたら喋れないものね。あなたは銃を持ってるけど、決定権はやっぱりわたしにあるのよ。わたしにはいろんなことができる。警察に電話したりとかね。でもそれはしない。あなたがそれをしまうのを待つつもりよ」

一本とられた。

ロンバードは拳銃をしまい、手で額をぬぐった。「いいだろう」としわがれた声で言った。

ピエレットは笑った。「拳銃を怖がったのは結局どっちかしらね。わたしの顔は乾いているけど、あなたの顔は汗でぎらぎら。わたしの顔色は変わらないけど、あなたのほうは真っ青」

ロンバードに言えるのはこれだけだった。「わかった。きみの勝ちだ」

ピエレットはさらに駄目押しの釘をハンマーで打ちこんできた。いや、ハンマーで打つような野卑な真似はせず、繊細な手つきでぽんぽんと叩いてきた。とにかく器用で優雅な女なのだ。「わかるわね？　わたしは脅してもだめなのよ」言外の意味が読みとれるような言い方だった。「興味を持たせなくては」

ロンバードはうなずいた。ピエレットにではなく自分に対して、そのとおりだと確認したのだった。「そこに坐っていいかな？」と小さなテーブルを指さした。テーブルにつくと、ポケットからなにかを出してぱらりと開いた。ミシン目に沿ってなにかを切りとり、残りを閉じて、またポケットにおさめた。なにも書きこまれていない長方形のものがテーブルに置かれた。ロンバードは万年筆のキャップをはずし、それになにか書きはじめた。途中で目をあげて訊く。「おれはきみを退屈させているかな？」

ピエレットは、わざとらしさのまったくない、ごく自然な微笑みを浮かべた。完全に理解し合っている者同士のあいだでかわされる微笑みだった。「全然。とてもいい友達になれそうよ。物静かだけど、愉しませてくれる人だから」

ロンバードはふっと笑ってしまった。「名前の綴りは？」

「B、e、a、r、e、r（ベアラー。持参人の意）」

ロンバードは女をちらりと見て、また記入を続けた。「あまりきれいな響きの名前じゃないな」と不服げにつぶやく。

数字は〝100〟と書きこんだ。ピエレットがいつのまにかそばに来ていて、ロンバードの手もとを斜め上から見おろしていた。「なんだか眠くなってきた」わざとらしくあくびをして、掌で口を二度ばかりつついた。

「窓をあけるといい。ちょっと息苦しいようだ」

「そのせいじゃないと思うけど」そう言いながらも窓辺へ行き、そのとおりにして、また戻ってきた。

そのあいだにロンバードはゼロをひとつ加えていた。「眠気はとれたかな？」と皮肉っぽく訊いた。

ピエレットはちらりと目を落とした。「ええ、かなり。すっきり目が醒めたといってもいいくらい」

「ちょっと手間を加えただけだが」

「ほんのちょっとね。無きに等しい手間」女は自分の機知を愉しんでいた。

ロンバードは書くのをやめた。万年筆を、手を添えたまま、テーブルの上に横たえた。

「こんなのは馬鹿げてる」

「わたしからなにか頼んだ憶えはないわ。あなたが頼みごとをしにきたのよ」会釈をひとつした。「じゃ、おやすみなさい」

万年筆がふたたび立った。

ロンバードがドアの開いた出入り口に立って、別れの挨拶をしようとした時、エレベーターの扉が開いた。ついさっき、ロンバードがボタンを押して呼んだのだ。ロンバードはメモ帳から破りとられた紙切れを一枚手にしていた。ふたつ折りにしたそれを、指でつまんでいた。

「失礼な真似をしたのでなければいいけど」とロンバードは言った。一瞬、横顔に苦笑が刻まれた。「退屈はさせなかったんじゃないかな。とんでもない時間に訪ねたことは大目に見てほしい。とんでもない問題に関係することなのでね」それに女がなにか返事をしたのに対して、こう答えた。「それは心配ご無用。あとで支払いをとめるくらいなら、最初から小切手なんか切らないからね。どのみち些少《さしょう》な額だし——」

「下ですか?」とエレベーターの操作係が訊いた。

ロンバードはそちらを見ながら「エレベーターが来た」と言い、女のほうへ向き直った。「それじゃ、おやすみ」礼儀正しく帽子を軽く傾け、ドアを半ばあいたままにして歩きだした。女は見送りに出てくることもなく、ドアはそっと閉まった。

エレベーターのなかで、ロンバードは紙切れを見た。

「あ、ちょっと待てよ」操作係のほうへ手を突きだす。「ファーストネームだか苗字だか、名前がひとつしか書いてない――」

操作係はエレベーターの速度をゆるめて引き返す準備をした。「戻りますか?」

ロンバードは、頼む、と言いかけて、腕時計を見た。「いや、まあいいか。これでわかるだろう。このまま降りてくれ」

エレベーターはふたたび速度をあげて下降を続けた。

ロビーに降りたロンバードは、ロビー係のボーイに紙切れを突きだして尋ねた。「これはどっちへ行ったらいいのかわかるかい?」

書かれているのは、〝フローラ〟、ある番号、そして〝アムステルダム街〟だった。

「これでけりがつく」一、二分後、ロンバードは息をはずませながら、電話でバージェス刑事に知らせた。ブロードウェイの、終夜営業のドラッグストアからだった。「とうとう見つけたと思ったら、もうひとつ環があるとわかった。でも、今度こそ最後だ。詳しく話す時間はないが、場所は今言ったところだ。これからそこへ行くが、あなたはどれくらいで来られる?」

猛烈に飛ばすパトロールカーに乗ったバージェスは、ロンバードの車がとある建物の前に、一台だけぽつんと駐めてあるのを見た。車は無人のようだった。パトロールカーに急停止を命じ、とまりきらない車から飛びおりて、引き返した。歩道を走って近づいていくと、車のステップにロンバードが腰かけているのがわかった。さっきは車道から見たので、車体の陰になっていたのだ。

最初は気分が悪いのかと思った。ロンバードは体を前に倒して坐っていた。頭は膝を越えて、足もとの歩道のほうへたれていた。その姿勢を見れば、胃のむかつきが最終局面を迎えていて、あとはクライマックスの嘔吐《おうと》を待つばかりとしか思えなかった。

下着のシャツにサスペンダーの男が、数歩離れたところで、パイプを持った手を宙でとめ、同情の目で見ていた。脚の陰から犬がこちらを覗いていた。近づいてくるバージェスのあわただしい足音を聴いて、ロンバードは青い顔をあげた。それから物を言うのも大儀《たいぎ》だというように、また顔を伏せた。

「この建物か？　どうした？　もう入ったのか？」

「いや、あれだ」ロンバードが指さした建物は、一階のほぼ端から端までが洞窟のようにぽっかり口をあけていた。洞窟の片方の端では、光る真鍮の棒がコンクリート床に突き刺さっていた。その洞窟のような入り口の上には、黒地に金文字で、〝ニューヨーク市消防署〟と記されている。

「この所番地はあそこだ」ロンバードは、まだ手にしている紙切れをひらりと動かした。立っている男の陰からダルメシアン犬が出てきて、紙切れの匂いを嗅いだ。

「この犬がフローラだそうだ」

バージェスは車のドアをあけ、ステップから落とさないよう気をつけながらロンバードを立たせた。

「急いで引き返すぞ」びしりと言った。

ロンバードは荒い息をつきながら何度もドアに体当たりしたが、むだだった。バージェスが合鍵を持ってあがってきて、ドアの前に立った。

「なかからはなにも聴こえない。フロントからの電話には出たのか？」とロンバード。

「まだ呼び出し中だ」

「逃げたんだな」

「そんなはずはない。よほど手のこんだ脱け出し方をしないかぎり、出ていくところを見られるはずだ――よし、この鍵であけるぞ。そのやり方じゃむりだ」

ドアが開き、ふたりはあたふたとなかに入った。それからぴたりと足をとめ、室内の様子を見た。玄関ホールから一段さがった細長い居間は、誰もいないけれども、あることを無言ではっきり告げていた。ふたりともすぐにそれを理解した。

どの電灯もついていた。吸いさしの煙草が一本、まだ火がついたまま、スタンド灰皿の縁にのっていて、青みがかった銀色の煙をゆるゆると螺旋《らせん》状に立ちのぼらせていた。壁の幅いっぱいの窓は夜に向かって開かれていた。窓を満たす黒いひろがりの、一隅には大きな星、別の隅には小さな星が、ひとつずつ光っていた。まるで灯火管制の暗幕《あんまく》をとめているふたつの光る画鋲のようだった。

窓のすぐ下には銀色の靴が片方だけ転がっていた。靴はひっくり返った船のように横向きに倒れていた。細長い絨毯が、玄関ホールから一段さがったところから窓の手前まで、磨きこんだ床を二分する形で敷かれているが、片端のほうでしわになり、凍りついた漣《さざなみ》という感じで均一さを損ねていた。まるでそこを歩いた者の足取りが乱れてそうなったというふうに。

バージェスは壁沿いに迂回《うかい》して窓辺へ行った。窓の外の手すりは装飾用で、危険防止には役立っていなかった。その手すりから身を乗りだし、しばらくそのままでじっとしていた。

それから背を起こし、室内へ向き直って、ロンバードに黙ってうなずきかけた。ロンバードは玄関ホールで、もうこれ以上動けないというように立ちつくしていた。「女は下の通路に落ちている。壁と壁のあいだの狭い谷底だ。物干し綱から落ちた洗濯物みたいだよ。声や音を聴いた者はいないようだな。こっち側の窓は全部真っ暗だ」

バージェスはなぜかこの件に関してなにもせず、すぐ署に報告することもしなかった。部屋のなかでバージェス以外に動いているものがひとつだけあった。ロンバードではない。もつれ合う糸のように立ちのぼる煙草の煙だった。煙草に目を惹かれたのは、煙のせいかもしれなかった。そこへ行って吸いさしをつまみあげた。長さはまだ二センチほどあり、つまむのに支障はなかった。バージェスは小さくつぶやいた。「ちょうどわれわれが来た時、落ちたんだろうな」

自分の煙草を一本とり、片手で吸い殻と並べて持ち、底の位置を合わせた。それから鉛筆を出して、新しい煙草の、吸い殻と同じ高さのところに印をつけた。

新しい煙草をくわえ、火をつけ、一度だけ軽く吸って、あとはひとりでに燃えつづけるようにした。それをスタンド灰皿の、前の煙草がのっていたのと同じ溝にのせて、腕時計を見た。

「なぜそんなことをする？」ロンバードは、もはやなにも関心が持てない人のような気怠げな声で訊いた。

「転落がどれくらい前に起きたか、簡単な実験で調べるんだ。あてになるかどうかはわからんがね。二種類の煙草が同じ速さで燃えるかどうかは、専門家に訊いてみなくちゃならないだろう」

バージェスは灰皿に近づいて煙草を見、また離れた。二度めには煙草をつまみあげて、体温計のように宙に掲げて眺めた。腕時計を見、火を消して、吸い殻を捨てた。もう目的は果たしたのだ。

「女はわれわれが部屋に入るちょうど三分前に落ちたんだ。わたしが窓から下を覗いてから、灰皿のところへ行って実験をするまでに一分かかっているが、それを差し引いた数字だ。女はわたしと同じように一回吸っただけだろう。それ以上だったら煙草はもっと短くなっていたはずだ」

「キングサイズだったかもしれない」ロンバードは心がうんと遠いところにあるような口調で言った。

「ラッキーストライクだ。吸い口近くの商標が残ってた。そういうことを確かめずに時間をむだにすると思うかね？」

ロンバードは返事をしなかった。心はまたうんと遠いところに戻っていた。「ひょっとしたら女を殺したのは、ロビーでわれわれがかけさせた電話かもしれない」とバージェスは続けた。「電話のベルにびっくりして、窓のそばでよろけるかなにかして落ちたとか。われわれが今見ているこの部屋の様子が、無言ですべてを物語っているよ。女は窓辺にいて、外を眺めていたんだ。希望に胸をふくらませて、夜の空気を吸いながら、これからの計画を立てていた。すると、下から電話がかかった。女はそこでなにかまずい動きをしてしまったんだろう。あわてて振り向いて、重心のかけ方がおかしくなったとかね。あるいは靴がどうかしたか。この靴は少しゆがんでいる。かなり使いこんで、不安定な感じだ。それはともかく、ワックスをかけて磨いた床の上で絨毯が滑った。それで片足、あるいは両足が宙に浮いた。片方の靴は脱げて飛んでしまった。女はバランスを崩してうしろに傾いた。開いた窓のそばにいなかったら、どうってことはない。滑稽に尻もちをついただけだろう。ところがうしろへのけぞって、転落死してしまったわけだ。

しかし、わからないのは、例の住所のことだ。あれは悪戯だったのか？　彼女はどんなふうだった？　きみが一緒にいた時」

「いや、あれは悪戯じゃなかった」とロンバード。「ほんとにあの金を欲しがっていた。それは顔にはっきり出てた」

「いいかげんな住所を教えて、捜すのに手間どらせ、そのあいだに小切手を現金化して逃げようとしたのならわかる。だが、ここからそう離れてない場所だと——五分か十分できみが戻ってくるかもしれないじゃないか。そんなことをして意味があるのか？」

「幻の女から金を引き出そうとしたのかもしれない。その女に警告して、おれが払おうとした以上の額をとるんだ。その女と掛け合う時間だけ稼げればいいと思ったんじゃないかな」

バージェスは、納得いかないというように首を振ったが、「どうもわからない」と言っただけだった。

ロンバードはバージェスの言葉を聴いていなかった。酔っ払いのように足を引きずりながら、ふらふら歩きだした。バージェスは、どうしたんだという顔で見る。ロンバードは周囲で起きていることにまったく関心を失ってしまったかのように、完全に無表情だった。壁ぎわで立ちどまり、がっくりと肩を落とした。それは何度も失望を繰り返したあげく、完全に打ちのめされて、諦めてしまった人のように見えた。

バージェスが意図をはかりかねて見ていると、ロンバードは片方の腕をぐいとうしろに引き、まるでそれが敵だというように目の前の壁を思いきり殴った。

「おい、馬鹿はよせ！」バージェスは驚いて叫んだ。「なにやってるんだ、手の骨が折れちまうぞ！　壁がどうしたというんだ？」

ロンバードはしゃがみこみ、瓶にコルク栓をはめようとするかのような動きで身をよじった。顔をゆがめているのは、痛みよりも、無力な自分への怒りのせいらしかった。火がついたような拳を腹にあてて撫でながら、ロンバードは答えた。「やつらは知ってる！　知ってる人間で残ってるのはやつらだけだ――なのに、そいつらから訊きだすことができない！」

20 死刑執行日の三日前

刑務所のもよりの駅で列車を降りると、ロンバードは直前の一杯をひっかけたが、なんの役にも立たなかった。一杯の酒など無力だ。いや何杯飲んでも同じだ。事実を変えることなどできはしない。凶報を吉報に変えることはできない。死刑の宣告を無罪の判決に変えることはできないのだ。

前方の陰鬱な建物群へと通じる急な坂道をとぼとぼのぼりながら、ロンバードは思い悩んだ。ひとりの男に、もうおまえは死ぬのだと、希望はないのだと、最後の光は消えたのだと、どう告げればいいのか？　わからない。わからないが、それを告げなければならない場面を、これからじかに体験しにいくのだ。もう二度とあの男に逢わないことこそ優しさではないのかとすら思った。無意味な最後の面会などせずにひとりで逝《い》かせてやるほうがいいのではないかと。

陰惨《いんさん》な面会になるのはわかりきっていた。敷地内に入った今、早くも肌がぞくぞくしはじめていた。それでも、行かないわけにはいかない。逃げるわけにはいかない。あと三日、あの男に宙ぶらりんの苦悶を味わわせるのは酷だ。金曜日の夜、監房から出されたヘンダースンが、もう絶対にありえない刑の執行中止命令に、なおも最後の希望をつなぎながら刑場に向かっていくなど、あってはならないことだ。

看守のあとから二階の死刑囚監房へ歩くあいだ、ロンバードは手の甲でゆっくりと口をぬぐった。〝ここを出たら、今夜は酔っ払ってやる！〟と苦々しい思いで自分に誓った。〝思いきり飲んで、中毒を起こして、すべてが終わるまで病院で寝ているんだ！〟

看守が脇へよけて、ロンバードは監房に入り、つらい対面にのぞんだ。葬儀での最後の、対面に似た対面に。

これから処刑が行なわれるのだ。本当の処刑よりも三日早い、肉体的にはまったく危害を加えない、白い処刑。当人が抱いているすべての希望を殺してしまう処刑が。

看守の虚ろに響く靴音が遠ざかっていく。あとにおりた沈黙は怖ろしかった。ふたりとも長くは耐えられなかった。

「もう終わりらしいな」ヘンダースンは静かに言った。わかっているのだった。

だが、少なくともその声で、死後硬直のようなこわばりが解けた。窓の外を見ていたロンバードが振り向き、ヘンダースンに近づいて、肩をひとつ叩いた。「じつはな――」と言いかけた。

「いいんだ、わかってる」とヘンダースンはさえぎった。「顔を見ればわかる。この話はよそう」

「また見失ったんだ。幻の女を取り逃がした――今度は永遠に」

「だからその話はよそう」ヘンダースンは忍耐強く言った。「きみがどんな思いでいるか、見ればわかる。だからよそう」まるで彼が、逆にロンバードを慰めようとしているかのようだった。

ロンバードは寝棚の端にどさりと腰を落とした。ここの〝主人〟であるヘンダースンは客に場所を譲り、自分は立って向かいの壁にもたれた。

それからしばらくのあいだ、聴こえる音はセロファンの音だけだった。ヘンダースンが煙草の空箱を端から小刻みに折っていく音だった。それが堅い棒になると、折り目をひとつずつひろげてもとへ戻していく。それを何べんも果てしなく繰り返すのは、手持ち無沙《ぶさ》汰《た》だからだった。

こんな雰囲気は、誰であれ長く耐えられるものではない。とうとうロンバードが言った。

「それ、やめてくれないか？　頭が変になりそうだ」

ヘンダースンはびっくりして手もとを見た。自分で自分の手慰《てなぐさ》みに気づいていなかったかのように。そしてばつが悪そうに言った。「これは昔からの癖なんだ。今度のことが起こる前からそうで、どうしてもやめられない。きみも憶えてるだろう。汽車に乗ると時刻表がこうなる。医者や歯医者の待合室では雑誌だ。劇場へ行ったらプログラムを――」そこで口をつぐみ、ロンバードの頭の上あたりの壁へ夢見るような目を向けた。「あの女とショーを観た時も、ぼくはプログラムの端を折っていたんだ。おかしなもんだね。そんなちょっとしたことを今になって憶いだすなんて。もっと大事なことを憶いだしていたら、助かっていたかもしれないのに――どうした？　なぜそんな目でぼくを見る？　もうやめたじゃないか」くしゃくしゃになった煙草の箱をぽいと捨てた。

「当然、きみはそれを捨てちまったんだろうな？　その女とショーを観たあと。座席に残しておくとか、床に捨てるとかして。たいていの人はそうするだろう」

「いや、ぼくのプログラムもあの女が持っていった。それは憶えてる。なぜか憶えてる。彼女がくれと言ったんだ。今夜の気まぐれの記念にとっておきたいとかなんとか言って。正確にどう言ったかは憶いだせないけどね。とにかく彼女が持っていったんだ。バッグに入れるのを見たよ」

ロンバードは立ちあがっていた。「それはちょっとしたものだぞ。どうやったら手に入るかが問題だが」

「どういう意味だ？」

「その女がそれを持っていることだけははっきりしているわけだ」

「今も持ってるかどうかはわからないよ」とヘンダースンは疑問を投げる。

「記念にとっておこうと思ったものなら、今でも持っている可能性は高い。劇場のプログラムなんてそういうものだ。捨てる人はすぐ捨てるし、とっておく人は何年もとっておく。そのプログラムを餌に使う方法があればいいんだがな。というのは、それだけがきみとその女を結びつける公分母だからね。表紙から裏表紙まで、一ページも残さず右上の隅をきちんと折ってあるプログラム。それを女に持ってこさせれば、女をつかまえることができるわけだ」

「広告でも出すのかい？」

「そんな感じだ。世の中にはいろいろな蒐集家がいる。郵便切手、貝殻、虫食い穴だらけの古い家具。そういうものを、とんでもない大金を出して買う連中もいる。世間の人にはゴミでも、好事家《こうずか》には宝物なんだ。蒐集熱が昂《こう》じると常識をなくすからね」

「それで？」

「かりにおれが劇場プログラムの蒐集家だとする。変わり者で、金をぱっぱと使う金持ちだ。蒐集はもう趣味の域を超えた執念なんだ。この街で上演されるありとあらゆる演劇やショーのプログラムを完全に蒐《あつ》めたい。過去にさかのぼって、全シーズンのものをそろえたいんだ。おれはどこからともなくこの街に現われ、買い取り所をつくって、宣伝をする。噂がひろがる。おれは変人だから、つまらないものにもいくらかの金を出す。買い取り所が開かれているかぎり、誰でもプログラムを売りにこられる。新聞にも写真入りで載るだろう。ときどき世間で起きる変わった出来事を伝える記事だ」

「買い取り所はゴミであふれるだろうな。でも、いい値段で買う人間がいても、あの女が興味を持つとはかぎらないんじゃないか？　もしかしたら金持ちかもしれない」

「今はもう金持ちじゃないかもしれない」

「だけど、なにか裏があるんじゃないかと疑いそうだ」

「おれたちには貴重なプログラムだが、彼女にはそうじゃない。なぜ裏があるなんて疑うんだ？　ページの隅を折ってあることにも気づいてないかもしれない。かりに気づいていても、それに大きな意味があるなんて夢にも思わないだろう。きみだって、つい何分か前まで忘れていたくらいだ。彼女にわかるはずがない。千里眼《せんりがん》じゃないんだから。きみとおれがこの監房でこんな話をしてることも、知るはずがないんだ」

「なんだか心もとない話だな」

「もちろんだ」ロンバードは認めた。「勝ち目は千《せん》にひとつしかないだろう。でも、やるしかない。贅沢を言える立場じゃないからな。おれはやってみるぞ、ヘンディー。なんとなく――うまくいきそうな、変な予感があるんだ。今までは全部だめだったが」

　ロンバードは親友に背を向け、鉄格子の扉のほうへ向かった。

「それじゃ――さよなら」ヘンダースンは暗に最後の別れを告げようとした。

「また逢おう」とロンバードは返した。

　看守のあとについて歩み去る親友の靴音を聴きながら、ヘンダースンは考えた。〝あいつはうまくいくとは思ってない。ぼくも同じだ〟

すべての朝刊・夕刊紙に掲載された広告

古い劇場プログラムをお譲りください。
現在当市に短期滞在中の裕福な蒐集家が、コレクション完成のため、高価買取いたします。これを生涯の趣味としております。うんと古いものも、うんと新しいものも大歓迎！　特に希望するのは、ここ数シーズンのミュージックホールやレビューの興行。〈アルハンブラ座〉、〈ベルヴェデーレ座〉、〈カジノ座〉、〈コロシアム劇場〉。この時期、海外にいて蒐集できなかったため。ただし大量販売商品、専門業者の商品はお断わり。当方、J・L。フランクリン・スクウェア十五番地。受付は金曜日午後十時まで。その後は街を出ます。

21　死刑執行日

午後九時三十分、この日ほぼ初めて、行列がとぎれた。ふたりほどの売り手の相手をしたあと、一息つく暇ができた。買い取り所にはロンバードと助手の若者だけになった。ロンバードは椅子にぐったり坐った。下唇を突きだして、疲れた息を吐いた。息は顔をつたいのぼり、乱れた額髪を吹きあげた。ワイシャツにベストという恰好で、喉もとのボタンをはずしていた。尻のポケットからハンカチを引っぱりだして、顔のあちこちをぽんぽん叩いた。ハンカチは薄黒く汚れた。売り手たちが埃まみれのままのプログラムを目の前に出してくるせいだった。埃が厚いほど高く売れるとでも思っているかのようだった。

ロンバードは手を拭いてからハンカチを投げ捨てた。

振り返り、高く積まれて少し傾いているプログラムの山の陰にいる人間に声をかけた。

「もう帰っていいぞ、ジェリー。そろそろ時間切れだ。おれはあと半時間でここを閉める。ラッシュアワーはもう終わったみたいだ」

十九歳くらいの痩せた若者が、プログラムのふたつの壁のあいだの塹壕で立ちあがり、そこから出てきて上着を着た。

ロンバードは金を出した。「三日分の給料、十五ドルだ、ジェリー」

若者は物足りなそうな顔をした。「明日はもう来なくていいんですか？」

「ああ。おれももう来ない」ロンバードは暗い顔で言った。「でもあれだ。もしよかったら、きみがこれを売ってもいいぞ。屑屋がいくらかで引きとるだろう」

若者は目をまるくした。「どういうことです？　せっかく三日かけて買い集めたのに、もういらないんですか？」

「おれは変わり者なんだ。でも、人には言わないでくれよ」

若者はちらちらロンバードを振り返りながら、表の歩道に出ていった。頭がおかしいと思われたのが、ロンバードにはわかった。むりもない。自分でもどうかしていると思うほどだ。この作戦が成功すると——例の女がうまく釣られて姿を現わすだろうと考えるなんて。そもそもが馬鹿げた計画なのだ。

若者が外に出た時、若い女がひとり歩道をやってきた。ロンバードがその女に気づいたのは、出ていく若者を見送った時、その女に視線をさえぎられたからにすぎなかった。とりたてて目を惹く女ではない。ただの若い女だった。通りすがりの歩行者だった。女は買い取り所の前を通る時、ちらりとなかに目を向けてきた。そして、好奇心をそそられたのか、一瞬足をとめたが、結局また歩きだし、買い取り所の空のショーウィンドーのむこうから消えた。一瞬入ってくるのかと思ったのだが。

　小休止を終わらせたのは、ひどく古風な身なりの老人だった。襟にビーバーの毛皮をつけたコートに、黒い紐のついた眼鏡、カラーがとんでもなく高いシャツといういでたちで、ステッキをついていた。そのうしろから、タクシーの運転手が古ぼけた小型トランクを引きずってきたので、ロンバードはげんなりした。老人はロンバードが机として使っているテーブルの前に立ち、気取ったポーズをとった。それがあまりに臭い芝居のようなので、ふざけているのかと思ったほどだった。

　ロンバードはやれやれという顔をした。一日のうちにはこういう手合いも何人か来るが、トランク一個分を持ってきた御仁《ごじん》は初めてだった。

「ああ、きみ」フットライトがガス灯だった時代の遺物である老人は、豊かな声を朗々と響かせた。これで滑らかな口跡《こうせき》を維持していたならちょっとした聴き物だっただろう。「きみはじつに幸運であるぞ。わしがあの広告を読んだというのはな。わしはきみのコレクションをこの上なく豊かなものにしてやれるのだ。その点でわしを凌《しの》ぐ者はこの街にはおらんだろう。わしの所蔵する逸品を見れば、きみは胸を熱くすることだろう。たとえば、かの懐かしい〈ジェファースン劇場〉のものは、時をさかのぼること――」

　ロンバードは急いで謝絶の手ぶりをした。「〈ジェファースン劇場〉はけっこうです。全部持ってますから」

「では、〈オリンピア劇場〉はどうかね。あるいは――」

「いや、それもけっこう。ほかになにをお持ちでも全部いりません。もうここは閉めるところですが、あと欲しいものはひとつだけ。〈カジノ座〉の、一九四一年から四二年にかけてのものです。どうです、ありますか？」

「〈カジノ座〉とな！」老人はロンバードの顔に、息と一緒に少しばかり唾も飛ばした。「このわしに〈カジノ座〉のプログラムはあるかと訊くのか？　あの当世はやりの塵芥《ちりあくた》のごときレビューとこのわしになんの関係があるというのかね？　わしはかつてアメリカ演劇界屈指の偉大なる悲劇俳優と呼ばれた男なのだぞ！」

「そんなふうにお見受けしますがね」とロンバードはそっけなく言った。「残念ながら、わたしたちのあいだに取引は成立しないようです」

トランクと運転手は出ていった。トランクの持ち主は戸口で足をとめ、舞台に立っているような思い入れで、「〈カジノ座〉だと――ふん！」と侮蔑の台詞を残して、やはり出ていった。

またしばらく間があいたあと、掃除婦のような老婆が入ってきた。お出かけ用のお洒落のつもりか、頭につばの広いぺらぺらした帽子をかぶっていた。帽子にはキャベツのような薔薇の花の飾りがひとつついていた。まるでゴミ箱から拾ってきたか、物置のなかに何年もしまいこんで忘れていたように見える帽子だった。両頰の革のような肌に、熱があるのかと思うような赤い紅を丸くさしているが、これまた何十年ぶりかに頼りない手つきで化粧をしたことがうかがわれた。

ロンバードは目をあげて、同情するような、見たくないような気持ちで、その老婆を見た。その老婆の丸い肩のむこうに、さっきの若い女が見えた。今度は反対側から歩いてきたのだ。今度もこちらをちらりと覗いた。だが、今回はそれ以上のこともした。ほんの一、二秒だが、立ちどまった。さらには店のなかがまっすぐ見通せるよう、一歩後戻りした。もっ少し店内を見てからまた歩きだした。なかでしていることに興味があるらしかった。もっとも、通行人の注意を惹くために貼り紙などもしているので、女が足をとめて覗いてもおかしくなかった。広告もたっぷり打ったので、買い取り所を開いた当初は何人ものカメラマンが写真を撮りにきた。若い女は用事があってこの前を通りかかり、帰り道にまた通っただけかもしれない。なにかの用事をしにいく時、人はたいてい行きと同じ道を引き返してくるものであり、そこに不自然さはまったくなかった。

老婆がよちよち近づいてきて遠慮がちに訊く。「これほんとなんですか？　ほんとに古いプログラム、買ってもらえるんですかねえ？」

ロンバードは注意を老婆に戻した。「ええ、物によりますがね」

老婆は腕にかけた手編みの買い物袋に手を入れた。「何枚か持ってきたの。あたしがコーラスガールだった頃のやつでしてね。大事な思い出だから、とってあったの。『深夜の漫歩《そぞろあるき》』に、一九一一年の『浮かれ騒ぎ』――」不安げに手をわななかせながら、プログラムをテーブルに置いた。そして自分の言葉が嘘でないことを証明するために、黄ばんだ冊子のひとつをめくった。「ほら、これがあたし。ドリー・ゴールデン。これが芸名だったの。最後の場面で〝青春の精〟をやったわ――」

〝時〟こそはどんな人間よりも怖ろしい殺人者だ、とロンバードは思った。〝時〟は絶対に処罰されない殺人者なのだ。

ロンバードはプログラムではなく、労働に荒れた老婆の手を見ていた。「一冊、一ドル」ぶっきらぼうに言って、札入れをさぐった。

老婆は嬉しさのあまり卒倒しそうになった。「ああ、ありがとうございます！　とっても助かるわ！」ロンバードの手をさっととり、とめる暇もなく手の甲に唇をつけた。頬紅が溶け、ピンクの涙となって流れた。「そんな値打ちがあるなんて夢にも思わなかった！」

そんな値打ちなどなかった。偽の五セント玉の値打ちもなかった。「さ、どうぞ」ロンバードは優しく言った。

「これで食べられる――おいしいものが食べられるわ！」思いがけない幸運に、ほとんど酔ったようになって、ふらふらと出ていった。老婆が退場すると、それにかわって、静かに待つ若い女の姿が目に入った。老婆のあとから入ってきたので、気づかなかったのに違いなかった。入り口の前を二度、それぞれ違う方向から通りすぎた、あの若い女。たしかにあの女だと思った。最初に見た時は、目の写真機の焦点がきちんと合っていなかったのだが。

すぐ目の前にいる女は、表の歩道にいた時ほど若くは見えなかった。それは体つきがほっそりしているのに、ほかの点では若さが消えているせいだった。女には荒れてしまった感じがあった。意味は違うが、先ほどの老婆とほとんど同じくらい荒れていた。うなじの産毛《うぶげ》がうずうずした。ロンバードは若い女をあまりまじまじと見ないようにした。ざっとあたりを見まわしたあとは、また顔を伏せた。顔色が変わったことを若い女に悟られないための用心だ。

女から受ける印象は単純ではなかった。つい最近まではきれいだったに違いないが、その容色が急速に色あせつつあるというふうだった。品性と教養が潜んでいるのは感じとれたが、品のない硬い殻が表面を覆ってしまい、品性と教養を窒息させ、もうすぐ殺してしまおうとしていた。もうその進行をとめるには手遅れなのかもしれない。見たところ、どんどん加速しているようだった。それは毎日浴びるように飲む酒のせいなのか、それとも、今まで経験したことのなかった懐具合の悪さから来るのか。あるいは懐具合の悪さを酒で忘れようとすることが原因なのか。そしてもうひとつ、三つめの要因も見てとれた。もしかしたら、これがそもそもの初めにあって、あとのふたつを引き起こしたのかもしれないが、今はもう主《おも》なものではなくなり、ほかのふたつに押しのけられてしまっている。その三つめの要因とは、耐えがたい苦悩、自己嫌悪、なんらかの罪悪感と混ざり合った不安といったものであり、それが何ヵ月もずっと続いてきたようだった。この精神的苦悩は痕跡を残しているが、だんだん薄れつつある。今は純然たる肉体的な消耗が主役になっているのだ。今の彼女は、精神的にはむしろ軽やかに見えた。どん底に落ちてもうこれ以上落ちようのない人間の、強いゴムのような弾力を持っていた。これでもうどこまでも生きていける。最後はたぶんどこかの下宿屋でガス管の栓をひねることになるにしても。

女は規則的に食事をしていないように見えた。頬がこけて暗い影をつくり、顔の骨格が薄い皮膚の下から浮きでていた。服は黒ずくめだが、喪服の黒でなく、最新流行の黒でもない。汚れが目立たないからそれを着つづけているという貧相《ひんそう》でだらしない黒だった。ストッキングも黒だったが、靴の踵の上に白い三日月形の穴がのぞいていた。

女が口を開いた。夜昼なく安いウィスキーをがぶ飲みするせいか、声は荒れてしわがれていた。とはいえ、そこここに教養の亡霊が残ってもいた。卑俗な言葉遣いもするが、それは上品な話し方を知らないからではなく、今の暮らしで周囲にいる人たちに合わせてみずから選んでいるのだった。「プログラム買ってほしいんだけど、まだお金ある？　それともう遅すぎた？」

「まず物を見せてもらいましょうかね」ロンバードは用心深く言った。

上等に見せかけた紛い物の大きなハンドバッグをぱちりと開き、プログラムを出した。同じ夜の、同じショーのものが二枚あった。先々シーズンの、〈レジーナ座〉の音楽ショーだ。誰と一緒だったんだろう、とロンバードは考えた。その頃はまだ生活も安定していて、見た目もきれいで、まさかこうなるとは夢にも思っていなかっただろう——

ロンバードはリストを見て、すでに蒐集済みのものかどうか調べるふりをした。

「これはないようだ。七ドル五十セントで買わせていただきます」

女の目が光った。これで釣りこめれば、とロンバードは期待をかけた。

「ほかにありませんか?」と巧妙に持ちかける。「これが最後のチャンスですよ。買い取りは今夜でおしまいですから」

女はためらった。目がハンドバッグへ行く。「一冊でもいいのかしら?」

「何冊でも」

「じゃ、せっかくだから——」女はもう一度ハンドバッグをあけた。バッグを自分のほうへ傾け、なかを覗かれないようにしながら、もう一冊プログラムを出す。そして次のことをする前に、まずバッグを閉じた。ロンバードはそのことに気づいた。女はプログラムを差しだしてきた。ロンバードはそれを受けとり、ひっくり返して読める向きにした。

三日間で、初めて現われた〈カジノ座〉のプログラムだった。ロンバードはさりげなくページをめくった。巻頭に埋《う》め草《くさ》的なエッセーがいくつかあり、次いでショーの紹介に入っていく。劇場プログラムはたいていそうだが、週単位で印刷されていた。これは〝五月十七日より一週間〟となっている。息が詰まった。この週だ。まさにこの週だ。五月二十日の夜なのだから。興奮に気づかれないよう、目は伏せたままにしておいた。ただし――ページの右上の隅はきれいだった。折られたものを伸ばした跡の斜めの線もついていない。そもそも一度も折られていないのだ。

普通の声を保つのは難しかった。「これと同じものはないですか？　たいてい二冊あるでしょう。そろいだと高く買わせていただけるんですがね」

女は探るような視線を向けてきた。手がハンドバッグのほうへぴくりと動きかけるのをロンバードは見た。だが、女は手をむりやりおろした。「わたしがこれを印刷してるとでも思ってるの？」

「できれば二冊一組のほうがいいんです。どなたかと一緒に行かれたと思うんですが、もう一冊のほうは――？」

なにかが気にかかるようだった。女は罠でも探すように、疑わしげな目で店のなかを見まわした。警戒心をあらわにテーブルから二歩ばかり後ずさりした。「一冊しかないのよ。

どうなの、買うの、買わないの？」

「一冊だと、二冊分の値段の半分以下に――」

女はとにかく早く店を出たいらしかった。「いいわよ、いくらでも――」そう言って、前に身を乗りだし、手を伸ばして代金を受けとった。ふたたびテーブルのそばへ引き寄せるのはむりのようだった。

女が戸口まで行った時、ロンバードは声をかけた。不安を抱かせないよう、声を穏やかに保った。「ちょっと待ってください。もう一度ここまで来ていただけませんか？ 話し忘れたことがありますので」

女は足をとめ、首だけ振り返って鋭い不信のまなざしを投げてきた。呼びとめられた時に人が普通に示す反応ではなかった。警戒心が目に出ていた。ロンバードが立ちあがり、指をくいくい曲げて呼ぶと、喉が詰まったような声を漏らし、店から駆けだして姿を消した。

ロンバードは邪魔なテーブルを片側へがっと押しやり、通り道をあけると、あとを追って駆けだした。その勢いで、若者が積みあげたパンフレットの山がいくつかぐらりと揺れて崩れ落ち、床いちめんに紙の雪だまりができた。

ロンバードが歩道に飛びだすと、女は駆け足で角を曲がろうとしていたが、ハイヒールのせいで速く走れないようだった。女は振り返り、ロンバードが全速力で追ってくるのを見て、前より大きな声をあげた。女は足を速め、角を曲がった。距離はまだ半分も縮まっていなかった。

だが、その通りでつかまえた。こういう時のために一日じゅう駐めてある自分の車の脇を通りすぎて、何メートルか行ったところだった。女を追い抜き、退路をふさいだ。両肩をつかんでぐいと向きを変えさせ、建物の壁に背中を押しつけて、そこに釘づけにした。

「よし、じっとしてろ――じたばたしてもむだだ」ロンバードは荒い息をついた。

女はロンバード以上に口をきくのが困難なようだった。酒が祟《たた》ってすぐ息切れするのだろう。そのまま窒息するのではないかと思えるほどだった。「離して。なに――なんなの？」

「なぜ逃げた？」

「なんだか――」顔をそむけて、必死で息をしようとした。「嫌な感じだったから」

「バッグの中身を見せてくれ。バッグをあけるんだ！　さあ、あけろ。でないとおれがやるぞ！」

「手を離して！　わたしに構わないで！」

もう押し問答で時間をむだにはしなかった。腕にかけたバッグを思いきり引っぱったので、傷んでいた持ち手がちぎれた。ロンバードはバッグを開き、手をつっこんだ。体全体で女を壁に押しつけて逃がさないようにした。バッグから、店で買ったのと同じプログラムが出てきた。両手をあけるために、バッグを離して地面に落とした。ページを開こうとしたが、互いにくっついて離れない。一ページずつはがさなければならなかった。どのページの右上の隅も小さく折られていて、それが重なり合っているのだ。街灯の薄暗い光で見てみると、前のと同じ週のものだった。

スコット・ヘンダースンのプログラムだ。可哀想なスコットのプログラムが、土壇場《アット・ジ・》になって《イレヴンス・アワー》（直訳すれば〝十一時に〟で死刑執行時と一致する）出てきたのだ——水の上に投げられたパンのように（旧約聖書『伝道の書』第十一章第一節「あなたのパンを水の上に投げよ、多くの日の後、あなたはそれを得るからである」を踏まえている。施しをすれば報いが返ってくるということ。翻訳は日本聖書協会・口語聖書・一九五五年改訳版）。

22 死刑執行時

午後十時五十五分。どんなことであれ、ああ、どんなことであれ、終わりというものはつねに苦い。暖かな日なのに、体ぜんぶが寒かった。汗をかいているのに、ぶるぶる顫えていた。教誨師《きょうかいし》の言葉もろくに聴かずに「ぼくは怖くない」と何度も何度も口のなかで繰り返していたが、それでも怖かったし、自分が怖がっているのを自覚していた。むりもない。生きんとする本能を自然から授かっているのだから。

ヘンダースンは寝棚でうつぶせに寝ていた。てっぺんを四角く剃られた頭（電気椅子で電気を通すため）が、寝棚のへりから下にたれていた。教誨師はかたわらの椅子に坐り、恐怖をやわらげてやるため、慰めの手を肩にあてていた。肩の顫えに合わせて、教誨師の手も共感して顫えた。もっとも、教誨師のほうはまだ何十年も生きられるのだった。肩の顫えは一定の間隔でぶるぶるっ、ぶるぶるっとやってきた。自分がいつ死ぬかを知っているというのは怖ろしいことだった。

教誨師は低い声で、旧約聖書の『詩篇』第二十三篇を唱えていた。「〃主はわたしを緑の牧場に伏させ――〟」（このすぐあとに有名な、「たといわたしは死の陰の谷を歩むとも、わざわいを恐れません」が来る。翻訳は日本聖書協会・口語聖書・一九五五年改訳版）ヘンダースンは聖書の言葉に慰められるどころか、気がめいるばかりだった。望んでいるのは来世などではなく、現世だからだ。

何時間か前に食べたフライドチキンとワッフルと桃のショートケーキが、胸のどこかにつかえていて、腹に降りていかない感じがあった。だが、そんなことはどうでもよかった。消化不良になることはない。そんな時間はないのだから。

あと一本、煙草を吸いきる時間はあるだろうか？　煙草は夕食の時に二箱くれた。それはほんの数時間前のことだが、一箱はすでに空になって握りつぶされ、もう一箱も半分しか残っていなかった。今考えていることが愚かしいことであるのはわかっている。煙草を一本吸いきれるか、一口吸っただけで捨てなければならないか、そんなことになんの違いがあるだろう？　けれどもヘンダースンは昔からもったいないことが嫌いな質《たち》であり、長年のあいだに培《つちか》われた性質は変わるものではない。

そこで教誨師の低い朗誦をさえぎり、そのことを訊いてみた。教誨師は問いそのものには答えず、「もう一本吸いなさい」と言ってマッチをすり、炎をかざしてくれた。ということは、充分な時間はないかもしれないのか。

ヘンダースンはまた頭をがっくりたれた。灰色の裂けめのような唇から煙がふきだした。教誨師の手がまた肩を押さえて、恐怖をしずめようとした。靴音が静かに、怖ろしいほどゆっくりと、外の石床の通路を進んできた。死刑囚監房の列がふいに静まりかえった。ヘンダースンは頭を起こすどころか、いっそう深くうなだれた。煙草が口から落ちて転がった。教誨師の手が力を増し、ヘンダースンを寝棚に釘づけにするかのように押さえつけた。靴音がとまった。監房の外に人が何人か立ち、なかを覗いている気配が感じとれた。ヘンダースンはそちらを見まいとしたが、こらえきれなかった。頭が意志に反して持ちあがり、ゆっくりと回った。ヘンダースンは訊いた。「時間ですか？」

監房の扉がゆっくりと滑りだすと同時に、所長が告げた。「時間だよ、スコット」

スコット・ヘンダースンのプログラム。可哀想なスコット・ヘンダースンのプログラムが、水の上に投げられたパンのように現われた。ロンバードはそれをじっと見つめた。女からもぎとったハンドバッグは、顧《かえり》みられることなく足もとに転がっていた。

若い女はそのあいだ、自分の肩をしっかりつかんで離さない手と争い、身をもぎ離そうとしていた。

ロンバードはまず、プログラムを上着の内ポケットに慎重にしまった。それから女を両手でつかまえ、歩道を引きずるようにして自分の車まで連れていった。「さあ、乗るんだ、血も涙もない女め！　一緒に来い！　自分のせいでどういうことになりかけたか、わかってるんだろう？」

女はステップに足をかけてもなお暴れたが、ロンバードはドアをあけて、運転席に押しこんだ。女は座席に両膝をついたが、すぐに体の向きを変えて坐る姿勢になった。「ここから出して！」女の泣きながら叫ぶ声が通りに響いた。「こんなことして！　誰か来て！　この街にお巡りさんはいないの？　この男をつかまえて！」

「お巡りさん？　お巡りさんに逢いたいのか！　何人でも逢わせてやるぞ！　もうすぐ飽きるほど見ることになるんだ！」女が助手席側のドアから逃げようとするのを、運転席に乗りこんで力いっぱい引き戻し、自分の側のドアを閉めた。

ロンバードは女を黙らせるために、手の甲で頬を打った。最初は脅しで、二度めは本当に打った。それからハンドルにつっぷした。「おれは今まで女を殴ったことなんてなかった」ぎりっと歯嚙みした。「だが、きみは女じゃない。女の形をした屑《くず》だ。ゴミ屑だ」車は歩道ぎわを離れ、車体をまっすぐにすると、勢いよく走りだした。「これから嫌でもなんでもドライブにつきあってもらうぞ。静かにしていろよ。おれが運転している最中にわめいたり暴れたりしたら、さっきのをお見舞いするからな。それをやられるかどうかはきみしだいだ」

女は無謀な抵抗をやめて、革張りの座席でぐったりして黙りこみ、前を睨んでいた。車は何度か角を曲がり、同じ方向へ走る車を一台また一台と追い越した。赤信号で停止した時、女は最初のようにもう逃げようと試みることはせず、打ちしおれて訊いた。「これか

のか？」

「わからないってのか？」ロンバードは斬りつけるように言った。「見当もつかないって

らどこへ行くの？」

「あの人のところね」女は静かな諦めの口調で言った。

「ああ、あいつのところだ！　きみはなんて人間なんだ！」ロンバードがアクセルペダルを思いきり踏みこむと、ふたりの頭は同時にのけぞった。「きみは鞭でびしびし打たれるべきだよ。罪もない男をひとり、死の一歩手前まで追いやって。いつだって助けることができたのに。警察に出頭して、知ってることを話すだけでよかったのに！」

「そのことだと思った」女はどんよりと言い、自分の手を見おろした。しばらくして訊いた。「それで――今夜なの？」

「ああ、今夜だ！」

ダッシュボードの光を受けた女の目が、わずかに見開かれた。そこまで切迫していると は思っていなかったかのようだった。「もう――そんなだなんて知らなかった」喉をごくりとさせた。

「でも、もう違う！」ロンバードは語気を荒くした。「とうとうきみをつかまえたからな！」

また信号に引っかかった。ロンバードは毒づき、大きなハンカチで顔を拭いた。それか

らまたふたりの頭が同時にのけぞった。

女はじっと前を見ていた。車の前方にあるものを見ているのではなかった。フロントガラスより下にあるものを見ているのでもなかった。もっとも目はそこに据えられていたが。ロンバードはルームミラーでときどき女の様子を見た。女は自分の内面にあるなにかを見つめているようだった。たぶん自分の過去だろう。自分の人生を振り返っているのだろう。逃避の手段であるウィスキーは今、手もとにない。車が走っているあいだ、自分の過去とじっと向き合っていなければならないのだ。

「きっときみは大鋸屑《おがくず》が詰まった人形で、中身なんかないんだろうな！」一度、ロンバードは女にそう言ったことがあった。

するとと思いがけず、女は長々と返事をした。「あのせいでわたしがどうなったか見てよ。そんなこと考えたことないでしょ。わたしだってずいぶん苦しんだのよ。あの人でも誰でもいいけど、なぜわたしがほかの人の身の上を心配しなきゃならないわけ？　あの人がわたしにとってなんだというのよ？　あの人は今夜殺されるっていうけど、わたしはもうこのことで殺されたのよ！　わたしはもう死んでるの。死んでるのよ！　あなたは車のなかで死人の隣に坐ってるのよ」

女の声は臓腑《はらわた》をえぐられる人間の低く唸るような声だった。女がかん高い声で泣きごとを言うのとは違う、性別とは無関係の、苦悶のうめきだった。「ときどき夢に見るのよ。

ある女が、きれいな家に住んでて、優しい夫がいて、お金があって、美しいものに囲まれていて、いい友達がいっぱいいて、生活になんの不安もない。いちばん大事なのはそこかもしれない。なんの不安もないってこと。それが死ぬまでずっと続くの。それは続くと決まっているのよ。その女がわたしだなんて思えない。わたしじゃないのはわかっている。でも、お酒を飲んで夢を見ている時、そうなんじゃないかと思うこともあるの。夢ってどういうものかわかるでしょ――」

ロンバードは前から流れてくる闇にじっと目を向けていた。闇はヘッドライトの銀色の光にあたるとふたつに割れ、車の背後でまたひとつになる、神秘的な潮の流れのようだった。ロンバードの目は灰色の小石のように動かなかった。女の話など聴こえておらず、女の苦悩のことなどなんとも思っていないように見えた。

「路頭《ろとう》に迷うってどんなものかわかる？　文字どおり、表の通りに放りだされたらどんな気分になるかわかる？　夜中の二時に、着の身着のままで、ドアをばたんと閉められる。もとの召し使いたちは、わたしと関わり合いになったら馘だと言われるの。最初の夜は、公園のベンチにずっと坐ってた。次の日にもとのメイドに五ドル借りて、雨露《あめつゆ》だけはしのげる部屋をやっと借りられたのよ」

「せめてその時になぜ名乗りでなかったんだ？　すべてを失くしたのなら、もう失うものはないはずだ」

「あの男の脅しがまだ効いてたの。もしわたしがなにか喋って、あの男の名前に傷がつくようなことがあったら、わたしをアルコール中毒者の施設に入れるって。それが簡単にできる人なのよ。影響力も、お金もあるから。一度入れられたら、わたしはもう出られない。拘束服を着せられて、冷水療法をやられて」

「そんな言い訳は通用しない。当局がきみを探してるのは知ってただろう。知らないはずがないんだ。このままじゃスコットが死ぬことを、きみは知ってたに違いない。きみは卑怯者だったんだ。そういうことだ。でも、かりに今まで一度も正しいことをしたことがなくて、今後もすることがないとしても、今はそれができる。ちゃんと証言をして、スコット・ヘンダースンを救うことができるんだ！」

女はかなりのあいだ黙っていた。それからゆっくりと頭をたれた。「ええ」とようやく言った。「そうね。今は——そうしたいわ。この何カ月かは目が見えてなかった。本当のところが見えていなかったのよ。あの人のことは考えてこなかった。自分のことしか考えなかった。名乗りでることで自分が失うもののことしかね」顔をあげて、またロンバードを見た。「でも、ここらで一度——正しいことをやってみようと思う」

「やってもらうことになる」ロンバードは厳しい声で言った。「あの夜、バーで彼に逢ったのは何時だった？」

「六時十分よ。目の前にあった時計で見たわ」

「それを話してくれるのか？　宣誓して証言してくれるのか？」

「ええ、話す」女は疲れた声で言った。「宣誓して証言する」

ロンバードは言った。「神よ、この女が彼にしたことを赦したまえ！」

すると、ついに感情の堰《せき》が切れた。女のなかで凍っていたなにかが溶けたかのようだった。あるいは、女を包んでいるとロンバードが感じた殻《から》――女をゆっくりと窒息死させようとしていたあの硬い殻が、砕けたのかもしれなかった。女はすでに伏せていた顔を両手でぱっと覆い、しばらくそのままにしていた。ごく小さな声を漏らした。ロンバードはそんなにはげしく顫えている人を見たことがなかった。体のなかがずたずたに裂かれているかのようだった。もう顫えやまないのではないかとすら思えた。

ロンバードは女に声をかけなかった。ルームミラーを介する以外は、見なかった。

しかし、やがてそれも終わったのがわかった。女はまた両手をおろしていた。女が口を開いた。ロンバードに話しかけるというより、独りごとに近かった。「怖くてずっとできなかったことをやるとなると――さっぱりした気持ちになるものね」

車は沈黙のうちに走りつづけた。ふたりは計器盤の灯りで淡く照らされていた。交通量が減ってきた。今までと同じように、ほかの車はむこうから来るものばかりで、同じ方向に走るものは一台もなかった。すでに市の境界線を越え、よく手入れされたまっすぐな幹線道路をたどって郊外を走っていた。すれ違う車はこちらのサイドウィンドーを流れる光の筋にしか見えない。それほど双方とも速度が出ているのだった。

「どうしてこんなところを走ってるの？」女は、ようやくぼんやりと気になってきたらしく、そう尋ねた。「行き先は刑事裁判所でしょ――？」

「直接、州刑務所へ行くんだ」ロンバードは緊張ぎみに答えた。「そのほうが早い。裁判所の面倒な手続きなんかすっ飛ばすんだ――」

「今夜って――言ったわね？」

「あと一時間半くらいだ。間に合うよ」

やがて森林地帯へ来た。木の幹のすそに塗られた陽灼け防止用の漆喰《しっくい》が、闇のなかで白い帯となり、道路の幅を示していた。家の灯や街灯はひとつもなかった。ときおり街に向かう車が光のしぶきとなって近づいてきて、通りすぎざま、歩行者が帽子を傾けて挨拶するように、ライトを消した。

「でも、なにかで手間どったら？　タイヤがパンクするとか。電話したほうがよくない？」

「その辺はわかってるから大丈夫。なんだか急に熱心になってきたね」

「ええ、そうよ」女は溜め息をついた。「わたし、なにも見えてなかった。なんにも。でも今はどちらが夢で、どちらが現実かわかってる」

「たいした進歩だ」ロンバードは揶揄《やゆ》をこめて言った。「五カ月間、あの男のためにはなにもしなかった。ところがこの十五分ほどのあいだに、どうしても助けるんだと熱くなってきた」

「ええ、そう」女は皮肉を言われても仕方がないという調子で言った。「なんだか急に、もういいんだという気になってきたの。夫のことも、施設に入れるぞって脅しのことも、なにもかも。あなたのおかげで、違う光でものが見えてきたのよ」くたびれ顔の額を手の甲でぬぐい、嫌悪をこめて言った。「一度でいいから勇気を出してなにかをしたくなったの。一生卑怯者で終わりたくないから！」

しばらく沈黙の走行が続いた。それから女が、不安でたまらないという調子で訊いた。

「わたしが宣誓して証言するだけで、ほんとに大丈夫なの？」

「とりあえず延期されるよ――今夜予定していたことは。あとは弁護士や検事や裁判官がきちんと手続きを進めてくれる」

女はふと、さっき分かれ道で車が左へ進んだことに気づいた。荒涼とした土地を走る、路面の状態の悪い支線道路のほうだった。気づいたのは少し時間がたってからだった。車が不規則な揺れ方をするようになった。対向車がまったく来なくなった。道沿いには人間のいる気配がまるでなくなった。

「どうしてこの道なの？　州刑務所へ行く道は南北に走るハイウェイだと思ったけど。あの人は州刑務所に――」

「近道だ」ロンバードはそっけなく言った。「早く行ける抜け道だよ」

風の音がやや高まり、不安のうめきの響きを帯びるなか、車は突っ走った。

ロンバードはまた口を開いた。顎がハンドルにくっつきそうで、目は無感情に据わっていた。「目的地へは余裕をもって着けるよ」


車に乗っているのは、もうふたりだけではなかった。沈黙が流れるなか、いつのまにか第三者が乗りこんできて、ふたりのあいだに坐っていた。それは屍衣《しい》をまとった氷のように冷たい〝恐怖〟であり、冷たい腕で女にからみつき、冷たい指で喉をさぐっていた。この十分ほど、光はふたりの車のヘッドライトだけだった。ふたりのあいだに言葉はなかった。両側の森林は起伏のある煙のかたまりのようだった。風は手遅れになるまでそうとは気づかれない警告のメッセージだった。フロントガラスに並んで映ったふたりの顔は幽霊じみていた。

ロンバードは車をとめ、バックさせ、枝道に折れた。今度のは未舗装の小道だった。森のなかの通り道より少しましな程度だった。車はがたがたと揺れ、排気ガスで吹き散らされた落ち葉が乾いた音を立てた。タイヤは地面から浮きでた木の根を踏んでいき、フェンダーは木の幹にこすれた。ヘッドライトの光は深い洞窟のような森の樹木の上で戯れた。近い木は鍾乳石のように真っ白に見え、奥のほうの木は黒い屍衣に包まれたままだった。

まるでお伽噺《とぎばなし》に出てくる魔女の魔法がかかった邪悪な森、いかにも悪いことが起きそうな超自然的な森のようだった。

女は息の詰まったような声を出した。「な、なにをする気——？」〝恐怖〟はいよいよ強く抱きつき、凍りつくように冷たい息を首に吹きかけてきた。「気味の悪いことはやめて。なぜこんなことするの？」

ふいに車が停止した。終わりが来たのだった。この時やっとブレーキの音が感覚中枢に届いてきた。ロンバードがエンジンを切ると、静寂があたりに満ちた。車のなかも、外も、静まり返った。みんな微動だにしなかった。車も、ロンバードも、女も、彼女の〝恐怖〟も。

もっとも、動いているものがないではなかった。ロンバードの三本の指が、落ち着きなく、ぱらら、ぱららとハンドルを叩いていた。ピアノの三つの鍵盤を、順番に、すばやく、繰り返し打つように。

女は無力感と恐怖にとらわれ、体をひねってロンバードにつかみかかろうとした。「なんなの？　なにか言って！　なにか言ってよ！　黙って坐ってないで！　なぜここでとまったの？　なに考えてるの？　なぜそんな顔してるの？」

「降りろ」ロンバードは顎をしゃくって命じた。

「いやよ。なにする気？　いや」どんどんひろがる恐怖を覚えながら、ロンバードをひたと見つめる。

ロンバードは女の体ごしに手を伸ばして助手席側のドアをあけた。「降りろと言ってるんだ」

「いや！　なにかする気なのよ。顔に書いてある——」

ロンバードは片腕で女の胴をがっちり抱え、外に押しだした。ふたりは車の脇に立った。黄色や褐色のがさがさする枯れ葉に靴先を埋めていた。ロンバードは車のドアを閉めた。森のなかの空気は冷たく湿っていた。周囲は真っ暗だが、車の前方にだけは、ヘッドライトの、幽霊みたいに青白い光のトンネルが伸びていた。

「こっちだ」とロンバードは穏やかに言い、歩きだした。女がちゃんとついてくるよう肘をつかんでいた。不自然なほどの静寂のなか、ふたりに踏まれて落ち葉がぐしゃぐしゃ鳴った。歩くにつれて車がどんどん遠ざかった。女は首をむりにねじり、問いに答えない男の顔をうかがった。自分の息の音が、木の天蓋《てんがい》の下でこだまするのが耳に立った。男の息はそれより静かだった。

こうしてふたりは、状況の説明されないパントマイムのように、黙って歩いた。やがてヘッドライトの光芒《こうぼう》が薄れて消えるあたりにたどり着く。この光と影の境界線で、ロンバードは足をとめ、女から手を離した。女がふらついて崩れ落ちそうになるのを支えてしゃんとさせ、また手を離した。

煙草を一本とりだして女に差しだした。女は拒もうとした。「さあ」とロンバードは邪険に口にくわえさせた。「一服するといい」両手でマッチの炎を囲って、煙草に火をつけてやる。この小さな思いやりの行動は、なにやら儀式めいていて、女を落ち着かせるどころか、かえって恐怖心を倍増させた。女は一度吸っただけで、煙草をぽとりと口から落とした。唇が顫えてくわえていられなかったのだ。ロンバードは枯れ葉に火がつかないよう、靴で踏み消した。

「よし、車に戻れ」とロンバードは言った。「この光の道をたどって歩くんだ。先に車に乗って待っていろ。振り返るなよ。ただまっすぐ前へ歩いていくんだぞ」

女は言われたことを理解できずにいるようだった。あるいは恐怖にすくみあがって、自分の意志で動くことができないのに違いなかった。歩きださせるために、ロンバードは軽く女を押さなければならなかった。女はふらつく足取りで落ち葉を踏み、何歩か進んだ。

「さあ、光づたいに、そのまままっすぐ前に歩け。絶対に振り返るな！」

彼女は女だった。怯えきっている女だった。振り返るなと言われると、逆にどうしても、振り返らずにはいられなかった。

ロンバードはすでに拳銃を手にしていた。まだ構えてはいないが、途中まで持ちあげていた。歩きだした女の背後で、音もなくとりだしたのに違いなかった。

女の叫びは、脚をばたつかせている瀕死《ひんし》の鳥の叫びだった。最後に一度、木々のあいだから、きりきり舞いをしながら飛びあがるものの、すぐに落ちて死んでしまう鳥の悲鳴だった。女はまたロンバードに近づこうとした。近くにいるほうが安全で、離れているのは危険だとでもいうように。

「じっとしていろ！」ロンバードは冷たく警告した。「できるだけ楽なやり方でと思ったのに。振り返るなと言ったはずだぞ」

「やめてよ！　なぜこんなことするの？」女は泣き声を出した。「全部話すと言ってるじゃない！　証言すると言ってるじゃない！　ほんとにちゃんと証言するから――！」

「いや」ロンバードは怖ろしいほど冷静な声でさえぎった。「きみは証言しない。おれがさせない。一時間半たって、あの世で彼が追いついてきたら、話してやるといい」腕が水平に伸びて、銃を撃つ構えになった。

ヘッドライトの輪郭のぼやけた光を背に、女は完璧な影絵となっていた。罠にかかったように身動きできなかった。闇に保護を求めて横へ逃げようにも、光は幅が広く、間に合いそうになかった。女はうろたえながら、その場でぐるりと回り、またもとどおり、男と向き合った。

それで時間切れだった。

樹木の天井の下で、銃声がとどろいた。それに応えて、女が悲鳴をあげた。

距離はかなり近いのに、狙いをはずしたに違いない。ロンバードの手もとからは煙があがっていなかったが、女にはそれについて考える余裕がなかった。女はなにも感じなかった。まだ立ったままだった。呆然として、走りだすことも、なにをすることもできず、電気扇風機につけられたリボンのようにゆらゆら揺れているだけだった。むしろロンバードのほうが、横へよろけて、近くの木の幹に寄りかかった。そのまましばらく動かず、頬を樹皮に押しつけていた。まるで最前から自分がしてきたことを悔いているような顔だった。それから女は、男が肩を手で押さえているのに気づいた。拳銃は落ちた枯れ葉の寝床から害意のない目を光らせていた。ヘッドライトを浴びて、石炭のように光沢を浮かせているのだった。

人影がひとつ、女の背後からすばやく歩みでて、光づたいにロンバードのほうへ向かっていった。その男も拳銃を持ち、木に寄りかかった男に銃口を向けていた。男が腰をかがめると、枯れ葉の上から光る目が消えた。男はロンバードに近づいた。ふたりの手首の付近がきらりと光り、小枝が折れるような音がした。ロンバードのぐったりした体が木の幹を離れ、ゆらりと男のほうへ傾いたが、またすぐまっすぐになった。

鉛のように重い静寂のなかで、第二の男の声がはっきりと女の耳に届いた。

「マーセラ・ヘンダースン殺害の容疑で逮捕する！」

男が口になにかを持っていくと、呼子《よびこ》の悲しい音が、なにかのけりをつけるように、長々と響きわたった。そのあとはまた静寂が三人の上におりた。

バージェスは心配そうに背をかがめ、枯れ葉の上にくずおれて膝をついた女を助け起こした。女はすすり泣きながら、顔に両手を強く押しあてていた。

「よしよし。ひどい目にあったね」バージェスは慰めた。「もう終わったよ。終わったんだ。きみはやってのけた。彼を助けた。さあ、わたしに寄りかかって。そうだ。思いきり泣くといい。さあ。きみは泣いていいんだよ」

女はそういうものだが、泣いていいと言われると、すすり泣きをやめた。「今はいい。もう大丈夫。ただ――もう助けが間に合わないと思って――」

「きみたちの車を追ってきた連中は間に合わなかった。あの男の運転はすさまじかったからね」その尾行車はブレーキ音がつい今しがた聴こえたばかりで、乗っている男たちはまだ現われなかった。「わたしは尾行じゃ危ないと思ったから、きみたちの車に乗ってきたんだよ。知ってたかね？　トランクに入ってたんだ。話はすっかり聴いたよ。きみが買い取り所に入った時からトランクのなかにいたからね」

バージェスは声を張りあげて、木々のあいだにちらつく光のほうへ叫んだ。尾行車の男たちがやってきたのだ。「グレゴリーか？　すぐ車に引き返せ。ここまで来るのは時間のむだだ。ハイウェイに戻って、電話を探して、地区検事局にかけるんだ。もうあまり時間がない。わたしもこっちの車ですぐ行く。地区検事にこう言うんだ。ミセス・ヘンダースン殺しを自白した、ジョン・ロンバードを逮捕した。すぐ刑務所長に連絡してくれと――」

「証拠はなにもないだろう!」ロンバードが肩の痛みをこらえながら怒鳴った。

「あるさ。きさまが今しようとしたことがなによりの証拠だ。きさまが一時間ほど前に初めて逢った若い女性を殺そうとするのを、わたしはこの目で見た! 殺そうとした理由はただひとつ、この女性がスコット・ヘンダースンの無実を証明できるからで、それ以外にはありえない。きさまがその無実の証明を妨害しようとしたのは、それが証明されると捜査が再開されて、わが身が危なくなるからだ。ということで、きさまが犯人だとわかるんだよ!」

州警察の警察官がひとり、枯れ葉を踏む音を立ててやってきた。「お手伝いすることはありますか?」

「この女性を車まで運んであげてくれ。とんでもない目にあったところだから、介抱が必要だ。男のほうはわたしが連れていく」

体格のいい警察官は女を横抱きにし、先に立って歩きだした。「この人は誰ですか?」

ヘッドライトが敷いた光の絨毯を踏んで進みながら、首だけ振り返って訊く。

「大事な大事な娘さんだ」バージェスが容疑者を引っ立ててあとに続きながら言った。

「だからゆっくり、そっと歩いてくれよ。きみの腕のなかにいるのはスコット・ヘンダースンの恋人、キャロル・リッチマンだ。われわれのうちで、いちばん腕のいい探偵だぞ」

23　死刑執行日後のある日

三人はジャクスン・ハイツにあるバージェスの狭いアパートメントの居間で顔を合わせた。釈放後、初めての再会だった。バージェスがそのようにお膳立てしたのだ。そんなわけで、ヘンダースンが汽車でやってくるあいだ、キャロルはここで待っていたのだった。バージェスはキャロルにこう言った。「刑務所の門前で再会なんて無粋じゃないか。そういう陰気な場所はもうたくさんだろう。わたしのところで待つといいよ。月賦《げっぷ》で買った家具しかないが、刑務所とは関係ないからね」

ふたりはフロアスタンドのやわらかな光に包まれ、肩を寄せ合ってソファーに坐っていた。ふたりとも――まだいくらか呆然としているとはいえ――深い安らぎに浸されているように見えた。ヘンダースンはキャロルの体に腕を回し、キャロルはヘンダースンの肩に頭をもたせていた。

バージェスは、部屋に入ってきてそんなふたりを見た時、なにかが喉にこみあげてくるのを感じた。「やあ、どうだね、おふたりさん」唸るような声でそれを押さえこんだ。

「なにもかも美しいです」ヘンダースンは感に堪《た》えたように言った。「なにもかもがこんなに美しいってこと、忘れかけてましたよ。床の絨毯。電気スタンドの笠ごしのやわらかな光。ぼくが今もたれてるクッション。それとここにいる、なによりも誰よりも美しい人——」顎でキャロルの頭のてっぺんをつついた。「ぼくのまわりは美しいものばかりだ。ぼくはそれを取り戻した。あと四十年ほど美しいものに囲まれて生きていけるんだ!」

バージェスとキャロルは無言で共感の目をかわした。

「今、地区検事局へ行ってきたんだがね」とバージェスは言った。「あの男はやっと全部を自白した。調書の作成やらなにやら、すべて手続きはすんだよ」

「まだぼくは腑に落ちないんです」ヘンダースンは首を振った。「まだ信じられないんです。いったい動機はなんだったのか。マーセラを愛してたんでしょうか? ぼくの知るかぎり、ふたりが逢った回数はせいぜい二回なんだが」

「きみの知るかぎりはね」バージェスはそっけなく言った。

「じゃ、こっそり逢ってたと?」

「奥さんがよく外出するのに気づかなかったかね?」

「知ってましたけど、そういうことは気にしなかったんです。ぼくとマーセラはもう気持ちが通い合ってなかったから」

「まあ、そこが問題だったんだね」バージェスは部屋のなかを少し歩き、また引き返した。

「しかし、ひとつきみにはっきり言っておかなきゃいけないことがあるんだ。今さらなんの意味があるかわからないがね。ともかくロンバードとマーセラの関係は、一方的なものだったんだ。マーセラはロンバードを愛してはいなかった。もし愛していたなら、今でも生きているだろう。彼女が愛していたのは自分だけだった。男にちやほやされるのが好きだった。本気じゃないのに、男の気を惹こうとするようなタイプだった。そういう遊びは、九人の男とはただの遊びですんでも、十人めで危険なことになったりする。マーセラにとってロンバードはただの遊び相手だった。きみへのお手軽な復讐の手段だったんだ。ほかの男と関係を持つことで、きみなんかいなくてもいいんだと思うことができるからね。ところがまずいことに、ロンバードはその十人めの男だった。大人の遊びに不向きな男だったんだ。神に見捨てられたような異国の地の油田で働いてきた男で、女とつきあった経験は少ない。恋愛遊戯を愉しむなんてできない男なんだ。だからマーセラの思わせぶりを真に受けてしまった。マーセラはその点も気に入ったんだね。恋愛ごっこに真実味が加わるから。

今言ったことは間違いない。マーセラはあの男に煮え湯を飲ませたんだ。このままじゃまずいことになるとわかったあとも、あの男を引きずりまわした。マーセラはあの男に自分たちの将来を設計させた。そこに加わる気など毛頭ないのにだ。あの男に南米の石油会社と五年契約を結ばせた。あの男はふたりで住むバンガローを用意して、家具まで選んであったそうだよ。マーセラはあの男と一緒に南米に渡ったら、すぐきみと離婚して、あの男と結婚することになっていた。なにしろあの男はもう若造じゃなく、いい年をした男だ。本気の愛情を踏みつけにされたのがひどく堪えたんだ。

マーセラはだんだんに距離をとって、男に諦めさせるということをしないで、およそ最悪の方法をとった。おいしいケーキを最後のぎりぎりまで味わいたかったんだ。男からしきりに電話がかかる。ランチを一緒にとる。夕食を食べてデートをする。タクシーでキスをする。自己愛がそれを必要とした。そういうことに馴れていたから手放したくなかった。だから縁切りをどんどん先延ばしにした。そしてとうとうふたりで南米行きの船に乗る夜になってしまった。きみがアパートメントを出るとすぐ、ロンバードが訪ねてきたんだ。一緒に港へ行くつもりで。

マーセラが命を落としたのは意外でもなんでもないね。そうならないほうが、むしろ驚きだ。ロンバードはきみが出ていく前からアパートメントに来ていたそうだ。上の階へあがる階段に潜んでいると、きみが血相を変えて飛びだしていった。あの夜はたまたま管理人がいなかった。前にいた男が徴兵されたばかりで、まだかわりが雇われてなかったんだ。だから、ロンバードが入ってきたのを見た者はいなかったし、出ていくのを見た者もいなかった。

さて、マーセラはロンバードを部屋に入れると、また鏡台の前に戻った。荷造りはできてるかと訊かれると、げらげら笑いだした。その日は馬鹿にした笑いの大盤ぶるまいをする日だったようだ。マーセラは、わたしが南米くんだりまで行ってくすぶった生活をするなんて本気で信じていたのかと言った。あなたと結婚して、もう後戻りできないところへ自分を追いこむなんてありえないと。だいいち夫を自由の身にしてほかの女とくっつけてやるなんてとんでもない。自分は今の状態が気に入っている。確かなものを捨ててギャンブルをする気なんてないんだと、そう言った。

だが、なによりもロンバードを衝き動かしたのは、マーセラの笑いだった。もしマーセラが泣きながらそういうことを話したのなら、あるいは、せめてまじめな顔をしていたなら、自分は諦めただろうと当人は供述している。アパートメントを出て、思いきり自棄酒《やけざけ》を飲んだだろう。そしてマーセラは生きていただろうと。わたしもそう思うよ」

「で、マーセラを殺したと」ヘンダースンは静かに言った。

「そういうことだ。きみがはずしたネクタイは、まだマーセラのうしろの床に落ちていた。ロンバードはある時点でなんとなくそれを拾いあげたんだろう。そしてなにも考えずに両手で握っているうちに、なにかが弾けた」バージェスは指を弾いてそれを表現した。

「わたし、あの人を責めきれないような気もするわ」キャロルは溜め息をつき、床に目を落とした。

「そうだね」とバージェスは認めた。「だが、そのあとでしたことの言い訳にはならない。

あの男は自分の親友に罪をかぶせるために、あれこれ細工をしたんだ」

「ぼくが彼になにをしたというんだろう」ヘンダースンは恨む口ぶりでもなく言った。

「それはこういうことだ。あの男はマーセラがなぜあんなふるまいをしたか、当時も理解していなかったし、その後だいぶ時間がたった今でも理解していない。なぜ自分にあんなひどい仕打ちをしたかをね。原因がマーセラの性格にあること、マーセラがそういう人間だからだということが、わからなかった。そしてきみをまた愛するようになったせいだと誤解した。それできみを恨んだわけだ。彼女を失ったのはきみのせいだと考えて。だからきみを憎んだ。仕返しをしたくなった。このゆがんだ形の嫉妬は、愛する女が死んだことでいっそう異常なものになった。とまあ、こんなところじゃないかな」

「ふう」ヘンダースンは小さく溜め息をついた。

「ロンバードは誰にも見られずにアパートメントを出ると、用心深くきみを尾行し、追いつこうとした。階段で聴いたきみたちの喧嘩はちょうどいい材料だった。自分が犯した罪をきみになすりつけるのにね。当人の供述によれば、最初は偶然きみに逢ったふりをするつもりだったようだ。しばらく一緒にいて、きみが自分で罪を認めたかのように持っていこうというわけだ。少なくとも重大な疑惑を招くようなことを言うように。たとえばこんなふうに話しかける。『やあ、奥さんと一緒に出かけるんじゃなかったのかい？』すると当然きみは、『出がけに大喧嘩しちまったんだ』と答える。この喧嘩のことをきみに言わせることが必要なんだ。自分から持ちだせば、階段で盗み聴きしたことがわかってしまうからね。きみの口から、そのことを話させなくちゃいけない。わかるかね？

もし普通に話してたんじゃだめだと思ったら、きみに酒をうんと飲ませただろう。そのあときみをアパートメントまで送る。きみが無残な現場を発見する時、一緒にいるようにするわけだ。そして警察に、きみから聴いた話をしぶしぶ話す。出がけに奥さんと大喧嘩をしたらしいとね。きみはあの男と警察のあいだでクッションの役目を果たすことになったはずなんだ。じつにうまい手だよ。女を殺したあとで、その亭主と一緒に現場に戻る。あの男は誰かの犯罪が露見《ろけん》した場面に立ち会った第三者ということになる。それでほぼ確実に嫌疑を遠ざけることができるんだ。

あの男は今のことを、おおむね自分から進んで供述した。しかも話しながら悔悛《かいしゅん》の情は見せなかった」

「やれやれ」キャロルが暗い声で言った。

「あの男は最初、きみがひとりで行動していると思っていたそうだ。行き先はふたつとも知っていた。あの日の午後にたまたま逢った時、きみが、今夜は女房と〈メゾン・ブランシュ〉で食事をして、そのあと〈カジノ座〉でショーを観ると話したからね。最初にバーに入ったことは知らなかった。きみは、ふと思いついて立ち寄ったんだからね。

あの男はまっすぐ〈メゾン・ブランシュ〉へ行って、見つからないよう気をつけながら、入り口付近からなかの様子をうかがった。するときみがいた。着いたばかりだったんだろう。ところがきみに連れがいた。これで事情が変わってきた。テーブルへ行って同席しても、きみがマーセラとの喧嘩のことを話すことはないだろうし、きみが連れの女と逢った時刻しだいで、アリバイが成立してしまうかもしれない。つまり、その連れの女を見た時、早くもあの男はその女性が、自分にとっても、きみにとっても、きわめて重要な人物になると思ったんだ。そこで必要な行動をとることにした。

ロンバードは店を出て、自分は見つからずに店の玄関を見張れる場所を探すと、そのあたりをうろついた。きみが次に行くのは〈カジノ座〉だとわかっていたが、もちろん絶対確実とは言えない。そう決めつけるのは危なかった。

きみと連れの女は店を出て、タクシーに乗った。ロンバードもタクシーであとを追った。あの男はきみたちのあとから劇場にも入ったんだ。よく聴きたまえ。ここは面白い場面だからね。あの男は立ち見席のチケットを買った。一幕しか観る時間のない連中がやるように。そして一階のいちばんうしろで、柱の陰に立った。ショーのあいだ、きみたちの頭のうしろを見ていたんだよ。

ショーが終わると、きみたちが劇場を出るのを見た。人ごみのせいで見失いそうになったが、あの男は運がよかった。目の見えない物乞いとの一件は見なかった。すぐうしろについていくのは危険だったからだ。だが、きみたちのタクシーが人ごみを脱けだすのに手間どったおかげで、別のタクシーに乗って尾行できたんだ。

きみたちは〈アンセルモズ〉に戻った。ロンバードはそこが事件の鍵を握る場所であることを知らなかったがね。今度も彼は店の外をうろついた。バーは狭いから、入るとおそらく見つかるからだ。しばらくしてあの男はきみが女を置いてひとりで出てくるのを見た。遅くともその時点で、その事実だけで、きみがアパートメントを出る時に怒鳴ったことを実行したと悟ったんだ。街に出て、最初に出逢った女を奥さんのかわりに食事や観劇に連れていくという宣言をね。

あの男は急いで決断しなければならなかった。女を見失う危険を冒してきみを追いつづけるか。それとも標的を切り替えて、女がきみにとってどれだけ有利な材料で、自分にとってどれだけ不利な材料かを確かめるか。

長くは迷わなかった。あの男はあいかわらず運がよく、ほとんど直感だけで正しい道を選んだんだ。今からきみに接触するのはあまりにも不自然だ。きみに罪をかぶせるどころか、自分が疑われかねない。そろそろ船が港を出る時刻で、自分はそれに乗っているはずなんだからね。

ということで、きみから離れて、女を尾行することにした。それがいかに正しい選択かなんて夢にも知らずにだ。店の外をうろついて、こっそり女を監視した。一晩じゅうバーにいるはずはない。どこかに帰るはずだ。

女が出てきた。あの男は姿を見られないよう少しうしろにさがって、適当な距離が開くまで女に歩かせた。その場で女に近づいて話しかけるような馬鹿な真似はしなかった。そんなことをすれば女に憶えられる。あとで女がきみのアリバイを証明することになった場合は、あの男のほうが怪しまれることになる。女にきみのことを尋ねたこと、その一件に関心を示したことを証言されてね。だから彼は賢い判断をした。こう決めたんだ。まずは女の身元と住所を確かめる。そうすれば、あとで必要な時につかまえられるから。それを確認したあとは、しばらく女を泳がせておく。それから、もし可能なら、彼女がきみのためにどの程度有利な証言をできるのかを調べてみる。そのためには、あの夜のきみたちの足取りを逆にたどって、できれば最初に出逢った場所を突きとめる。なにより重要なのは、きみがアパートメントを出てからどれくらいで女に出逢ったかだ。第三に、もし女が重要な証人になりそうなら、慎重にその芽をつまなければならない。最初に突きとめた住所へ女を訪ねて、黙っているよう説得できるか試してみる。それがだめそうなら、証言を抹殺するのにもっと陰惨な手を使うことを考えていたと当人は言っていた。第一の犯罪でつかまらないよう、第二の犯罪を犯すという手だ。

というわけでロンバードは女を尾行しはじめた。夜も遅いのに、なぜか女はずっと歩きつづけた。そのおかげで見失わずにすんだがね。初めは住まいがバーからすぐのところにあるからかと思ったが、女の歩く距離はどんどん伸びて、そうじゃないとわかった。尾行に気づいて、まこうとしているのかとも思ったが、それも違うようだった。なにかに気づいた様子も警戒する様子もないからだ。ただぶらぶらと、あてもなく歩いているだけのように見えた。ときどき足をとめて、灯りの消えたショーウィンドーを眺めたり、野良猫を撫でたりする。どの道を進むかは行きあたりばったりで、なにか理由があるわけではないようだ。尾行が嫌なら、タクシーに飛び乗るか、警官に話すかすればいい。途中で何人か警官を見かけたが、女は助けを求めなかった。結局、女の動きがでたらめなのは、決まった行き先もなく漫然と歩いているだけだからだと考えるしかなかった。身なりはまともだから浮浪者じゃない。ロンバードはどう考えていいかさっぱりわからなかった。

女はレキシントン街を五十七丁目まで行き、西へ折れて五番街に出た。五番街を北へ二街区歩いて、シャーマン将軍の銅像がある広場でベンチに腰かけた。まるで今は午後三時といった感じだった。ところが通りかかる車の三台に一台が、あたりをつけるみたいに速度を落とすから、いづらくなって広場を出るしかなかった。今度は五十九丁目を東のほうへぶらぶら歩きだす。美術用品店があると、ショーウィンドーの前で立ちどまって、商品を暗記する気かというほど熱心に眺める。のろのろとついていくロンバードは頭が変になりそうだった。

このぶんだとクイーンズボロ橋を渡って、ロングアイランドまで歩きかねない、と思いはじめた頃、女はふいに五十九丁目のはずれにあるたいそう汚い小さなホテルに入った。

玄関口から様子をうかがうと、フロントで宿帳にサインをしているらしい。これまた気まぐれな漫歩の一環のようだった。

女の姿が見えなくなると、ロンバードもなかに入り、部屋をとった。女がなんと名乗り、どの部屋に泊まるかを知る手っ取り早い方法だったからだ。宿帳の自分のすぐ上の名前は〝フランシス・ミラー〟、部屋は二一四号室。ロンバードはうまく隣の二一六号室を確保した。その前に案内された二つか三つの部屋はあらを探して拒んだ。崩れる寸前みたいなホテルで、ボロ下宿屋といい勝負だから、文句をつけても不自然じゃなかった。

ロンバードはそのホテルに短い時間だけけいた。おもに自分の部屋の外の廊下から女の部屋の様子をうかがうためだった。今夜はもうこれで寝るのかどうかをね。あの男はこれから出かけるつもりだが、また戻ってきた時にも、女にいてもらわなければ困る。幸い、これ以上望めないような証拠が手に入った。ドアの上の欄間《らんま》に曇りガラスがはまっていて、部屋に灯りがついているかどうかがわかったんだ。建物はボロだから、女の立てる音がよく聴こえて、なにをしているかはっきりわかる。かちゃかちゃ鳴る音はクロゼットの針金ハンガーに服をかける音だ。女はもちろん荷物なしでチェックインした。女が歩きまわりながら歌う小さな鼻歌も聴こえた。鼻歌がなんの歌かもわかった。きみと一緒にショーで聴いた『チカ・チカ・ブン』だ。寝る前に水道の水を使う音もした。欄間のむこうで灯りが消えて、壊れかけた古ベッドに横になる、そのスプリングがきしむ音が聴こえてきた。

最終的な供述書には、こういうことが不気味な感じで長々と書かれていたよ。ロンバードは自分の部屋に入って、灯りをつけずに窓ぎわまで行き、窓から身を乗りだした。下はむさくるしい袋小路だ。そして女の部屋をどれくらい覗けるか見てみた。ブラインドがおろされていて、窓敷居とのあいだに三十センチ弱のすきましかなかったが、自分の部屋の窓敷居にまたがって、ぐっと体を乗りだしたら、うまい具合にベッドが見えた。ベッドの端から突きだした手に煙草を持っていて、その火が闇のなかでかすかに光っていた。ふたつの窓のあいだには縦樋《たてどい》があって、環になった留め具で外壁に固定してあり、それが足場になりそうだった。ロンバードはそのことを憶えておいた。あとで必要になるかもしれないからだ。

女がどこへも行かないことを確かめたロンバードは、ホテルを出た。午前二時ちょっと前のことだ。

タクシーでまっすぐ〈アンセルモズ〉へ戻った。店はお通夜みたいにしんみり静かだろうから、バーテンダーとひそひそ話ができそうだ。なのでなにを知っているか訊いてみるつもりだった。ロンバードはだんだんに、さりげなく女のことを訊いていった。そういうの、わかるだろう。『もうちょっと早い時間に、あの端っこに寂しそうな女がいたけど、あれはどういう人?』とかなんとかね。水を向けてみたわけだ。

バーテンダーというのはもともと話し好きな連中だからね。ぽんと一押しすれば、あとは勝手にべらべら喋ってくれる。その女は、前日の夕方六時頃に店にいて、ある男と一緒に出かけ、またふたりで戻ってきて、男だけ先に帰った、ということをバーテンダーは教えた。

それから二つ三つ、うまく質問をすると、いちばん知りたいことがわかった。きみが店に入ってほとんどすぐ女に話しかけたこと、それが六時何分か過ぎだったこと。つまり、怖れていた以上にまずいとわかったわけだ。その女はきみに有利な証人かもしれないどころじゃない。文句なく救ってくれる人なんだ。だから手を打つ必要がある、それも早急に、となったんだ」バージェスはそこで中断して、訊いた。「話が長くて退屈かな？」

「いや、ぼくが命拾いした話だから」とヘンダースンはさらりと答えた。

「ロンバードはぐずぐずしていなかった。まだ何人か客のいる店で、最初の買収をやったんだ。そのバーテンダーは鼻薬が効きやすい体質だった。今にもこっちの手に落ちてきそうな熟《う》れきった果物ってとこだ。慎重に一言二言、言葉をかわして、カウンターごしにお宝を握らせた。『あの女と男がここで逢ったこと、いくらで忘れる？　男のことは憶えていい。忘れるのは女だけだ』バーテンダーはごく控えめな額を言った。だが、『警察に訊かれても黙っていられるか？』と訊かれると、ちょっと迷った。ロンバードは相手が考えていた金額の五十倍で決心をつけさせた。現金で千ドルをやったんだ。ふたりで南米に渡るつもりだったから、かなりのまとまった金を持ってたわけさ。もちろん、それでバーテンダーの腹は決まった。それだけでなく、ロンバードは静かな声の、血も凍るような脅しで、契約を固めた。あの男は脅しがうまかったようだ。あの男の場合、口だけじゃなくてもう実行もしていたから、バーテンダーはその凄《すご》みを感じとったんじゃないかな。

バーテンダーはきちんと約束を守った。きみの事件のことをすっかり知ったあともそうで、わたしらやほかの誰が尋問しても喋らなかった。それに千ドルだけが理由じゃない。えらく怖がってたんだ。ほかの目撃者もそうだよ。ドラマーのクリフ・ミルバーンが最後にどうなったかはきみも見ただろう、キャロル。ロンバードという男には気味の悪いところがあるよ。ユーモアのセンスがまったくない男だ。長年自然に近いところで暮らしてきたせいだろうな。

バーテンダーの口止めをすると、ロンバードはバーを出て、きみと連れの女がとった経路をたどり直した。今さらきみに詳しく話す必要はないだろうがね。深夜だから、レストランと劇場はもちろん閉まっていた。だが、目当ての人たちの居所をなんとか突きとめて、逢いにいったんだ。フォレスト・ヒルズまで行って、寝ている人間を叩き起こして、またすぐ帰ってくるなんてこともしている。この作業は、午前四時頃には全部終わった。その結果、さっきのバーテンダー以外に三人の重要な目撃者と接触したんだ。タクシー運転手のアルプ、〈メゾン・ブランシュ〉の給仕長、〈カジノ座〉のチケット売り場の男の三人だ。それぞれに違う額の金を渡した。タクシー運転手は単純に女を見ていないと言うだけだ。給仕長はテーブル担当のウェイターにも分け前をやらなければならない。実際のサービスはウェイターがやったのだから、その男にも同じ線で証言させなければならないからだ。チケット売り場の男にはたんまりはずんだので、ほとんど共犯者のようになった。劇場の楽団員のひとりが客席にいい女がいたと嬉しそうに喋りまくっているが、それはたぶん例の女のことだと思うとロンバードに教えたのは、このチケット売り場の男だった。男はロンバードに、その楽団員をなんとかしたほうがいいかもしれないと助言までした。ロンバードがその楽団員を買収できたのは、殺人事件があった次の夜になってからだが、あの男にとって幸いなことに、われわれ警察は楽団員のことをつかんでいなかったから、そんな遅れなんかなんでもなかったわけだ。

夜が明ける一時間前くらいに、工作はほとんど終わった。可能なかぎりの手段を使って、問題の女を消してしまったんだ。あとは当の女をどうにかするだけだ。ロンバードはそれをやるために、女のいるホテルへ引き返した。その頃にはもうどうするか決めていたと、あの男は告白している。買収するんじゃなく、殺しという、効果が永遠に続く方法で黙らせるつもりだった。そうすればほかの工作も危険にさらされない。誰かが口を割っても、肝心の女がもういないんだから。

ホテルの自分の部屋に入ると、暗闇のなかで思案した。きみの奥さんの時と違って、今度は自分が殺人犯だと疑われる可能性はずっと高い。だが、疑われるのはジョン・ロンバードではなく、宿帳に偽名を書きこんだ正体不明の男なわけだ。ロンバードは出てしまった船に追いついて乗りこむつもりでいるから、もうこの街で姿を見られることはない。だからあとで犯人はおまえだと指さされる見込みは薄いだろう。女を殺した犯人として、隣の部屋に泊まった男が疑われるだろうが、その男が何者なのかは誰も知らないんだ。言ってることとわかるかな?

ロンバードは廊下に出て、女の部屋のドアの前で聴き耳を立てた。部屋は静かで、女は眠っているようだった。ドアノブをそっと回してみたが、予想どおり鍵がかかっていた。ここからは入れない。残るは窓の外の樋だ。そのことはずっと考えていた。

隣の部屋の窓のブラインドは、前に見た時と同じように、やっぱり窓敷居から三十センチ弱上までおろされていた。ロンバードは静かに、敏捷に、窓の外に出ると、縦樋の留め具に片足をかけた。そこから女の部屋の窓敷居へとりつき、ブラインドの下のすきまから部屋に侵入するのはそう難しくはなかった。彼は手ぶらだった。自分の手と、ベッドの上掛けを使うつもりだったんだ。

暗闇のなか、ベッドにじりじり近づいた。両腕を持ちあげ、声をあげさせないよう、上掛けのゆがんだ盛りあがりを押さえつけた。ところが、盛りあがりはひしゃげちまったんだ。なかは空だ。女はいない。消えてしまった。気まぐれでホテルに泊まり、気まぐれで出ていったんだ。ほんのしばらく寝ただけで、夜明け前に。ふたつの煙草の吸い殻、鏡台の上にこぼれた白粉、ベッドの乱れた上掛け。女の痕跡はそれだけだった。

ロンバードはえらくショックを受けたが、それが少し鎮まると、ロビーに降りて、わりとはっきり女のことを訊いてみた。従業員の話では、女はロンバードが帰ってくるずっと前に降りてきて、鍵を返して、静かに街へ出ていったということだ。どっちへ行ったか、どこへ行ったか、なぜ行ってしまったか、従業員たちにはわからない。わかるのは、来た時と同じようにふらりと行ってしまったことだけだった。

たくらみが、わが身にはね返ってきたんだ。ロンバードは一晩かけて、かなりの金を使って、あの女が、ヘンダースン、きみにとって幻の女になってしまうように工作した。ところが女は、ロンバード自身にとっても、幻になってしまったわけだ。それは彼が望んでいたことじゃない。そんなあやふやな状態は危険すぎる。いつ女が現われるかわからないからね。

あの男は何時間か、地獄の苦しみを味わった。まだ船に追いつく気でいるなら、飛行機で出発しなければならないが、それまで残された時間はほんの数時間だ。これがいかに絶望的か、彼は知っていた。誰もが知るとおり、ニューヨークは短時間で人が見つかるところじゃない。

ロンバードは死に物狂いで、あちこち駆けずりまわって女を捜したが、見つからなかった。マーセラを殺した日の翌日はむなしく過ぎ去り、時間切れとなった。もうこれ以上街にはいられない。女の問題は棚上げするしかなかった。それ以来、頭の上に、いつ落ちてきてもおかしくない斧がぶらさがることになった。

マーセラを殺した日の翌々日、ロンバードは飛行機でニューヨークを発ち、その日のうちにマイアミを経てキューバのハバナへ飛ぶと、次の日に船が入港してきて乗ることができた。船員にはニューヨークで酔っ払って乗りそこねたと説明したそうだ。

だからこそ、わたしがきみの名前で電報を打った時、ロンバードは飛びついた。仕事を放っぽりだして戻ってきたんだ。びくびく怯えていたところへ、工作を仕上げるチャンスが転がりこんできたからね。よく殺人者は引き寄せられるように犯行現場に戻ってくるというが、ロンバードも磁石に引かれるように戻ってきたんだ。きみを救うというのが恰好の口実になった。正々堂々と帰ってきて、きみのために幻の女を〝捜す〟ことができる。やりとげる時間がなかった人狩りを終わらせるんだ。女が現われる時は、死体となって現われるようにすることでね」

「それじゃあなたは、刑務所にぼくを訪ねてきて、南米へ電報を打った時には、もうあいつのことを疑ってたわけか。いつから疑いだしたんです?」

「何月何日の何時からと、はっきり言うことはできない。きみは無罪じゃないかと思いはじめてから、徐々にだよ。初めから最後まで、決定的な証拠はなかった。だからああいう遠回りをしなくちゃいけなかった。アパートメントに指紋は残ってなかった。自分が触ったところはきれいに拭いたんだろう。ドアノブのなかには誰の指紋もついてないやつがあったよ。

最初、ジョン・ロンバードというのは、きみが尋問されている時に口にしたひとつの名前にすぎなかった。古い友達で、送別会に招かれていたが、奥さんのために、残念ながら断らなければならなかった。われわれはきみについての情報を集めるために、普通の手順どおり友達のことも調べたんだ。ロンバードは、きみが話したとおり、船で旅立っていた。ただ偶然に船会社から、ロンバードが船に乗り遅れて、三日後にハバナで追いついたという話を聴いたんだよ。それともうひとつ。最初は自分と妻のふたり分の予約をしていたが、ハバナで乗りこんだ時はひとりだったことがわかった。それからあともずっとひとりだったんだ。しかも、もう少し調べると、彼が結婚しているとか、こちらで奥さんをもらったという記録がない。

まあ、今言ったことはものすごく怪しいというわけじゃない。船に乗り遅れるのはありうることだ。とくに出発直前に盛大な送別会をやっていたような場合はね。それから婚約者が土壇場で気が変わって結婚をやめるとか、お互いの話し合いで延期することもありうる。

だからわたしはそれ以上その問題のことは考えなかった。ただ、一方で気になりつづけてはいたんだね。船に乗り遅れて、あとで追いついてひとりで乗ったということが、ずっと頭に引っかかっていた。あの男は、少しばかり不運なことに、わたしの注意を惹いてしまったんだ。刑事の注意を惹いて得をすることはめったにない。きみが犯人だという考えが消えていくと、あとに真空が残る。真空というものはなにかで埋めなければならない。というか自然に埋まるものだ。そこへロンバードについてのそうした事実が、少しずつ滴り落ちて、知らないうちに真空が埋まりはじめていたんだよ」

「それを全然話してくれませんでしたね」

「そりゃ仕方がない。最近まで決定的な証拠がなかった。それが手に入ったのは、あの男がミス・リッチモンドを車に乗せて森に入っていった時だ。きみにあの男への疑惑を話すのは危険だった。きみは親友のことをわれわれと同じようには考えないだろうし、友情からあの男に警告を与えてしまったかもしれない。かりにわたしの調査の結果を知って同じ考えになったとしても、そういうことを知ってるせいで演技が不自然になる惧れがある。あの男はきみの態度からなにか変だと気づいて、こちらの手の内を見てしまうかもしれない。きみは精神的な重圧を受けていたからね。それよりも、きみになにも知らせず、きみを通してあの男に働きかける。きみを無自覚な道具として使う。それがいちばん安全なやり方だと思ったんだよ。簡単じゃなかったがね。たとえば、劇場プログラムのことをあの男に教えるように言った時も――」

「ぼくはあなたの頭がおかしくなったのかと思いましたよ。そうでなければ、ぼくの頭がおかしくなったのかと。プログラムのことをロンバードに教えるのに、そのやり方を何度も何度も練習させるんだから。ちょっとした仕草や、ちょっとした言葉までね。そんな練習をする理由について、ぼくがどう考えていたかは知ってるでしょう。ぼくはそれを、終わりが近づいてくることから気をそらすための一種の鎮痛剤だと思ったんだ。だから気を入れて、あなたの言うとおりにやった。でも、内心では冷ややかだったんですよ」

「きみは冷ややかで、わたしはひやひやしていた」バージェスは苦笑いをした。

「ところで、目撃したはずの人たちから話を聴こうとするなかで、おかしな事故がつぎつぎに起きたけど、あれにはロンバードが関係してたんですか?」

「関係していた。ただし、おかしなことに、いちばん他殺らしく見えたクリフ・ミルバーンの事件が、調べてみると正真正銘の自殺だったんだな。バーテンダーはもちろん事故死だった。そしていかにも事故のように見えた二件が他殺だった。ロンバードが殺したんだ。目の見えない物乞いと、ピエレット・ダグラスの事件だよ。どっちも、普通の意味では凶器といえないものを使った殺人だった。目の見えない物乞いのほうはとくに怖ろしい殺され方だったよ。

ロンバードは物乞いをしばらく自分の部屋でひとりにさせた。わたしに電話をするため、外の通りへ出ていったと思わせてね。あの物乞いは目が不自由なふりをする典型的な詐欺師だから、警察を嫌っていることをロンバードは知っていた。だからきっと逃げだすと踏んで、それをあてにしたんだ。部屋を出るとすぐ、仕立て屋が使う強い黒い糸を、階段の降り口に、踝くらいの高さに張った。片方の端は手すりの脚、反対側は壁板から飛びでた釘の頭に結びつけた。そして廊下の灯りを消した。その時には物乞いの目が見えることを知っていたからだ。ロンバードはさも遠ざかっていくような足音を立てた。そういう騙し方は知ってるだろう。階段を降りて、踊り場を曲がって、その下の階段の降りはじめのところでしゃがんだ。

物乞いはなんの警戒もせずあたふたと出てきた。ロンバードが警察官を連れてこないうちに逃げようと急いでいた。こうしてロンバードの狙いどおりのことが起きたんだ。物乞いは糸に足をとられて、階段を転げ落ち、奥行きの浅い踊り場の壁に頭をぶつけた。糸はもちろん切れたが、だからといって助かりはしない。ただあの男は墜落で死んだわけじゃなかった。嫌な音がして頭蓋骨にひびが入り、気絶していただけだ。ロンバードは急いで踊り場にあがり、物乞いの体をまたぎこし、階段をあがって、犯罪の証拠になる糸をはずした。

それから気を失っている男のところまで降りて、手で体をさぐった。まだ息はしていた。壁にあたった頭は不自然な角度でのけぞり、首が曲がっていた。体は吊り橋みたいな形になっていたよ。わかるだろう。両肩は床について、頭が壁にあたって斜め上にそっているんだ。ロンバードは首がある場所を確かめて、まっすぐに立ち、片方の足をあげた。そして重みのある靴の底を首の上に――」

キャロルがさっと顔をそむけた。

「すまない」とバージェスはつぶやいた。

キャロルは顔を戻した。「でも、それも話の一部ですものね。知っておかないと」

「そこで初めてロンバードは外に出て、わたしに電話をかけた。そのあとは建物の出入り口の前に立って、わたしを待ちながら、パトロールの警官とずっと話をしているようにしたんだ。あとで調べられた時、警官が自分から見えるところにずっといたと証言してくれるように」

「あなたはそのからくりにすぐ気づいたんですか？」とヘンダースンが訊いた。

「わたしはロンバードを帰したあと、死体安置所で死体を調べてみたんだ。両足首に糸がつけた赤い線があった。うなじに砂埃がついているのも見た。それで察しがついたんだよ。今言ったふたつの点から推論を組み立てただけだ。だが、それでロンバードを挙げるのは難しい。やればできたかもしれないが、マーセラ殺しの容疑が固まるまで待ちたかった。物乞いの事件を梃子にマーセラ殺しの立証をするのは難しいだろう。あせって逮捕して、逃げられちゃたまらない。目星をつけた以上、手放すのは嫌だ。ということで、なにも言わず、ロープをどんどん繰りだして泳がせておいたんだよ」

「マリファナをやってたドラマーの事件は、ロンバードとは無関係だとさっき言いましたね？」

「剃刀の件が引っかかったが、あれは深読みすることはなかったんだ。クリフ・ミルバーンは麻薬による抑鬱《よくうつ》と恐怖心から喉を切り裂いた。敷き紙の下にあった、使い終わった安全剃刀の刃は、前の住人のものか、ミルバーンの友達が髭を剃るのに使ったものだろう。行動主義の心理学者は興味を持つだろうな。普通は、たとえ自殺する場合でも、自分が普段使っているものを本来の目的以外のことに使いたがらないはずなんだ。誰でもみんなそういうものだよ。だから女房が剃刀で鉛筆を削ったら、亭主はかんかんに怒るんだ」

キャロルが小さくつぶやいた。「あの夜以来、わたし剃刀のそばに行けなくなっちゃった」

「でも、ピエレット・ダグラスはロンバードに殺されたんですね？」ヘンダースンは興味をのぞかせる。

「あれは物乞いの時より巧妙だった。彼女の部屋には、よく磨きこんだ床に細長い絨毯が敷いてあった。玄関ホールから一段さがったところから両開きの窓の下までだ。ロンバードがこの手を思いついたのは、少し前に、危ないくらいに磨いてある床で滑りそうになって、ピエレットに笑われた時だった。あの男は話をしながら目測《もくそく》をしたんだ。細長い絨毯はぜひ活用してくれと誘っているようなものだった。彼は絨毯のある箇所に、目に見えない想像上のバツ印をつけた。そこに立っていてバランスを崩せば、体の上半分以上が窓の外に出てしまうような位置にだ。それからずっとその正確な位置を脳裏に刻んでおいた。こう言うと簡単なようだがそうじゃない。自分も動きながら、誰かと話してるわけだから、意識の一部しかそれに割けないんだ。

これはわたしが勝手に組み立てた仮説じゃない。ロンバードの供述書に書いてあるんだ。さて、そこからふたりの、いわば死のメヌエットが始まったわけだ。ロンバードは巧みに女をバツ印の位置へ誘導したんだ。どうしたかというと、小切手を書き終えると、それを持って立ちあがり、窓のほうへ戻った。小切手を風にあててインクを早く乾かすためだというふうに。次に女を立たせたいバツ印の地点のすぐそばへ移動した。すぐそばといっても、絨毯の外だ。それから、さあ小切手をやるぞという手つきで女を誘った。自分はじっと立ったままで、手を女のほうに差しだして。これで女のほうから近づかなければならなくなるんだ。闘牛と同じだね。闘牛士は自分の体から離してケープを持って、そこへ牛が近づいていくだろう。女はロンバードが体の脇へ掲げた小切手のほうへ歩いた。女がバツ印の上に来ると、ロンバードは小切手を渡す。

女はとりあえずじっと立ったまま小切手の記載をあらためる。ロンバードはすばやく女から離れ、部屋の端まで歩いていく。もうそのまま出ていってしまいそうな感じでね。ロンバードは、段差をのぼって床から離れたところで振り返り、「さよなら!」と叫んだ。女は小切手からぱっと目をあげた。女はまっすぐロンバードのほうを向いている——と同時に、背中をまっすぐ窓に向けている。これで女はしかるべき場所に、しかるべき向きで立ったわけだ。窓のほうや横のほうを向いていたら、とっさに窓敷居にしがみついて踏みとどまれるかもしれないからだ。でも、うしろ向きに倒れたら、それはできない。人間の腕の関節はそんなふうには動かないからね。

ロンバードはさっとしゃがんで絨毯の端をつかみ、思いきりばんざいをして、また腕をおろした。やったのはそれだけだ。ピエレットは風のように消えた。悲鳴をあげる暇もなかった、とロンバードは供述している。ちょうど息を吐いてしまった瞬間だったんだろう。ぬげた銀色の靴がことんと床に落ちた時には、もう女はいなかった」

キャロルは目尻にしわを寄せた。「そんなやり方、ナイフや銃を使うより悪質だわ。信用させて裏切るんだもの！」

「そうなんだが、陪審を説得するのは難しい。相手に手を触れてないんだからね。六、七メートル離れたところから殺してるんだ。もちろん手がかりは絨毯にまだ残っていたよ。部屋に入ってすぐわかった。絨毯にひだができていたのは、玄関ホールの側だった。ピエレットが立っていた側は平らで、ただ少し斜めにずれていただけだ。もし本当にピエレットが自分でつまずくとか滑るとかしたのなら、逆だっただろう。ひだは女の側にできていたはずだ。足で蹴るような具合になって。ロンバードの側は平らで乱れてなかっただろう。女側の乱れがそこまで伝わるはずはないから。

部屋では煙草が煙をあげていた。まるでピエレットが吸いさしを置いたみたいだった。あれは転落がわたしたちの来る直前に起きたように見せかけるための工作だ。ロンバードがわたしに電話をかけてきたのは、ふたりで部屋に着く十五分前くらいだった。電話のことはさて措くとしても、ロンバードは八分から十分くらい前からずっとわたしと一緒にいた。わたしが消防署の前であの男を見つけた時からだ。

わたしはその工作に一瞬たりとも騙されなかったが、仕掛けがちゃんとわかるまで三日かかったよ。あのスタンド灰皿は、長い脚の部分が空洞になっていて、灰がいちばん下にある容器に落ちるようになっていた。灰皿部分は落とし戸のように開くんだが、ロンバードはそこになにかはさんで開きっぱなしになるようにしていた。ロンバードは普通サイズの煙草を三本縦につないだ。煙草の端から少しだけ葉をとって、そこへ別の煙草を差しこみ、折りたたみ式の望遠鏡を伸ばしたような恰好に、三倍の長さの煙草をつくったわけだ。いちばん手前の煙草の紙には銘柄が印刷してあるから、あとで調べられた時、普通サイズのものだとわかるんだ。ロンバードはそれに火をつけた。そして火のついたほうが落とし戸の開いた口の上に乗りだすようにし、反対側を灰皿の縁にのせた。そうやって煙草を斜めにして、先がなににも接触しないようにしておけば、途中で吸わなくても火は消えないものだ。三本つながりの煙草はとぎれずゆっくりと燃えていく。最初の二本は灰になり、下の容器に落ちて、灰皿には痕跡が残らない。三本めは灰皿の傾斜のついた縁のほうの溝にのっていて、われわれが到着した時には、ロンバードが望んだとおりの、一本の煙草の吸いさしになっていたというわけだ。

だが、このアリバイ工作は、別の面でロンバードに不利な状況をつくりだした。この工作はよしたほうがよかったんだね。あの男は女に騙されて無意味な場所へ行くという筋書きをつくったが、煙草の仕掛けのせいで、距離に制限ができてしまったんだ。煙草がまだ燃えているあいだにきっと戻ってこられる場所でなくちゃいけないから。だからごく近いところを選んだ。それと、一目で騙されたとわかるような場所を選んだ。そうしないと、あの男とわたしでその場所を調べたり近所で聞き込みをしたりと、時間がかかる。だから行ってみたら消防署でしたなんて冗談を仕組んだんだ。一目見て、女のところへ引き返せるからね。

言いかえると、あの男は煙草のアリバイで自分を縛ったせいで、別の面で自分の話の信憑性を弱めてしまったんだ。なぜピエレットはそんなすぐ近くの、一目で偽の所番地とわかるところを選んだのか？　本当の所番地を教えるとか、教えるのを拒否するとか——あるいは小切手を現金化して逃げたいのなら——捜すのに次の日の夜までかかるような場所を選べばいい。そうすれば充分な時間の余裕ができるんだ。まあ、あの男はピエレットのふるまいを不審がられてもいいから、殺人の嫌疑を遠ざけたかったんだろうな。物乞いの件もあるし、似たような疑惑をふたつ背負いたくなかったんだろう。

その痛い弱点を別にすれば、かなりうまくやったと言える。無人の部屋に向かってなにか言うのをエレベーター係に聴かせたり。出がけにドアを閉める時、まず大きめに開いて、ドアクローザーで閉まるのを遅らせ、なかから女が閉めたように思わせたり。

この事件で逮捕して有罪に持っていくことはできたと思うが、それだとやっぱり、マーセラ殺しでやつを押さえられるとはかぎらない。だからわたしはまた間抜けのふりをすることにした。もう一度、あの男に同じことを試みさせるためだ。もっとも今度はこっちで人を選んで、うしろで糸を引くんだがね。あの男にこちらのよく知らない人間を選ばせるんじゃなく」

「それにキャロルを使うというのは、あなたが考えたことですか？」とヘンダースンは訊いた。「そんなこと、もしぼくが前もって知ってたら絶対に――」

「あれはキャロルが考えたんだ。わたしじゃない。わたしは囮《おとり》役に若い女性をひとり雇っていたんだが、強引に押しきられたんだよ。あの最後の夜、わたしとその囮役が買い取り所にいるロンバードの様子をうかがっていると、キャロルがえらい勢いでやってきて、突撃してタックルする役は自分がやると言うんだ。わたしの許可があろうとなかろうと断固やるとね。わたしにはとめられなかったよ。ふたりに乗りこまれても困るし、やってもらうしかなかったんだ。ある劇場のメーキャップ係を呼んで、顔をつくってもらって、送りこんだというわけだ」

「だって考えてみて」キャロルは、まるで部屋に何人も聴き手がいて、その人たちに食ってかかるかのように言った。「二ドルで雇ったエキストラ役者が、へたな芝居で作戦をだいなしにするかもしれないのよ！　もう失敗する時間の余裕なんてなかった。時間切れが迫ってたんだもの」

「彼女は来なかったんでしょう？」とヘンダースンは物思わしげに訊いた。「いや、本物のことですがね。ふしぎなことだな。どこの誰だか知らないが、とうとう最後までかくれんぼで隠れ通してしまったわけだ」

「彼女は隠れようとしたわけじゃないし、かくれんぼをしたわけでもない」とバージェスは言った。「そのほうがもっとふしぎだと思わないかね」

ヘンダースンとキャロルは軽い驚きを示し、さっと前に身を乗りだした。「なぜわかるんです？　とうとう見つけたんですか？　どういう人かわかったんですか？」

「ああ、見つけた」バージェスはあっさり言った。「だいぶ前のことだ。もう何ヵ月か前のことだ。彼女が誰だったかわかったんだよ」

「誰だったか？」ヘンダースンは大きく息をついた。「死んだんですか？」

「きみが考えているような意味でじゃないがね。事実上、死んでいるようなものなんだ。体はまだ生きている。重度の精神病患者が入る病院にいるんだ」

バージェスはおもむろにポケットから封筒と便箋の束を出して、なにかを探しはじめた。

ヘンダースンとキャロルは身じろぎもせずそれを見つめた。

「わたしは病院へ行ってみた。何度か足を運んだ。彼女と話もした。見た感じ、病んでいるとはわからない。少しぼんやりして、夢を見ているような感じはあったがね。しかし昨日のことすら憶えていないんだ。過去は霧のなかで、朦朧《もうろう》としているらしい。だからまったく役に立ってくれそうになかった。証言なんて考えられない。だからそのことは黙っていて、ああいう方法をとったんだ。彼女の代役を立てて、ロンバードに白状させる。見込みがあるのはそのやり方だけだった」

「彼女はいつ頃から——？」

「きみと出逢った夜から三週間たたないうちに、病院に入れられた。それ以前にも病状が悪くなったことはあるが、今度こそ永久に幕がおりてしまったんだ」

「あなたはどうやって——？」

「いろいろ遠回りをしてね。まあ、今となってはどうでもいいことだが。例の帽子が出てきたんだよ。中古屋から。ほら、いろんなものを何セントみたいな値段で売る店さ。うちの者が見つけたんだ。それの出所を、ひとつずつたぐっていった。ロンバードも逆向きに同じことをしたがね。ある婆さんがゴミ缶から拾って、中古屋に売ったというので、そのゴミ缶のある場所を確かめて、付近の家に一軒一軒訊き込みをした。何週間かかったよ。そしてついに、その帽子を捨てたメイドを見つけた。雇い主は少し前に精神病院へ入れられたとのことだった。夫をはじめ家族に話を聴いてみたが、ある夜きみと出かけたことは誰も知らなかった。だが、いろいろ話を聴いてみると、たしかにその女性だとわかったんだ。そういう気まぐれな行動をとることも前からあったようだ。どこかで夜明かしをしたり、ひとりでふらっとホテルに泊まったり、夜明けに公園のベンチに坐っていたこともあったそうだ。

で、これをもらってきたんだがね」

バージェスは一枚の写真をヘンダースンに渡した。ひとりの女が写っていた。

ヘンダースンは長いあいだ写真を見つめていた。やがてうなずいたが、それはふたりにというより、自分自身に確認するためだった。「うん」と小さな声で言った。「そうだ——この人だと思う」

ふいに、キャロルがヘンダースンの手から写真をとった。「もう見ないで。この人にはさんざんな目にあわされたんだから。今までどおり、忘れたままでいて。はい、写真。お返しするわ」

「これはもちろん役に立ったよ」バージェスは写真をしまいながら言った。「あの夜、キャロルをピンチヒッターに立てる時、メーキャップ係が外見を似せることができた。ロンバードを騙すのには充分な程度にね。あの男は夜、灯りが乏しいところで、遠くから見ただけだったから」

「名前はなんというんですか?」とヘンダースンは訊いた。

キャロルがすばやく手で制した。「だめ。この人に教えないで。そんな女に割りこまれたくないの。わたしたち、新しい出発をするんだから――幽霊なんていらないわ」

「そのとおりだ」とバージェスは言った。「もう終わったんだ。忘れよう」

とはいうものの、三人はなおもしばらく黙りこんでいた。幻の女のことを考えていた。これからも三人は、生きているかぎり、ときどき、彼女のことを憶いだすに違いなかった。こういうことは、いつまでも心に残るものだからだ。

帰りがけの玄関で、キャロルと腕を組んだヘンダースンが、バージェスを振り返った。額にはなにか不満げなしわが刻まれていた。「でも、今度のことにはなにか教訓があるはずですよね。諭《さと》しというのかな。だって、ぼくとキャロルは大変な経験をしたというのに――それにはなんの意味もないっていうんですか? なにか教訓があるはずじゃないですか」

バージェスは、さあ早く行けというように、ヘンダースンの背中をぽんと叩いた。「どうしても教訓が欲しいのなら、わたしがひとつ聴かせてやろう。それはこうだ。顔を憶えるのが苦手な人間は、知らない相手を劇場に連れていったりしてはいけない」

訳者あとがき

ウイリアム・アイリッシュ『幻の女』の新訳が出たとなれば、なによりもまず、かの有名な冒頭の名句の訳がどうなっているかが気になるはずです。この文章をお読みの方はすでに確認されているでしょう。

そうです。このたびの新訳では、稲葉明雄氏の名訳を、ご遺族の了解をいただいたうえで、そのまま使わせていただきました。新訳者の務めを果たしていないと叱られそうですが、どうもそれ以外にないのです。

The night was young, and so was he. But the night was sweet, and he was sour.

この原文を、最初の翻訳者、黒沼健氏は次のように訳されました（一九五五年刊、ハヤカワ・ミステリ版による）。〝夜はまだ宵の口だった。そして彼も人生の序の口といった

ところだった。甘美な夜だったが、彼は苦虫を嚙みつぶしたような顔をしていた。〃
次の稲葉明雄氏の訳は、最初はこうでした。〃夜は若く、彼も若かった。が、夜の空気は甘いのに、彼の気分は苦かった。〃
これが大変な名訳として人口に膾炙しましたが、稲葉氏はハヤカワ・ミステリ文庫の一九九四年版で、次のように改訳されました。〃夜は若く、彼も若かったが、夜の空気は甘いのに、彼の気分は苦かった。〃
これは、原文が『恋人よ我に帰れ（Lover, Come Back to Me）』（オスカー・ハマースタイン二世作詞、シグマンド・ロンバーグ作曲）という失恋の歌の一部をもじったものなので、〃平仄《ひょうそく》〃（語調）を合わせたと、訳者あとがきで説明されていました。その歌詞は次のとおりです。

The sky was blue, and high above,
The moon was new, and so was love.
……………………
The sky is blue, the night is cold,
The moon is new, but love is old.

ともあれ、〝夜は若い〟という、日本語には本来ない名詞と形容詞の組み合わせをあえて採用し、直訳することで、新鮮で、簡潔で、対句の発想がくっきり浮きでる名訳が誕生したわけです。直訳の詩情といいますか、直訳の奇跡といいますか、〝原文どおりに訳して意味を過不足なく伝え、しかも美しい〟という、翻訳の理想の形がここに実現してしまったのです。

細かな変更を加えて新しい訳をつくることは可能でしょう。〝若かったが〟のかわりに〝若かったけれど〟にするとか、二文に分ける形に戻して〝が、〟を〝だが、〟にするとか。しかしそんな小手先の変更はかえって顰蹙《ひんしゅく》を買いそうです。〝sour〟なのだから〝彼の気分は酸っぱかった〟はどうか？　なんだか滑稽だし語呂が悪い。直訳の奇跡は、そう簡単には起きてくれないのです。

名句の名訳はいろいろありますが、そこから一字も変えられないという例は、ちょっとほかに思いつきません。しかしともかく、翻訳というのは原文＝原作者および読者のためにあって、翻訳者のエゴのためにあるのではありませんから、こういう場合はむりに独自訳をつくらないことこそ良心的態度だろうと私は考えました。この名句を引用される方は、従来どおり稲葉明雄訳と記してくださいますようお願いいたします。

もうひとつ、ほぼ稲葉訳を踏襲したと言っていい箇所があります。An elevated train wriggled by like a glow-worm up at the far end of the street. という文章で、稲葉訳は、

〝通りのずっと向うを、高架電車が地蛍《つちぼたる》のようにぬたくり進んでいった。〟ですが、そこを私の訳は、〝高架電車が、通りのむこうを地蛍《つちぼたる》のようにのたくり這っていった。〟としました。現実には、街中を走る高架電車が〝ぬたくる（のたくる）〟ことはありえませんが、原文はあえて〝crawl（這う）〟などではなく〝wriggle〟と言っています。なにか稲垣足穂的な、幻想味にあふれたイメージで、本作で描かれる夢幻的・悪夢的な夜のニューヨークに似つかわしく、ここはどうしても〝ぬたくって（のたくって）〟もらいたいのです。これはたまたま訳語が一致したのではなく、以前から稲葉訳で魅せられていた部分なので、ごく近い訳にさせていただきました。

訳語が一致している部分はほかにももちろんありますが、それらは、〝necktie〟はまあ〝ネクタイ〟と訳すしかないといったレベルの問題です。

訳が違っているところは、当然ながらいろいろあります。たとえば、例の〝pumpkin〟に似た帽子は、〝南瓜《かぼちゃ》〟ではなく〝パンプキン〟に似た帽子としました。泥臭い帽子ではなく、篠原ともえやきゃりーぱみゅぱみゅに通じるところのある、奇抜なデザインの帽子だからです。これは〝南瓜〟が間違いというわけではなく、現代なら〝パンプキン〟で通じるだろうと考えたからですが、少し不安もあるので、訳注をつけておきました。

ショーでこの帽子をかぶるエステラ・メンドーサは、一九四〇年代から五〇年代にかけてアメリカで大人気だったブラジル出身の歌手・ダンサー・女優のカルメン・ミランダ

(Carmen Miranda, 1909－1955) がモデルですが、彼女は果物の盛り合わせのような帽子〝トゥッティ・フルッティ・ハット〟がトレードマークでした。持ち歌に『チカ・チカ・ブン・チック』があること、英語を流暢に話せるのに舞台やスクリーンではわざと訛りを強くしていたことなど、かなり似ています。メンドーサの訛りの強い台詞は、欧陽非非《オウヤン・フィフィ》の話し方を憶いだしながら訳してみました。ある年代以上の方々がにやりとしてくだされば嬉しいのですが。

アイリッシュは本作で非常に粋な叙述法をとっているので、そのことを注記しておきます。何箇所かありますが、最も極端なのは、ヘンダースンが事件の夜、アパートメントで刑事たちに尋問されている途中の出来事です。〝玄関のドアが開いたので、ヘンダースンは言いさした。そして催眠術にかかって魅入られたような目で見ていた〟とありますが、何を見ていたのか書かれていないのです。前後関係から読者に察してもらうという趣向で、もちろん救急隊員か検視局の職員が、おそらくふたり、担架を持って入ってきたわけです。ロバート・シオドマク監督の映画『幻の女』（一九四四年）では、担架を持ったふたりの男がちゃんと映ります。一瞬、首をひねってしまう箇所なので、つい説明を補って訳したくなりますが、それはしませんでした。

本作は、物語として見れば、冒頭から結末まで、〝夢とその挫折〟という主題をさまざまに変奏する完成度の高い楽曲のようであり、そのことはエピグラフや謝辞にまで及んでいます。そこでエピグラフと謝辞にも少し長めの訳注をつけておきました。

最後にひとつ、個人的感想を述べさせていただきたいのですが、ネタバレぎみになりますのでご注意ください。私は今回の仕事で、あの〝幻の女〟と呼ばれる女性から、トルーマン・カポーティの『ティファニーで朝食を』のヒロイン、ホリー・ゴライトリーを連想しました。どちらも第二次世界大戦中のニューヨークで、エキセントリックな行動をとりながら、自由を求めて生きた女です。訳文の見直しやゲラ校正で〝幻の女〟のあれこれの言動を読み返すたびに、どういう人だったのか、どんな夢を抱いて挫折したのか、いろいろ想像がふくらんで、〝幻の女〟は飛びたてなかったホリーなのだと思ったりしました。あの女性のことは、バージェス刑事の言うとおり、〝いつまでも心に残る〟ような気がしますが、みなさんはいかがでしょうか。

最後になりましたが、故・稲葉明雄氏とご遺族の皆様に厚くお礼を申しあげます。

解説

文芸評論家
池上冬樹

ミステリの古典は数多くあるけれど、たいていはそのジャンルのファンの間で語られることが多いのではないかと思う。具体的にいうなら、F・W・クロフツの『樽』は本格ファン、ダシール・ハメットの『マルタの鷹』はハードボイルドファン、エド・マクベインの『警官嫌い』は警察小説ファン、ディック・フランシスの競馬シリーズの『大穴』は冒険小説ファンの間で熱く語られるけれど、ジャンルを超えたファン、とりわけミステリファン以外の広汎な読者が熱く語るような作品ではない。

そのなかでウイリアム・アイリッシュの『幻の女』だけは例外だろう。ミステリファンのみならず一般の読書人もかなり読んでいて、熱く感想を寄せることが多い。それは各誌のオールタイムのミステリ・ベストテンの結果にもあらわれている。『幻の女』がのきなみ上位を独占しているからである。それだけ読まれつづけ、評価されている。

たとえば『ミステリ・ハンドブック』（一九九一年、早川書房）では第一位、『東西ミステリーベスト100』（文藝春秋）の一九八五年版では第二位、二〇一二年版では第四位、『ジャーロ』（二〇〇五年、光文社）の「海外ミステリーオールタイム・ベスト100」では五位、『ミステリが読みたい！　2010年版』（早川書房）の「海外ミステリ・オールタイム・ベスト100 for ビギナーズ」では第二位といった具合で、これほど各ベストテンを制覇している作品はほかにないだろう。

では、いったい、その魅力は何なのか。何がこれほどまでに人気を高め、いつまでも不動なのか。まずはストーリーから紹介しよう。

スコット・ヘンダースンは妻マーセラと喧嘩して、家をとびだしてしまう。街をさまよい、あるバーに入り、異様な帽子を冠った黒いドレスの女性と出会い、マーセラと行くはずだったレストランで食事をし、ブロードウェイの劇場でショーを観る。その後に酒を飲んでから、女性と別れ、家に戻ると刑事たちがいた。マーセラがスコットのネクタイで絞殺されていたのだ。

スコットは、黒いドレスの女と一緒にいたことを語り、刑事たちを連れてバーや劇場やレストランを回るが、だれも女の存在を否定する。スコットは来たが、女はいなかったというのだ。スコットは逮捕され、有罪が確定し、死刑の宣告を受ける。

だが、その死刑宣告に違和感を覚える人間がいた。刑事のバージェスである。ふつう犯罪者はもっと堅牢なアリバイを作るものなのに、あまりにもろかった。そのためにひょっとしたら本当のことを語っているのではないか、「幻の女」は実在するのではないかと考え、バージェス刑事は、スコットのために動いてくれる人間がいないか聞く。

スコットが友人ジョン（ジャック）・ロンバードの名前をあげたので、バージェスは連絡をとる。そしてジョンはスコットに「幻の女」を探し出すことを誓う。

いっぽう、それとは別に、スコットの愛人のキャロルもまた「幻の女」を追いかけるのだった。


「夜は若く、彼も若かったが、夜の空気は甘いのに、彼の気分は苦《にが》かった」という書き出しから、読者は夢中になる。この冒頭の一文は、ミステリのみならず普通小説をいれても、名書き出しとして必ず引用されるし、読めばわかるけれど、魅せられるのは冒頭の文章だけではない。流麗な都会派ともいうべき、きわめてリリカルな文体に引き込まれてしまう。

もともとウィリアム・アイリッシュ（コーネル・ウールリッチ）は「サスペンスの詩人」とよばれる。「並木道でまたたきはじめたネオンサインは、今夜街に出ているすべての人たちと同じように、ウィンクをして通行人の気を惹こうとしているようだった。タクシーのクラクションは陽気に歌い、みんなが一斉《いっせい》にどこかへ行くところだった」と開巻すぐに夜の空気の甘さを詩的に捉える一方で、終盤になると、「車に乗っているのは、もうふたりだけではなかった。沈黙が流れるなか、いつのまにか第三者が乗りこんできて、ふたりのあいだに坐っていた。それは屍衣《しい》をまとった氷のように冷たい〝恐怖〟であり、冷たい腕で女にからみつき、冷たい指で喉をさぐっていた」と緊迫した時間を擬人化して、いちだんと恐怖を盛り立てるのである。

本文にふれずに、いきなり引用文を目にすると、唐突に響くかもしれないが、読んでいると少しも違和感がない。いやむしろ逆に世界に入り込み、気分が昂揚したり、胸が締めつけられるような感覚を覚えるほど。それほど言葉が力強い。そしてこの比喩がちりばめられた流れるような文章こそ、アイリッシュ（ウールリッチ）の特徴であり、孤独、不安、絶望、何よりも死に縁取られた者たちの運命を抒情的に謳いあげていく。

しかしもちろん、文章が素晴らしく抒情的でも、プロットが平凡では話にならないだろう。『幻の女』が古典として古くから愛されているのは、驚きを秘めた巧みに計算されたプロットの成果である。

「死刑執行日の百五十日前」という章から始まる物語は、だんだんと執行日に向かって突き進むタイムリミット・サスペンスである。死刑執行までに事件の謎を解き、真犯人を捕まえ、死刑執行を止められるのかという物語で、この手のタイムリミット・サスペンス、死刑執行に限定するならば「死刑執行サスペンス」はたくさん書かれている。代表的な作品をあげるなら、クラーク・ハワード『処刑のデッドライン』、ピーター・ラヴゼイ『マダム・タッソーがお待ちかね』、アンドリュー・クラヴァン『真夜中の死線』、ジョン・ラッツ『稲妻に乗れ』、ジョナサン・ラティマー『処刑6日前』（順序は僕の好みの順）などになるが、いうまでもなく、もとをたどれば『幻の女』であり、それに刺激されてのことだろう。

そして忘れてならないのは、ツイストをきかせた展開であり、大きなどんでん返しである。どんでん返しの作家というと、いまはもう科学捜査官リンカーン・ライム・シリーズで有名なジェフリー・ディーヴァーの独壇場であるが、アイリッシュ（ウールリッチ）は七〇年以上も前に大胆な設定から意表をつく展開をたどり、結末で衝撃を与える作品を書いていたのである。後年のミステリ作家たちに与えた影響ははかりしれず、本書『幻の女』を読まれれば、ディーヴァーも方法を踏襲してアレンジを加えていることがわかるだろう。

このように、『幻の女』は、流麗で詩的かつ抒情的な文体、たくらみのあるプロット、後半にいくにしたがい濃密さを増すサスペンス、そして大きなどんでん返しともう申し分のない面白さであるが、もうひとつ忘れてならないのは、現代小説における位置づけである。さきほどもふれたように、ウイリアム・アイリッシュことコーネル・ウールリッチは、

「サスペンスの詩人」といわれていて、日本ではサスペンス作家として語られることが多いけれど、海外の評論ではノワール・フィクションの作家として特別な地位にある。ノワールとは精神の闇を抉る黒い文学であり、純文学もエンターテインメントも関係なく、ジャンルを横断する文学の大きな潮流である。とりわけ一九八〇年代からの（おもに一九五〇年代と六〇年代に活躍したペイパーバック・ライターの）ジム・トンプスンの再評価や、ドクター・ノワールと称されたジェイムズ・エルロイの登場からひんぱんに使われだしたのだが、ノワール文学をさかのぼれば、やはりアイリッシュ／ウールリッチになるのである。

『幻の女』（一九四二年）以外にも、ミステリとしての最初の長篇小説『黒衣の花嫁』（四〇年）、『黒いカーテン』（四一年）、『黒いアリバイ』（四二年）、『暁の死線』（アイリッシュ名義。四四年）、『暗闇へのワルツ』（同。四七年）、『喪服のランデヴー』（四八年）などミステリ作品としても傑作多数であるが、精神の暗黒を見つめるノワールとしても注目なのである（余談になるが、ウールリッチのベスト3を好きな順にあげるなら『喪服のランデヴー』『幻の女』『暁の死線』になる）。

なお、『幻の女』は、一九四四年にロバート・シオドマク監督によって映画化され、日本では戦後何度もテレビ・ドラマ化されている。個人的にはフランソワ・トリュフォーが映画化した『黒衣の花嫁』と『暗くなるまでこの恋を』（『暗闇へのワルツ』の映画化）に愛着があるのだが、いま見返すとどうか。

その『黒衣の花嫁』だが、ハヤカワ・ポケット・ミステリから翻訳が出たのは一九五三年、その六年後、山本周五郎は『黒衣の花嫁』をそのまま時代小説におきかえた『五瓣の椿』（五九年）を発表している。ウールリッチ作品はいささか虚無感を抱かせるドライな結末であるが、山本周五郎は日本的な情緒のなかでエモーショナルな結びにしていて、なかなか読み比べることをお薦めしたい（詳細は拙著『ヒーローたちの荒野』を参照されたい）。

ともかく、本書『幻の女』は古典中の古典であり、読んでいて当たり前の、もはや一般常識になっている。未読の方はぜひ読まれよ！

本書は、一九七六年四月にハヤカワ・ミステリ文庫より刊行された『幻の女』の新訳版です。

時の娘

The Daughter of Time

ジョセフィン・テイ
小泉喜美子訳

英国史上最も悪名高い王、リチャード三世——彼は本当に残虐非道を尽した悪人だったのか？ 退屈な入院生活を送るグラント警部はつれづれなるままに歴史書をひもとき、純粋に文献のみからリチャード王の素顔を推理する。安楽椅子探偵ならぬベッド探偵登場！ 探偵小説史上に燦然と輝く歴史ミステリ不朽の名作

ハヤカワ文庫

女には向かない職業

An Unsuitable Job for a Woman

P・D・ジェイムズ
小泉喜美子訳

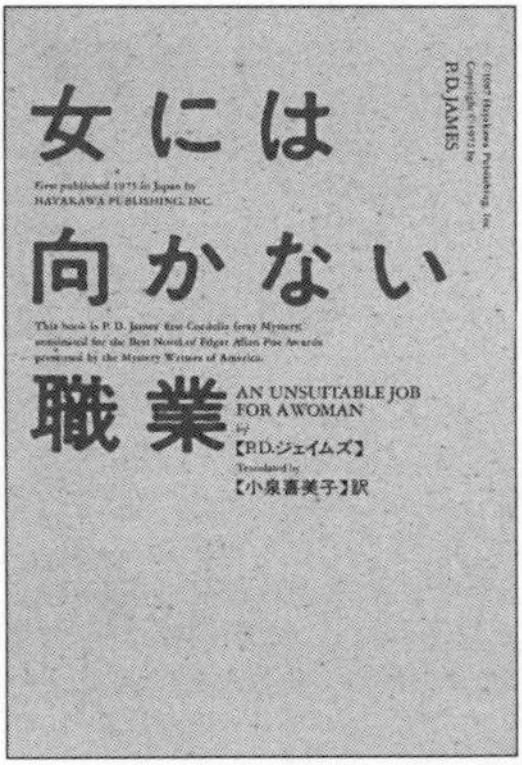

探偵稼業は女には向かない——誰もが言ったがコーデリアの決意は固かった。最初の依頼は、突然大学を中退して命を断った青年の自殺の理由を調べるというものだった。初仕事向きの穏やかな事件に見えたが……可憐な女探偵コーデリア・グレイ登場。第一人者が、新米探偵のひたむきな活躍を描く。解説／瀬戸川猛資

ハヤカワ文庫

ホッグ連続殺人

The HOG Murders

ウィリアム・L・デアンドリア

真崎義博訳

雪に閉ざされた町は、殺人鬼の凶行に震え上がった。彼は被害者を選ばない。手口も選ばない。どんな状況でも確実に獲物をとらえ、事故や自殺を偽装した上で声明文をよこす。署名はＨＯＧ――この難事件に、天才犯罪研究家ベネデッティ教授が挑む！　アメリカ探偵作家クラブ賞に輝く傑作本格推理。解説／福井健太

ハヤカワ文庫

九尾の猫〈新訳版〉

Cat of Many Tails

エラリイ・クイーン
越前敏弥訳

次々と殺人を犯し、ニューヨークを震撼させた連続絞殺魔〈猫〉事件。〈猫〉が風のように街を通りすぎた後に残るものはただ二つ——死体とその首に巻きついたタッサーシルクの紐だけだった。〈猫〉の正体とその目的は？ 過去の呪縛に苦しむエラリイと〈猫〉との頭脳戦が展開される。待望の新訳。 解説／飯城勇三

ハヤカワ文庫

天国でまた会おう（上・下）

Au revoir la-haut

ピエール・ルメートル

平岡　敦訳

〈ゴンクール賞受賞作〉一九一八年。上官の悪事に気づいた兵士は、戦場に生き埋めにされてしまう。助けに現われたのは、年下の戦友だった。しかし、その行為の代償はあまりに大きかった。何もかも失った若者たちを戦後のパリで待つものとは——？　『その女アレックス』の著者によるサスペンスあふれる傑作長篇

ハヤカワ文庫

海外ミステリ・ハンドブック

早川書房編集部・編

10カテゴリーで100冊のミステリを紹介。「キャラ立ちミステリ」「クラシック・ミステリ」「ヒーローｏｒアンチ・ヒーロー・ミステリ」「〈楽しい殺人〉のミステリ」「相棒物ミステリ」「北欧ミステリ」「イヤミス好きに薦めるミステリ」「新世代ミステリ」などなど。あなたにぴったりの〝最初の一冊〟をお薦めします！

ハヤカワ文庫

訳者略歴　1957年生，東京大学法学部卒，英米文学翻訳家　訳書『ザ・ロード』マッカーシー，『サトリ』ウィンズロウ，『世界が終わってしまったあとの世界で』『エンジェルメイカー』ハーカウェイ（以上早川書房刊）他多数

HM=Hayakawa Mystery
SF=Science Fiction
JA=Japanese Author
NV=Novel
NF=Nonfiction
FT=Fantasy

幻《まぼろし》の女《おんな》
〔新訳版〕

〈HM⑨-4〉

二〇一五年十二月二十五日　発行
二〇二五年　五　月二十五日　十一刷
（定価はカバーに表示してあります）

著者　ウイリアム・アイリッシュ
訳者　黒《くろ》原《はら》敏《とし》行《ゆき》
発行者　早川　浩
発行所　株式会社　早川書房

郵便番号　一〇一 - 〇〇四六
東京都千代田区神田多町二ノ二
電話　〇三 - 三二五二 - 三一一一
振替　〇〇一六〇 - 三 - 四七七九九
https://www.hayakawa-online.co.jp

乱丁・落丁本は小社制作部宛お送り下さい。
送料小社負担にてお取りかえいたします。

印刷・信毎書籍印刷株式会社　製本・株式会社明光社
Printed and bound in Japan
ISBN978-4-15-070554-1 C0197

本書は活字が大きく読みやすい〈トールサイズ〉です。